# LES FILLES DU CHELSEA HOTEL

*Déjà parus :*

**Les filles n'en mènent pas large**
**Les filles règlent leurs comptes**

*Parution 2008 :*

**Les filles sont trop gentilles**

Sparkle Hayter

# LES FILLES DU CHELSEA HOTEL

*roman*

97-B, Montée des Bouleaux, Saint-Constant, Qc, Canada J5A 1A9,
Internet : www.broquet.qc.ca   Courriel : info@broquet.qc.ca
Tél. : 450 638-3338   Téléc. : 450 638-4338

**Catalogage avant publication de Bibliothèque et Archives nationales du Québec et Bibliothèque et Archives Canada**

Hayter, Sparkle, 1958-
[Chelsea girl murders. Français]
Les filles du Chelsea Hotel

(Les aventures de Robin Hudson]
Traduction de : *The Chelsea girl murders.*

ISBN 978-2-89000-980-6

I. Touati, Joëlle. II. Titre. III. Titre : Chelsea girl murders. Français.

PS8565.A938C4314 2008          C813'.54          C2008-941552-3
PS9565.A938C4314 2008

POUR L'AIDE À LA RÉALISATION DE SON PROGRAMME ÉDITORIAL, L'ÉDITEUR REMERCIE :
Le gouvernement du Canada par l'entremise du Programme d'aide au développement de l'industrie de l'édition (PADIÉ) ; la Société de développement des entreprises culturelles (SODEC) ; l'Association pour l'exportation du livre canadien (AELC).
Le gouvernement du Québec – Programme de crédit d'impôt pour l'édition de livres – Gestion SODEC.

*Traduit de l'anglais par Joëlle Touati*

**Couverture** ViaMedias éditions
**Illustration** Boris Lambert et Virginie Thomas
**Graphisme** Virginie Thomas

**Révision** Andrée Laprise, Diane Martin
**Infographie** Annabelle Gauthier, Nancy Lépine

Titre original : *The Chelsea girl murders.*
Publié en accord avec l'auteure, c/o Baror International, inc., Armonk, New York, USA

*The Chelsea girl murders* © 2000 Sparkle Hayter

© 2008 Broquet inc.
pour l'édition en langue française au Canada
© 2007 ViaMedias Éditions
pour l'édition de langue française

Copyright © Broquet inc., Ottawa 2008
Dépôt légal — Bibliothèque et archives nationale du Québec
3ᵉ trimestre 2008

Imprimé au Canada
ISBN 978-2-89000-980-6

À mon agent, Russ Galen, et au Chelsea Hotel,
qui tient les loups derrière la porte.

«Les gens que vous rencontriez à l'autre bout
du monde sur le circuit international de la bohème
vous disaient tous : "On se reverra au Chelsea."»

Jakov Lind, écrivain allemand

«Elle ne pouvait plus payer son loyer,
alors elle a déménagé pour un endroit plus cher.
Au Chelsea. Très artistique.»

Candy Darling dans *I Shot Andy Warhol*

«On disait que c'était un hôtel de fous,
mais qu'on s'y sentait bien.»

Florence Turner dans *At The Chelsea*

# 1

Grâce à M<sup>me</sup> Ramirez et à son pathologique amour de Jésus, grâce aussi à la compagnie de Holy Toledo (To ledo, Ohio – Shanghai, China), fabricant d'articles religieux, mes voisins et moi nous sommes retrouvés à la rue, en pyjama, par une nuit printanière, à regarder notre immeuble flamber. Bien sûr, à ce moment-là, nous ignorions ce qui avait provoqué l'incendie. Il a fallu plusieurs semaines aux pompiers pour retrouver les traces du foyer initial : le tableau lumineux *L'Ascension de Jésus* de M<sup>me</sup> Ramirez, ou plutôt ce qu'il en restait après l'immolation. Cette chère vieille Ramirez était très fière de ce tableau lumineux qu'elle avait déniché chez un brocanteur de l'Avenue C lors d'une de ses rondes de surveillance dans le quartier. Ces patrouilles, destinées à débusquer les fauteurs de troubles et les saligauds qui urinent sur la voie publique, constituent son passe-temps favori.

Je m'appelle Robin Hudson. À l'époque de l'incendie, j'étais directrice de la programmation de la chaîne de télé WWN, le Worldwide Women's Network, filiale du réseau Jackson Broadcasting. J'allais sur mes quarante et un ans, j'étais divorcée et sans enfants. Je vivais à East Village de puis la fac, dans un immeuble d'avant-guerre sans ascenseur, situé dans la Dixième Rue Est, entre l'Avenue B et l'Avenue C, un pâté de maisons calme, propre, majoritairement habité par des familles d'ouvriers hispaniques. Quand je suis arrivée dans le Lower East Side, c'était encore la zone dans ce secteur de Manhattan, et le quartier était le pôle des anarchistes. Depuis, j'ai assisté aux transformations successives qui en ont fait la Mecque des jeunes branchés friqués. Inspirés par la comédie musicale *Rent*[1], des petits yuppies et des fils à papa de toute l'Amérique, aux cheveux teints en rose ou en bleu, sont venus s'installer là pour goûter à la vie de bohème. C'est cette dernière vague d'immigration qui m'a fait prendre conscience qu'il était temps pour moi de quitter East Village pour un coin de New York plus authentique et plus adulte, moins exposé au risque de la disneyfication.

Je n'y songeais toutefois que vaguement, jusqu'au court-circuit de Jésus.

L'alarme s'est déclenchée dans le couloir, peu après minuit, un hurlement surnaturel qui m'a tirée de ma torpeur, d'un rêve semi-conscient où j'étais avec Pierre, ce génie français avec qui je venais de vivre une folle aventure. Un rêve tellement agréable que je n'ai pas réagi tout de suite. Ce n'est que quand la fumée a commencé à me picoter les narines que j'ai sauté de mon lit, ouvert la fenêtre et balancé un coup de pied dans mes jardinières de sumac vénéneux afin que ma chatte, Louise Bryant, puisse s'échapper. Avant de la suivre, j'ai attrapé mon sac à main, mon ordinateur portable, et rassemblé à la hâte dans des sacs en papier divers souvenirs et documents personnels, ainsi qu'un vieux fusil Enfield, cadeau d'un gars que j'ai aimé et perdu. Puis j'ai jeté un manteau noir sur ma vieille chemise de nuit pêche et glissé mes

---

1    Gros succès populaire, *Rent* transpose *La Bohème de Puccini* de Paris dans East Village. (N.d.T.)

pieds dans des pantoufles. Quand je me suis engagée dans l'escalier de secours, une fumée noire s'infiltrait dans mon appartement.

L'escalier résonnait d'un son métallique. Après moi venaient mes voisins, le vieux M. O'Brien et sa dernière «femme de ménage», une veuve qu'il avait «commandée» dans un magazine matrimonial. Ils étaient tous les deux enroulés dans une grande couverture jaune. Sans doute étaient-ils à poil, dessous, ou presque.

Dans la rue, les gens étaient penchés aux fenêtres. Presque tous mes voisins étaient déjà en bas, en pyjama, au milieu des pompiers et des badauds. Ça fait drôle de voir ses voisins en pyjama. Sally avait une chemise de nuit blanche vaporeuse et iridescente. Elle tenait un sac sous un bras, sous l'autre sa Samsonite bleu ciel datant des années 1960, d'où dépassaient soutiens-gorge et papiers. Phil, notre concierge à la bonté légendaire, portait un manteau en tweed par-dessus un pyjama rayé ; son album de coupures de presse à la main, il comptait du doigt les habitants de l'immeuble. Sa compagne, Helen Fitkis, communiste indécrottable et veuve d'un docker, en robe de chambre matelassée orange et jaune et pantoufles grises, mon chat dans les bras, recomptait après lui. M. Burpus, conducteur de métro féru de philatélie, était vêtu d'un bas de pyjama vert et d'un blazer pied-de-poule marron ouvert sur son torse nu ; il serrait contre lui un album de timbres. Les trois Japonaises étudiantes en cinéma qui sous-louaient l'appartement au-dessus de chez moi avaient toutes les trois la même veste en cuir noir sur des pyjamas de flanelle de différentes teintes pastel. De sous la couverture jaune de M. O'Brien et de sa «femme de ménage» sortaient quatre jambes blanches ; lui était pieds nus, elle avait un chausson rouge.

Il ne manquait que M^me Ramirez. L'appartement de M^me Ramirez, juste au-dessous du mien, était plein de vieux meubles en bois, de cierges, de vieux journaux, de photos et autre bric-à-brac hautement inflammable. De grandes flammes s'échappaient de sa fenêtre. Nous redoutions tous le pire : si le feu avait pris à son capharnaüm, elle avait dû connaître le même sort que Jeanne d'Arc.

— Elle était sèche comme une vieille branche. Elle a dû se consumer rapidement, constata M. O'Brien avec toute la délicatesse d'un homme qui achète ses concubines par correspondance et les appelle ses «femmes de ménage».

— Nous voilà rassurés, dans ce cas, dis-je.

— C'est une belle mort, renchérit sa «femme de ménage». Maintenant, elle est auprès de Jésus.

— Qui est auprès de Jésus ? s'enquit une voix dans la nuit. Qu'est-ce qui se passe ?

M^me Ramirez était campée derrière nous, en coquet manteau noir et chapeau assorti, avec son chihuahua Señor, de retour de l'une de ses patrouilles en justicière solitaire.

— Qui est auprès de Jésus ? répéta-t-elle.

Peut-être ai-je l'imagination un peu trop fertile, mais il me sembla détecter dans sa voix une note de jalousie.

— Nous avons cru que c'était vous, ma chère, lui répondit Phil. Dieu merci, vous êtes saine et sauve. Mais notre immeuble est dans un triste état.

— Incendie, diagnostiqua M^me Ramirez avec perspicacité.

Évidemment, elle avait une explication à nous fournir quant aux causes de cet incendie : Sally «la sorcière» avait mis le feu à l'immeuble en faisant brûler des herbes et en convoquant les divinités par la pratique des «sciences occultes».

Sally se mit à sangloter.

– Je ne faisais rien brûler du tout, protesta-t-elle. Je dormais.

– Alors qui a mis le feu? demanda M$^{me}$ Ramirez en scrutant les visages.

Les gyrophares des camions de pompiers et des voitures de police projetaient leurs faisceaux dans la rue. Il avait plu dans la soirée, et la pellicule réfléchissante qui s'était formée sur le bitume faisait paraître la nuit plus claire. Des rubans flous de lumière rouge, blanche et jaune s'entrecroisaient à la surface de l'asphalte mouillé. Des morceaux de papier et de tissu carbonisés voletaient lentement au-dessus de nous, éparpillant dans les airs des cendres noires, flocons de neige de l'enfer. D'autres véhicules arrivèrent. Le vacarme qui régnait dans la rue – le grondement et le crépitement des flammes, les cris des pompiers, le bruit de l'eau qui jaillissait de leurs lances, les commentaires des badauds en diverses langues – formait autour de moi un brouhaha incohérent. À présent, des flammes sortaient de mes fenêtres en produisant une fumée noire et âcre. Presque vingt ans de ma vie qui partaient en fumée.

– Vous ne pourrez pas rentrer chez vous ce soir, nous informa un pompier. Je ne peux pas vous dire quand vous pourrez réintégrer vos domiciles, si tant est que l'immeuble soit un jour à nouveau habitable. J'espère que vous avez où dormir.

– Allons boire un verre quelque part, suggéra Phil, prenant la situation en main.

Étrange procession de réfugiés en pyjamas, accompagnés de leurs animaux domestiques, nous descendîmes l'Avenue B jusqu'au bar le Lucky 7. Nous rapprochâmes deux tables et commandâmes une tournée. Même M^{me} Ramirez s'autorisa un petit verre de sherry.

Nous étions trois à avoir des portables. Nous les sortîmes. En premier lieu, nous téléphonâmes à la société de gestion de l'immeuble, « société » composée d'un Grec radin, de son frère indolent et d'une certaine Florence, la secrétaire, pas foutue de trouver son derrière avec ses deux mains. Nous leur laissâmes un message. Voyant qu'ils ne rappelaient pas, nous entreprîmes de chercher un toit pour chacun. Sally irait chez son amie Delia ; Helen et Phil, chez la sœur et le beau-frère d'Helen, à Jersey, ce qui ne semblait pas enchanter Phil ; M^{me} Ramirez n'avait ni famille ni amis, mais son statut de fervente catholique lui valut d'être envoyée par Phil à Long Island, dans un couvent de bonnes sœurs charitables et patientes, que le bon Dieu récompenserait, au royaume des cieux, pour leur hospitalité.

Quant à moi, ma copine Tamayo Scheinman, la comique, avait un appartement au Chelsea Hotel, et elle était actuellement en voyage avec Buzzer, son nouvel amoureux. Elle pouvait être n'importe où, en Mongolie ou à Damas, et elle n'était joignable que par messager, télépathie ou par courriel, à condition qu'elle se trouve dans une ville où il y avait un cybercafé. Mais j'avais ses clés dans mon sac et elle m'avait invitée à occuper son appartement à ma guise – au cas où, par exemple, le mien serait trop bordélique ou pas assez neutre pour y emmener un gars. Jusqu'à présent, je n'en avais pas encore eu besoin.

– Une autre tournée ? proposa Phil.

– Pas pour moi. Je travaille demain, déclarai-je en me levant.

– Je t'appellerai, me dit-il.

Tout le monde se dit au revoir.

Toujours en chemise de nuit, je hélai un taxi et me fit conduire au Chelsea Hotel, dans la Vingt-Troisième Rue, entre la Septième et la Huitième Avenue. Sans doute avez-vous entendu parler du Chelsea Hotel. Peut-être y avez-vous même séjourné ou êtes-vous passé devant, sur la Vingt-Troisième Rue Ouest. Dans ce cas, vous n'avez pas pu louper ce bâtiment en briques rouges de style gothique victorien, aux airs de château, qui domine les constructions austères de la Vingt-Troisième. Avec ses balcons en fer forgé, ses tourelles et ses pyramides sur le toit, le Chelsea serait l'endroit où descendrait la famille Adams si elle était de passage à New York. Haut de douze étages, quand l'édifice a été construit, dans les années 1880, c'était le plus élevé de la ville. À l'origine une copropriété, le Chelsea est très vite devenu un hôtel, ouvert aux gens du spectacle, aux artistes, aux Noirs, aux homosexuels et à tous ceux qui ne trouvaient pas à se loger dans des établissements plus «respectables». Des artistes connus, inconnus, méconnus ont résidé au Chelsea, ainsi que des non-artistes et des touristes attirés par l'histoire du lieu et son atmosphère bohème. Le Chelsea a aussi été une adresse très connue des couples illégitimes.

Tamayo avait signalé à la réception qu'elle m'autorisait à utiliser son appartement à ma convenance. Un portier du nom de Jerome m'aida à porter mes maigres bagages jusqu'à son étage. Lorsqu'il me vit, en chemise de nuit, mon chat et mes pitoyables possessions sous le bras, un petit sourire se dessina sur son visage.

– Mon immeuble a brûlé, lui expliquai-je.

Il haussa imperceptiblement les épaules et ne montra aucune curiosité. Ce n'était sûrement pas la première fois que quelqu'un se pointait au Chelsea en pleine nuit, en pyjama, avec des sacs en plastique pleins à craquer, un chat et un fusil.

La porte de l'appartement de Tamayo, le 711, s'ouvrit sur une totale obscurité. J'appuyai sur l'interrupteur et découvris un studio assez spacieux, divisé par des paravents en coin chambre, coin cuisine et coin salon. L'un des murs était arrondi. Deux portes-fenêtres donnaient sur un balcon avec une balustrade en fer forgé, qui surplombait la Vingt-Troisième Rue. Le lit était surélevé ; un bureau était installé dessous. La déco, japonaise-minimaliste-psychédélique, était intéressante. Les paravents, par exemple, en papier de riz, étaient tous différents : un à damier bleu-vert et rouge, l'autre à volutes vertes et violettes, le troisième à cercles concentriques roses et orange. Les murs étaient peints en blanc cassé. Le mobilier, d'un blanc immaculé, était très simple, hormis une table basse que Tamayo avait fabriquée elle-même, en émail blanc incrusté de centaines de fragments de miroir qui réfléchissaient la lumière tamisée par les paravents et projetaient aux murs et au plafond des arcs-en-ciel multicolores. On se serait cru dans un sketch de *Rowan and Martin's Laugh-In*.

Après avoir confectionné une litière de fortune pour Louise Bryant, avec une caisse en carton et des vieux journaux, j'allumai mon ordinateur et envoyai un message à Tamayo pour la prévenir que je squattais chez elle. Puis je me mis en culotte et grimpai dans son lit.

Ma vie n'est soumise qu'à une seule loi, la loi de Murphy. Je revenais tout juste d'un long voyage d'affaires, et qu'est-ce qui me tombait sur le coin de la figure ? Un incendie, qui plus est la veille de mes congés, dont j'avais grand besoin.

Comment se fait-il que je ne sois pas plus déprimée ? me demandai-je. Mon appartement et presque toutes mes affaires étaient partis en fumée. En temps normal, un tel désastre aurait été une bonne excuse pour m'enfiler quelques vodkas en m'apitoyant sur mon sort. Pourtant, pour l'instant, je n'étais pas trop ébranlée. Peut-être étais-je encore sous le choc. Ou peut-être était-ce justement parce que je venais de passer deux mois sur quatre continents que plus rien ne me déstabilisait. Peut-être avais-je pris conscience que la « normalité » et la réalité ne sont que des concepts relatifs, relatifs au carré de terre sur lequel vous vous trouvez et aux personnes qui vous entourent. Je devais être tout simplement dans une autre réalité. Il faut savoir parer tous les coups, n'est-ce pas ? Ce dernier voyage m'avait appris au moins une chose : que dans la mesure du possible, mieux vaut éviter de s'encombrer, que ce soit les mains ou l'esprit.

Ou alors, j'étais trop crevée pour me poser des questions existentielles. Je sombrai rapidement dans le sommeil et dormis jusqu'à quatre heures du matin, heure à laquelle je fus réveillée par quelqu'un qui tambourinait contre la porte et gueulait comme un sauvage.

– Eh ! Tu es là ? beuglait un homme.

Je parcourus la pièce du regard, à la recherche d'un objet qui pourrait me servir à me défendre. C'est alors que je ressentis la première angoisse liée à l'incendie. J'avais perdu tout mon arsenal d'armes d'autodéfense à apparence inoffensive : tous mes plants de sumac vénéneux, mes pistolets à colle, mon atomiseur au poivre, mon fer à friser sans fil à recharge de gaz. Heureusement, j'avais toujours mon fusil Enfield du XIXᵉ siècle, que j'avais emporté pour sa valeur sentimentale. Il n'était pas chargé, il ne fonctionnait certainement pas, mais il était impressionnant.

– Oh ! Chérie ? Tu m'ouvres ?… Allez !

Aussi silencieusement que possible, je descendis du lit surélevé, m'emparai du fusil, que j'avais posé sur le bureau, et me dirigeai à tâtons vers la cuisine, où je me munis de mon téléphone portable, au cas où il me faudrait appeler de l'aide.

– Vous vous trompez d'appartement, criai-je en collant mon œil contre le judas.

À travers la lentille, le type, un Blanc plutôt jeune, avait un tout petit corps et une très grosse tête. C'était un brun aux yeux marron, avec une barbe d'un ou deux jours.

– Je sais qu'elle est là. Laissez-moi entrer !

Il avait l'air en colère.

– Elle n'est pas là, répondis-je. Qui habite ici ? Vous le savez ?

– Euh… non, j'ai oublié. Nadia vous connaît.

– Vous faites erreur. Allez-vous-en.

– Ouvrez-moi !

– Vous vous trompez de porte ! Foutez le camp ou j'appelle la police.

Il jura dans une langue étrangère, une langue que je ne connaissais pas. Toutefois, pour avoir voyagé dans le monde entier, et écrasé les pieds de quelques citoyens du monde, je sais reconnaître les insultes.

Je gardai l'œil collé au judas jusqu'à ce qu'il ait disparu, attendis encore un moment, puis retournai me coucher. Il ne s'était même pas écoulé une heure lorsque, vers cinq heures du matin, je fus à nouveau réveillée par un vacarme d'enfer.

– Eh ! Qui a accroché la chaîne ? hurlait une femme. Hello ? HELLO ! Tamayo ? Tu es déjà rentrée ?

La porte était entrebâillée, retenue par la chaîne. La femme cognait contre le battant. Je descendis du lit et me postai dans l'ombre, à l'écart du rai de lumière qui venait du couloir, de manière à pouvoir l'observer sans qu'elle me voie. Elle était jeune, les cheveux blond décoloré, en jean et en t-shirt, les yeux cachés derrière de grosses lunettes noires. Elle avait une valise à la main et un petit sac sur le dos. Dans le couloir, à deux ou trois portes en face de la mienne, un chauve, sur le seuil de son appartement, nous regardait en soulevant des haltères.

– Je t'entends, Ta-MAY-o ! Je sais que tu es là !

– Qui est-ce ? demandai-je posément. Je suis armée.

– Euh… euh… euh… Je suis bien chez Ta-MAY-o Scheinman ?

– Oui. Comment avez-vous fait pour ouvrir la porte ?

– Ta-MAY-o m'a envoyé ses clés. Regardez.

Elle glissa une enveloppe rembourrée sous la chaîne.

– Ne bougez pas, dis-je en attrapant l'enveloppe.

Et je claquai la porte, puis allumai la lumière.

« Chère Nadia, voici les clés. J'espère que tout se passe bien avec ton fiancé. Sois très prudente. Envoie-moi un courriel quand tu seras arrivée chez moi. Si tu as besoin de quoi que ce soit, appelle Maggie du 709. Bonne chance et bonne baise. »

C'était bien l'écriture de Tamayo. Et son style.

J'ouvris la porte.

– Excusez-moi. Je ne savais pas que Tamayo avait donné les clés à quelqu'un d'autre. Entrez.

– Vous êtes qui, vous ? me demanda la fille avec un très léger accent.

Un accent étranger, que je ne parvenais pas à identifier. À la lumière de la cuisine, elle faisait adolescente. Peut-être était-elle plus âgée qu'elle ne le paraissait, mais elle avait cette jolie petite bouille de bébé qui lui donnerait toute sa vie l'air d'une gamine.

– Robin Hudson. Une amie de Tamayo.

– Qu'est-ce que vous faites là ?

– Mon appartement a brûlé. J'avais les clés, alors je suis venue ici. Vous pensiez trouver Tamayo chez elle ?

– Non. Mais quand j'ai vu la chaîne, je me suis dit qu'elle devait être rentrée. Qu'est-ce qui me prouve que vous êtes une amie de Tamayo ?

– Pas de parano. Qu'est-ce que les jeunes sont méfiants, de nos jours.

Je me gardai néanmoins d'être sarcastique ou hostile. Tous les sentiments ne sont pas bons à manifester, ai-je appris en voyageant, un peu trop tard toutefois pour éviter certains incidents diplomatiques.

– Je dois m'assurer que vous êtes bien une amie de Tamayo, répliqua-t-elle sur un ton impérieux. Sinon, vous devrez partir.

– Partir ? Mon appartement a brûlé. Il est cinq heures passées. Et je suis arrivée la première.

– J'ai une invitation écrite.

– Tamayo a laissé mon nom à la réception. J'ai le droit de venir ici quand je veux. Écoutez, je suis fatiguée. Je n'ai pas les idées très claires…

– Qu'est-ce qui me prouve que vous êtes une amie de Tamayo ? Il faut que je sache.

– Oh, merde. Je vais vous le prouver.

Dans la bibliothèque de Tamayo, où elle rangeait plusieurs classeurs contenant les critiques de ses spectacles, je trouvai un article paru dans un magazine féminin, relatant notre Grande Virée Entre Filles. Tamayo avait elle-même rédigé un petit encart sur cette mémorable soirée d'Halloween. Le papier était illustré par une photo de Tamayo, moi, une autre copine à nous, Claire Thibodeaux, et mon ancienne stagiaire, Kathy Loblaws.

La fille examina le cliché.

– O.K., vous pouvez dormir là, déclara-t-elle. Combien de temps avez-vous l'intention de rester ici ?

– Je ne sais pas. Mon appartement a été détruit par un incendie. Et vous ?

– Pas longtemps. J'ai rendez-vous ici avec mon fiancé. On a une petite affaire à régler, et après, on s'en va.

– Ah, d'accord. Il est déjà passé, tout à l'heure.

– Il est déjà passé ? Où il est maintenant ?

De jeune femme bourrue, elle se métamorphosa soudain en ingénue tout excitée. Une étincelle s'alluma au fond de ses yeux, un sourire illumina son visage, ses joues se colorèrent de rose. Je reconnaissais les symptômes de cette effrayante psychose.

– Je ne sais pas. J'ai cru qu'il s'était trompé d'appart. Je l'ai chassé.

– VOUS L'AVEZ CHASSÉ ? !

– Désolée. Vous auriez fait la même chose si un inconnu avait frappé à votre porte à quatre heures. Pas de panique. Vous allez bientôt le retrouver.

– Vous ne comprenez pas, rétorqua-t-elle en s'effondrant sur une chaise de la cuisine.

Son sac glissa de ses épaules et tomba sur le sol. Elle fondit en larmes. On aurait dit un fox-terrier qui s'est coincé la queue dans une porte. Elle n'était pas belle à voir.

Que faire ? Quel était mon devoir, sur le plan « humain » ? La laisser tranquille ou lui demander si je pouvais faire quelque chose pour elle ? Bien qu'exténuée, je décidai de lui offrir à boire et de m'asseoir près d'elle. Tamayo avait un placard rempli de bouteilles d'alcool hors de prix, dans des boîtes en fer blanc. La fille voulut un verre de cognac. Quand elle l'eut vidé, elle avait retrouvé une apparence presque humaine. Elle avait dix-neuf ans, me confia-t-elle. Elle s'appelait Nadia, « Nadia tout court ». Elle prétendait avoir grandi à New York, mais son léger accent indiquait qu'elle mentait. Elle connaissait Tamayo depuis environ un an. Il y avait quelques mois de cela, elle était venue à New York pour faire les magasins ; Tamayo l'avait hébergée chez elle, au Chelsea.

– Si je vous raconte tout ça, c'est parce que vous êtes une amie de Tamayo… Mon fiancé et moi, nous allons nous enfuir pour nous marier en secret. C'est compliqué. Il faut que nous soyons très prudents.

– Pourquoi ?

J'avais le pressentiment qu'ils étaient tous les deux mineurs, et qu'ils avaient la frousse que leurs parents ne les empêchent de commettre une grossière erreur.

– C'est comme ça, un point c'est tout ! Pourquoi êtes-vous si curieuse ?

– O.K., O.K. En fait, je m'en fous royalement. Je voulais juste… Bref, changeons de sujet. Si votre prince charmant revient, vous voudrez rester seule avec lui ?

– Nous ne couchons pas ensemble. Nous ferons l'amour seulement notre nuit de noces. Nous ne resterons ici qu'un jour ou deux, et puis nous partirons nous marier. Oh, mon Tieu, mon Tieu, où est-ce qu'il peut bien être ?

Elle se remit à pleurer.

– C'est de votre faute, m'accusa-t-elle.

– Je n'y suis pour rien, et puis, ce n'est pas la fin du monde…

– Si vous aviez un homme dans votre vie, vous comprendriez.

D'où savait-elle que je n'avais pas d'amoureux ? C'était vrai, je n'en avais pas, pas vraiment, pas officiellement. Mais juste pour la contredire, je me mis à lui parler de Pierre, ce génie français avec qui j'avais eu une folle aventure à Paris, aventure que je lui narrai sous forme de fable morale. Si Nadia saisit la parabole (combien les adultes, en amour, étaient plus pondérés que les jeunes, souvent naïfs et fougueux), elle ne l'apprécia pas et me gratifia d'un ricanement méprisant.

– Bon, si on allait se coucher, conclus-je. Un peu de sommeil vous fera du bien, je suis sûre.

Elle se dirigea vers le lit surélevé. Je la retins.

– C'est moi qui dors ici. Vous avez le canapé, là, dans le salon.

– Le canapé ? répéta-t-elle dédaigneusement.

– Ouais.

– Bon, pour une nuit, ça ira.

Je remontai sur le lit surélevé. Quel genre de paumée cette petite princesse était-elle ? Elle m'avait l'air un peu jeune pour être livrée à elle-même. Pas de sexe avant la nuit de noces ? La nouvelle génération est vraiment surprenante. Qui aurait cru que les gosses de la libération sexuelle se rebelleraient contre leurs parents hippies fumeurs de joints en adoptant les mœurs des années 1950 ? Je méditai un instant sur cette évolution puis m'endormis comme une masse. Cette fois, même une apocalypse nucléaire n'aurait pu me réveiller.

# 2

Quand le réveil sonna, quelques heures – trop courtes – plus tard, la lumière du matin entrait par une fente entre les rideaux ; filtrée par le paravent rose et orange, elle baignait l'appartement d'une lueur chaude et profonde. Si je n'avais pas eu tant de détails à régler avant de partir en congé, je ne serais pas allée bosser. Mais je devais impérativement assister à une réunion, boucler deux rapports et les remettre à mes supérieurs.

Nadia était déjà levée, ou pas encore couchée. Assise dans la cuisine de Tamayo, elle pianotait sur un ordinateur portable. Sa fine chevelure blonde auréolée d'un halo rose, elle avait l'air d'un chérubin.

– Votre fiancé n'est pas revenu ?

– Vous voyez bien que non ! répondit-elle d'une voix cassante. Bravo, vous avez été maligne...

Pas commode, la petite. J'étais sur le point de répliquer sur le même ton, mais je m'en abstins. La pauvre, elle avait perdu son fiancé... Et en plus, elle avait dû passer une mauvaise nuit à cause du petit pois sous son matelas. Elle avait de bonnes raisons d'être mal lunée. Je décidai de ne pas la brusquer de bon matin.

– Vous allez traîner dans l'appartement toute la journée ? me demanda-t-elle.

– Non, je vais aller bosser, répondis-je en ouvrant les placards de Tamayo à la recherche de quelque chose à donner à manger à Louise Bryant.

– Quand vous reviendrez, passez-moi un coup de fil d'en bas, au cas où mon fiancé serait là.

Les placards de Tamayo étaient remplis de conserves et de cadeaux de ses admirateurs japonais – caviar, biscuits européens dans de jolis paquets et toutes sortes de friandises, du serpent à sonnette en conserve au calamar entier dans un gros bocal de vinaigre, lequel mets ressemblait à un monstre des fêtes foraines d'autrefois. Tamayo avait aussi toute une réserve d'aliments japonais, dont les emballages portaient pour la plupart des inscriptions en japonais. Certains étaient illustrés, mais malgré les images, il était difficile de deviner ce qu'ils contenaient. D'ailleurs, même quand les étiquettes étaient en anglais, il n'était pas évident de déterminer la nature des produits. Dans le frigo, par exemple, il y avait deux boîtes bleu et blanc de «Sueur froide de pocari».

– À votre avis, c'est quoi du pocari ? interrogeai-je Nadia en lui montrant l'une des boîtes.

Elle ne sourit même pas. Visiblement, elle n'avait pas beaucoup d'humour, ce que je trouvais assez inquiétant pour quelqu'un qui allait se marier si jeune.

Finalement, j'optai pour une boîte sur laquelle figurait un poisson. Il s'avéra que c'était du saumon. Louise Bryant tordit un peu le nez, puis elle se résigna. Son repas englouti, elle alla nonchalamment se coucher dans un coin. Louise Bryant fait une sieste toutes les heures.

Il me fallait maintenant des vêtements pour aller travailler. Du fait que j'étais partie de chez moi en chemise de nuit, manteau et pantoufles, j'allais devoir emprunter des vêtements à Tamayo pour pouvoir sortir et m'en acheter de nouveaux. Bien que Tamayo soit plus petite que moi, nous faisons à peu près la même taille et nous chaussons la même pointure. Son armoire était pleine à craquer, mais ne contenait rien que je puisse porter pour aller au boulot. Si tant est que Tamayo eût des sapes classiques, elle les avait emportées en voyage et avait laissé chez elle toute sa garde-robe de La Cage aux folles. Des sapes super, certes, pour une drag-queen, une comédienne aux idées larges ou Marilyn Manson, mais rien de convenable pour la directrice de la programmation d'une grande chaîne de télé. Parmi ses boas en plumes, ses robes à paillettes, ses t-shirts transparents, ses minijupes et ses pantalons en cuir noir, ses bottes de gogo-girl argentées, je me trouvai néanmoins une tenue à peu près correcte : un pantacourt tilleul et un sweat pervenche, ainsi qu'une paire de chaussures pervenche, assorties au sweat. J'enfilai le tout, pris mon manteau et mon sac, et quittai l'appartement.

Dans l'ascenseur, je descendis en compagnie de deux femmes en tailleur pastel, au look très clean, dont les eaux de toilette se mêlaient à la mienne dans l'espace confiné de la cabine.

– Je ne m'attendais pas du tout à ça, dit l'une des femmes, une brune très collet monté.

Elles tenaient leurs sacs à main serrés contre elle, telles des touristes averties, signe qu'elles n'étaient pas des résidentes permanentes du Chelsea. Toutes deux portaient sous le bras une chemise rose pâle à bordure rose vif sur laquelle étaient inscrits les mots «Mary Sue Enterprises». On aurait pu croire qu'elles étaient à New York à l'occasion d'un rassemblement du Phyllis Schlafly's Eagle Forum[2] ou d'un congrès d'esthéticiennes, mais en fait, Mary Sue Enterprises est une société dirigée par une femme qui enseigne

---

2    Grande organisation conservatrice. (N.d.T.)

à ses clients comment acheter des biens hypothéqués et les revendre avec un énorme profit.

– Arrête de stresser, lui répondit l'autre. Moi, j'aime bien cet endroit. J'ai une chambre ravissante. Cet hôtel a du cachet, et une histoire. Quand je pense que Dylan Thomas a vécu dans ta chambre…

– Tu parles… Ça me fait une belle jambe. Je m'imaginais que le Chelsea allait être comme le Mariott, avec un service aux chambres et des petits flacons de shampooing. Et ces ascenseurs sont si vieux, si lents… Tu ne veux pas que nous déménagions dans un hôtel plus moderne, avec moins de caractère ?

– J'ai téléphoné. Tout est complet. Il y a cinq gros congrès en ce moment à New York. Tu vas au séminaire Financement, ce matin ?

À la sortie de l'ascenseur, je les devançai et leur raflai le taxi stationné devant l'hôtel, qui me condisit chez Macy's, où j'ai mon acheteuse personnelle, Blair. Je partage Blair avec d'autres femmes actives qui n'ont pas le temps de faire du shopping, mais c'est quand même un luxe très appréciable. Blair a enregistré dans sa base de données toutes mes mensurations et mes goûts vestimentaires. Je n'eus donc qu'à me choisir une tenue pour aller bosser ; elle se chargerait de me reconstituer une garde-robe, qu'elle me ferait livrer au bureau dans la journée.

Lorsque j'arrivai au siège de WWN, au vingt-deuxième étage du gratte-ciel Jackson Broadcasting, situé dans la Cinquantième Rue Est, nos six producteurs exécutifs étaient assis autour de la table de verre ovale de la salle de conférences pastel. Notre présidente, Solange Stevenson, et notre vice-président, Jerry Spurdle, n'étaient pas encore là. Tous les producteurs exécutifs de WWN sont des femmes, à l'exception de Dillon Flinder, chargé des programmes médicaux et scientifiques, et de Louis Levin, responsable de l'adaptation des émissions de divertissement étrangères. Jerry et Solange avaient recruté les quatre femmes ; j'avais engagé Louis et Dillon, non sans d'âpres négociations avec Solange à propos de Dillon. À la fin des années 1980, Solange et Dillon avaient à maintes reprises fait « la bête à deux dos » (et même, une fois, selon Dillon, « la bête à trois dos », bien qu'il eût toujours refusé de me dire qui était le troisième « dos »). La présence de Dillon au sein de notre équipe rappelait constamment à Solange qu'elle avait fauté, mais ce n'était pas pour cette raison que j'avais embarqué Dillon dans la grande aventure de WWN. À cette époque, d'ailleurs, je n'étais pas au courant de ce qui s'était passé entre eux. En son temps, Dillon avait été une bête de sexe, toujours en quête de nouvelles sensations (il s'était même tapé une pastèque perforée), et j'avais un peu de mal à suivre le fil de ses expériences. Ce gars avait tout essayé, aussi bien avec des adultes consentants que divers objets inanimés (parfois les deux associés). La seule chose que je savais pour sûr, car il me l'avait dit un soir au Keggers, notre bar préféré, c'était qu'il n'avait pas encore testé de femme à barbe ni de Texane.

Tandis que je racontais l'incendie, Jerry entra dans la salle de conférences et m'interrompit :

— J'ai appris qu'il y avait eu le feu chez toi, me dit-il en me décochant son petit sourire mielleux et en remuant son café dans sa tasse « Inspecteur en chef des nichons, WTNA TV ». Qu'est-ce qui s'est passé ? Un marin bourré s'est endormi dans ton lit avec une cigarette allumée ?

— Nous ne connaissons pas encore les causes de l'incendie.

– Ce serait bien de toi, de foutre le feu à ton immeuble. C'est vrai, ce serait tout à fait…

– Eh bien, non, ce n'est pas moi.

– Ouh, ce me semble que la dame proteste par trop. Allez, avoue, dis-nous comment tu as fait ça.

Jerry est un as de la provocation, mais ce talent ne découle pas de son intelligence. Son secret, c'est sa persévérance, sa manière de vous tourner autour comme un moustique affamé, avec son dard bien affûté, et de vous piquer encore et encore, jusqu'au sang. Jerry était tout le temps en train d'essayer de me faire monter, de me rendre chèvre, de «taper sur le système de mon singe», pour reprendre la terminologie de notre producteur et roi de la jacquerie, Louis Levin. Jerry ne me lâchait pas. Je ne sais pas pourquoi. Il y a des emmerdeurs, comme ça, qui vous collent aux basques pendant toute votre vie. Chaque fois que vous croyez vous en être débarrassé, hop, ils resurgissent. Jerry me ferait chier toute ma vie.

– Comme tu veux, Jerry. Un marin bourré avec une cigarette allumée? Si ça peut te faire plaisir, ça marche, rétorquai-je en riant.

Il n'en avait pas terminé.

– Au fait, nos filiales étrangères viennent de m'envoyer les rapports de ton dernier voyage. Tu as vraiment vexé certaines personnes. C'est vrai que tu as souillé la tête des cinq enfants du président de Thaï TV?

Touché. C'était vrai. J'avais rendu fou de rage le très correct président de Thaï TV en tapotant la tête de ses gamins, mieux même, en leur caressant les cheveux. Et lorsqu'on m'avait informée de mon crime, j'avais éclaté de rire en disant: «Vous vous moquez de moi?» Comment aurais-je pu savoir que c'était une offense, en Thaïlande, de toucher la tête d'un enfant ? O.K., notre département Protocole le savait, mais j'avais omis, avant de partir, de faire des recherches sur le sujet de la tête des enfants. Essayez de mémoriser les usages de douze pays situés sur quatre continents différents… Au début, j'avais été très vigilante en matière d'étiquette, mais au cinquième pays, toutes ces règles s'étaient un peu mélangées dans mon esprit et je ne savais plus si je devais ou non mettre mon pied en avant pour saluer, de quel côté incliner la tête, s'il était poli de sourire, si j'avais le droit de me servir du thé moi-même, etc., tout ça afin de ne pas froisser le potentat local ou le dieu à six bras.

Résultat, j'avais malgré moi réussi à soulever le courroux de quelques personnes et quelques déités mineures dans divers pays. J'aurais pu, bien sûr, mais l'idée ne m'avait pas effleurée, demander ce qu'il y avait de si grave à lever son verre de la mauvaise main pour porter un toast à la vaniteuse épouse du dictateur au pouvoir quand, derrière les murs du palais, la majorité ethnique promenait sur des pieux les têtes des minorités massacrées et lynchaient les femmes infidèles ou présumées infidèles. Idiote comme je suis, je crois que je ne comprendrai jamais rien aux bonnes manières.

En fait, en voyageant, j'ai appris à me taire. Si vous ne voulez heurter personne, si vous ne tenez pas à ce que vos propos soient déformés ou mal interprétés, au risque de mettre votre entreprise dans une fâcheuse position, le mieux est encore de vous la fermer.

– Qu'est-ce que tu as fait à Singapour ? poursuivit Jerry. Notre agent de liaison dit que tu as eu un comportement insultant vis-à-vis de certaines personnes, mais il est trop bien élevé pour entrer dans les détails.

– À Singapour ?

Je n'avais pas le souvenir d'avoir offusqué qui que ce soit à Singapour.

– Tu as vraiment choqué certaines personnes, insista Jerry, une note de désespoir dans la voix, parce qu'il n'était pas encore parvenu à me provoquer de la semaine. J'ai entendu dire, également, que tu avais franchement dépassé les bornes à Pékin.

En chœur, les producteurs poussèrent un soupir et tous les regards convergèrent vers moi. J'avais une vanne toute prête à balancer à Jerry, M. Sensibilité Culturelle, mais je me retins.

– Bon, cessez de vous chamailler, les enfants, ordonna Solange derrière moi.

Elle s'était approchée comme une Apache, sans que personne ne l'entende.

– Je lunche à treize heures avec Barbara Walters[3], nous informa-t-elle. Alors mettons-nous au travail. Jerry, tu as tâté le terrain avec les nouveaux annonceurs ?

– J'en suis aux préliminaires avec la plupart. Quoique Maigrirvit soit sur le point de signer, répondit-il.

– Reste à savoir si nous voulons d'eux comme annonceurs, répliqua Solange.

Avant que je puisse piper mot, Louis prit la parole :

– Je suis d'accord. Désirons-nous propager les critères de beauté occidentaux dans le reste du monde ? Ils ont déjà assez de problèmes.

– Cinq millions de dollars, objecta Jerry.

– D'un autre côté, l'obésité est un problème de santé, renchérit Solange.

---

3    Célèbre journaliste, la première femme à avoir présenté un journal télévisé aux États-Unis. (N.d.T.)

– On n'a pas dit que ces produits amincissants entraînaient des troubles de la vésicule biliaire ? intervint Dillon.

– Ah bon ? fit Solange en prenant l'air d'accorder de l'importance aux arguments de chacun.

Elle se tourna vers Jerry.

– Assure-toi que ces produits sont sains et sans danger. Si c'est le cas, O.K. pour la pub.

Autant demander à un lobby en faveur du tabac de vérifier que la cigarette ne présente pas de risques pour les jeunes enfants. Contrairement à ce que l'on aurait pu croire, Jerry et M^{me} Solange s'entendaient comme larrons en foire. Pourtant, Solange était une féministe militante, qui siégeait au conseil d'administration de plusieurs associations féministes. Et Jerry n'était pas ce que l'on peut appeler un homme «pro-femmes», sauf quand il s'agissait de sa vie sexuelle. Au début, il avait été très ennuyé de travailler dans «ce réseau de bonnes femmes», et il était devenu encore plus machiste qu'il ne l'était déjà. Cependant, il savait soutirer de l'argent aux annonceurs, et Solange était avant tout une femme d'affaires avisée. Elle jouait le jeu de la femme concernée par la condition de ses consœurs, mais elle était prête, quand il le fallait, à sacrifier ses idéaux sur l'autel des gros sous. Propager les standards de la beauté occidentale ? Mauvais. Cinq millions de dollars ? Bon, très bon. Le pire, c'est que toutes les femmes qu'ils avaient engagées partageaient la même philosophie. Les féministes les plus fervents de notre réseau étaient en fait Louis et Dillon.

Et moi ? Moi, j'étais le souffre-douleur de Jerry et de Solange. Était-ce une coïncidence si l'on m'envoyait sans cesse à l'étranger pour aller chercher de nouveaux programmes, négocier des accords, fa[...] relation publique ? À votre avis ? Je passais r[...]

plus de deux semaines d'affilée au bureau sans que l'un d'eux vienne m'annoncer qu'ils avaient un voyage d'affaires à me confier. Depuis mon dernier périple, ils ne savaient plus où m'expédier, mais ils avaient découvert que je n'avais pas pris de vacances depuis deux ans. Selon le règlement de l'entreprise, il fallait que je solde mes congés avant la date anniversaire de mon embauche, ou sinon je les avais dans l'os.

Évidemment, j'avais pris mes congés. Cette journée était la dernière…

Après ce débat sur la pub, les producteurs firent un bref état des lieux. Notre émission la plus regardée et la plus originale s'intitulait *Un monde de soaps*. Elle durait une heure. Il s'agissait des résumés expéditifs de nos soap-opéras sous-titrés d'Inde, d'Iran, de France, de Bulgarie et des États-Unis. Les feuilletons eux-mêmes avaient un indice d'écoute qui grimpait lentement mais sûrement, tout comme *Jet-set gourmet*, notre émission de cuisine internationale, et nos rediffusions de sitcoms féminines. Le programme de sport féminin marchait pas mal ; les journaux et les émissions d'information traînaient un peu la patte, en raison principalement du créneau horaire où ils étaient diffusés, généralement entre des émissions payante présentées par des médiums ou des gourous du développement personnel auxquels les spectateurs pouvaient poser des questions par téléphone. Les rediffusions de l'ancien talk-show de Solange se portaient bien. (Dans le monde entier, apparemment, on ne se lassait pas des perdus-de-vue-retrouvés et des filles qui sortaient avec les amants édentés de leur mère.)

Globalement, pour une première année, nous avons un modeste succès. Mais les caisses se vidaient à la vitesse grand V, tandis que l'audience n'augmentait qu'à pas de tortue.

Nous discutâmes encore de quelques questions budgétaires, puis Solange nous libéra. Il fallait qu'elle file au Cirque, où elle avait rendez-vous avec Barbara pour déjeuner. Avant que Jerry m'attrape, je m'éclipsai dans mon bureau, Tim, mon assistant plein de bonne volonté, sur mes talons.

– Voilà les notes de service du matin, me dit-il, et votre courrier. Je me suis permis de faire le tri et d'envoyer à la police tous les canulars à l'anthrax.

– Merci. Vous avez du travail ? J'ai tout un tas de missions à vous confier. Des missions personnelles.

– J'adore les missions.

– À cause de l'incendie, je loge au Chelsea Hotel, chez mon amie Tamayo.

Je lui indiquai le numéro de la chambre et précisai :

– Jerry et Solange ne doivent pas savoir où je suis. En cas d'urgence, si vous avez besoin de moi, appelez-moi, VOUS.

Puis je lui donnai tous mes numéros de client et le priai de faire suspendre mes abonnements à l'électricité, au câble, au téléphone, de prévenir mon assurance, etc. Avoir un assistant plein de bonne volonté fait partie des avantages du métier de cadre, une fonction par ailleurs plutôt galère.

– Je crois que je devrais aussi téléphoner à votre femme de ménage, pour lui dire de ne plus passer chez vous jusqu'à nouvel ordre, suggéra Tim.

– Tim, vous êtes une perle. Par quel miracle suis-je tombée sur vous ?

– Vous avez fait un pacte avec le diable, mais vous étiez bourrée ce jour-là, c'est pour ça que vous ne vous en souvenez pas. Puis-je encore faire quelque chose pour apporter un peu de rose dans votre vie ?

– Non, je vous remercie.

Tim quitta mon bureau, sur le seuil duquel il croisa Louis. Louis est paraplégique et se déplace en fauteuil roulant électrique, un moyen de locomotion qu'il utilise parfois à des fins néfastes, notamment pour foncer sur les gens qu'il n'aime pas lorsqu'ils sont réunis dans un couloir étroit.

– Qu'est-ce qui t'arrive, Robin ? me dit-il. Pourquoi tu n'as pas envoyé chier Jerry ? Il t'a pourtant donné quelques occasions de lui clouer le bec. Toute la semaine, tu l'as laissé faire. Dillon et moi sommes obligés de défendre ton point de vue féministe dans les réunions ; sinon, tout le monde s'écrase. Je veux bien être solidaire avec vous, les filles, mais ça me fait un peu bizarre, quand même, d'être le porte-parole des femmes.

– J'ai adopté une nouvelle politique, lui expliquai-je. Désormais, je me la ferme et je tends l'autre joue.

– Ouais, j'avais remarqué. Qu'est-ce qui se passe, dis-moi ? Tu lui fais subir le supplice chinois de l'eau ? Suspense… Quand la prochaine goutte tombera-t-elle…

– Pas du tout. Loin de moi l'idée de torturer Jerry, je te le jure. J'essaye juste d'être… comment dirais-je ? Mature.

– Oh, ciel ! Notre Robin qui devient raisonnable ! Depuis que tu es revenue… C'est à cause de ce gars, hein ? Il t'a matée.

– Quel gars ?

– Le Parisien que tu nous caches. Il a appelé ce matin. C'est moi qui ai décroché. Il a essayé de téléphoner chez toi, je crois, et ça ne répondait pas. Il est un peu difficile à comprendre. Il ne parle pas très bien l'anglais.

– Ah, il a téléphoné ? fis-je, très cool.

– Mon Dieu, tu rougis ! Qu'est-ce que c'est que ça ? demanda-t-il en commençant à tripoter une pile de livres et de vidéos posée sur mon bureau. *Reines vierges et vigoureux consorts : le féminisme et l'amour romantique…*

C'était le titre de l'un des livres. Il le retourna et lut la quatrième de couverture :

– «La femme moderne peut-elle concilier féminisme et hétérosexualité ?»

– On m'a envoyé ce bouquin. Je ne l'ai pas encore lu. Ne tire pas de conclusions hâtives. Ne fais pas de rapprochements entre des choses qui n'ont rien à voir entre elles. Cet homme n'est que…

– Qu'une aventure, me coupa-t-il.

– Un ami, rectifiai-je, aussi désinvolte que possible. Il a laissé un message ?

– Ouais. Il a dit qu'il partait chez un ex-parent, pour labourer, ou faire des expériences dans son labo. Je n'ai pas bien compris. Il sera absent pendant un mois. Il t'enverra un courriel quand il aura le temps.

– Merci.

– Labo ? Il fait quoi, ce type ?

– Il est physicien.

– Tu rougis à nouveau.

– Je suis crevée. C'est la fatigue.

– Tu crois que tu vas me faire gober ça ? Il n'y a pas de honte. Pourquoi toutes ces cachotteries ? Il est marié ? S'il te plaît, dis-moi qu'il n'est pas marié…

– Mais non, il n'est pas marié. De toute façon, nous sommes amis, c'est tout. Il n'y a pas de quoi en faire tout un plat. À l'origine, c'est un ami de Tamayo.

Elle m'a dit que je pouvais passer le voir quand je serais à Paris. C'est que ce j'ai fait.

– Qu'est-ce qu'il a qui cloche ?

– Rien. Il est très bien.

– D'accord, j'ai compris. Tu es amoureuse de lui, et il n'en a rien à foutre de toi.

– Pff...

De guerre lasse, j'avais presque envie de dire à Louis : Écoute, Pierre et moi n'habitons pas sur le même continent. Il lit l'anglais, mais ne le parle pas très bien. Et moi, j'ai un français tout ce qu'il y a de plus rudimentaire. Ça peut être amusant... pendant une semaine, environ. C'est un génie fier de ses origines gauloises, issu d'une famille de la petite noblesse, qui se tient très bien à table. Et moi, je ne suis qu'une Américaine mal dégrossie. Ces histoires-là ne se finissent bien que dans les films de Fran Drescher.

Louis est un bon ami et un collègue de travail que je respecte, mais c'est aussi lui qui tient Radio Free Babylon, le fichier de rumeurs qui circule dans tout le réseau informatique de Jackson Broadcasting. C'est pourquoi j'évitais de lui raconter ma vie.

– Ce n'est qu'un ami, répétai-je.

– Si tu le dis. En tout cas, il t'a un peu ramollie. Jerry va s'en donner à cœur joie pendant que tu seras en vacances. Il croit que tu mijotes quelque chose, et il va prendre les devants...

– Qu'est-ce qu'il peut faire ?

– Ne le sous-estime pas. Il te prépare un coup. Je ne sais pas encore quoi, mais j'ouvrirai mes oreilles. Je te tiendrai au courant. Tu devrais peut-être essayer de le désamorcer par quelques phrases, juste pour le rassurer.

Louis m'informa des nombreux autres complots qui se tramaient à WWN. Les intrigues d'une cour byzantine auraient paru ridicules comparées aux machinations secrètes qui s'ourdissaient au sein de l'Empire de la Femme Sacrée, comme disait Louis. Il fallait faire preuve d'une volonté de fer pour ne pas se laisser entraîner dans ces manigances. Heureusement, Louis et Tim, mon assistant, prenaient un malin plaisir à «pénétrer les voies de Dieu», et lorsque j'étais en voyage, loin de la tentation, ils infiltraient pour moi les souterrains labyrinthiques du pouvoir.

La semaine que je venais de passer au bureau, néanmoins, avait été éprouvante. Chaque fois que je me retournais, j'avais l'impression qu'un courtisan allait sortir de l'ombre et se jeter sur quelqu'un en brandissant un stylet empoisonné. Les producteurs conspiraient les uns contre les autres. Les réalisateurs conspiraient les uns contre les autres. Même les stagiaires conspiraient les uns contre les autres. Et toutes ces intrigues se dissimulaient derrière une doucereuse civilité pastel. Voilà la culture d'entreprise qu'avaient instaurée Jerry et Solange.

Encore une journée à faire et je serais loin, pendant mes congés, de toutes ces mesquineries, mais d'ici là, il allait me falloir esquiver la Reine du Mal et son Couard Valet.

Environ une heure avant que je m'en aille, Jerry essaya à nouveau de me provoquer en me disant qu'il avait besoin d'une présentatrice plus jeune et plus jolie pour notre émission de fin d'après-midi destinée aux écoliers, un ramassis de gentils petits sujets sur la vie scolaire et les sports d'aventure. Il ajouta qu'il souhaitait remodeler complètement l'émission et l'axer sur des thèmes tels que le maquillage, la mode et le flirt. Je lui promis d'y réfléchir.

Jamais je ne lui avais vu un air aussi dépité. Si j'avais su… Je serais devenue mature et circonspecte des années plus tôt. Car contrairement à ce que j'avais dit à Louis, mon attitude relevait bel et bien de la stratégie. Au départ, non, je ne l'avais pas fait exprès : ce comportement était dû au décalage horaire, à la fatigue du voyage ; j'étais trop épuisée pour me battre, et j'appliquais encore ces rudiments de diplomatie que j'ai acquis à l'étranger. Mais quand j'avais remarqué à quel point Jerry était contrarié quand je fermais ma grande gueule, je m'étais montrée mature et diplomate juste pour... taper sur le système de son singe. Comme dans cette vieille blague que j'aime bien. Un masochiste et un sadique sont assis sur un banc. Le maso dit au sadique : « Fais-moi mal » ; le sadique lui répond : « Non. »

Évidemment, ma nouvelle attitude agaçait Solange également. Je m'apprêtais à partir quand elle vint me trouver dans mon bureau.

– Repose-toi bien pendant tes vacances, me dit-elle. Tu as mauvaise mine. Je me fais beaucoup de souci pour toi.

– Merci.

– Détends-toi. Ne t'inquiète de rien. Je veillerai à ce que Jerry ne te cause pas d'ennuis. Je veillerai aussi à ce que Paula et Lucille ne te cassent pas du sucre sur le dos. Repose-toi, surtout.

Paula et Lucille étaient productrices. Il n'y avait jamais eu de frictions entre nous, et il ne m'était jamais venu à l'esprit, jusqu'à présent, qu'elles puissent avoir l'intention de me nuire. Solange devait chercher à me monter contre elles, tout comme elle devait probablement chercher à les monter contre moi. C'était l'un de ses sports sanguinaires de prédilection : inciter les gens à s'attaquer les uns les autres. Elle, la voix de la sagesse, intervenait après l'effusion de sang, pour restaurer l'ordre.

J'ai néanmoins une arme pour me battre contre Solange, une arme très efficace : l'agression passive, qui consiste à lui parler de quelqu'un qu'elle ne peut pas sentir et qui est très heureux. Immanquablement, ça la fait taire. Mais comme Jerry, elle serait encore plus vexée si je la prenais de haut, en me montrant mature et… comment dit-on déjà… classieuse. Solange déteste les gens qui la prennent de haut, encore plus que ceux qui sont heureux. Ça valait donc le coup d'être mature. Enfin bon… Je n'étais pas mécontente de partir en congé. Certes, c'était marrant de les torturer, mais être mature avait tendance à très vite me gonfler.

Finalement, ce fut l'heure de m'en aller et c'est avec soulagement que je quittai la tour rose et granit JBS, avec un sentiment de liberté, comme si les doigts géants qui m'avaient enserré la poitrine durant les cinq jours précédents relâchaient enfin leur emprise. Plus d'intrigues, plus de commérages, plus de guerre des sexes pendant deux semaines entières. Que du repos et de la détente. Le bonheur.

# 3

De retour au Chelsea, chargée de pâtées pour chat, de nouveaux vêtements et autres articles de première nécessité, j'appelai Nadia de la réception, comme elle me l'avait demandé.

— Qui est-ce ? aboya-t-elle.

— Robin, l'amie de Tamayo. Je suis en bas. Je peux monter ?

— Je suis en train de discuter avec quelqu'un. J'en ai encore pour une demi-heure.

Sur quoi, elle me raccrocha au nez.

C'était bien parce qu'elle était une amie de Tamayo, et parce qu'elle était jeune, et – gag – amoureuse, que je ne montai pas interrompre sa discussion. Je commençais à être vraiment à plat. Une demi-heure me paraissait une éternité mais, paradoxalement, ne me laissait le temps d'aller nulle part ni de faire quoi que ce soit. Je m'assis donc dans le hall de l'hôtel et observai les gens.

Nous n'étions que trois : un vieil homme endormi dans un fauteuil, un jeune branché aux cheveux coupés en brosse, avec des lunettes à monture noire, avachi dans un fauteuil, et moi. La déco de la réception était éclectique, c'est le moins qu'on puisse dire. Il y avait des œuvres d'art partout, de différentes écoles, pas toujours compatibles. Les murs de marbre gris étaient couverts de peintures. Des sculptures se dressaient tout autour du salon. Une femme en papier mâché rose, sur une balançoire, était suspendue au milieu du plafond. La cheminée, en fonte noire, était gardée par deux griffons qui montraient les dents. Au-dessus du manteau, un tableau en bois sculpté représentait des artistes au travail. Sur la tablette, un buste de Harry S. Truman était encadré par deux étranges vases argentés en filigrane qui ressemblaient à d'anciennes urnes phéniciennes. Derrière la réception, tout autour des centaines de minuscules casiers dans lesquels était réparti le courrier, il y avait encore d'autres œuvres d'art, sur les murs, et même au plafond. Certaines de ces pièces, signées d'artistes connus ou inconnus, étaient superbes; d'autres étaient très médiocres. Au Chelsea, on appliquait la démocratie et on ne portait pas de jugements.

Il était facile de se plonger dans le passé, car le hall, au fil des ans, n'avait guère subi de changements. Sa déco et son mobilier hétéroclites lui conféraient un caractère atemporel. Je m'imaginais l'hôtel au début du siècle, Mark Twain et Sarah Bernhardt prenant le thé dans ce hall aux murs de marbre, attablés peut-être sous l'énorme lustre de cristal. Dans les années 1930, Thomas Wolfe avait écrit au Chelsea. Dans les années 1950, Robert Oppenheimer, père de la bombe A, y avait médité sur son invention, et Dylan Thomas s'y était soûlé à mort. Dans les années 1960, Janis Joplin avait taillé une pipe à Leonard Cohen sur le lit d'une chambre pas faite « *while limousines [waited] in the street*[4] », et la fragile et maudite Edie Sedgewick, la Superstar de Warhol, avait plusieurs fois mis le feu à sa chambre. Il existe une célèbre photo d'elle, les yeux charbonneux et les mains bandées, assise

---

4    « Pendant que les limousines attendaient dans la rue » : extrait de *Chelsea Hotel n°2* de Leonard Cohen (une chanson écrite pour Janis Joplin). (N.d.T.)

dans le hall en attendant que la direction lui donne une nouvelle chambre. Tamayo m'avait raconté certaines de ces anecdotes ; les autres, je les connaissais, comme tout New-Yorkais qui s'est un tant soit peu intéressé au Chelsea.

Tandis que je rêvassais à une Édith Piaf jeune se réfugiant ici avec le compositeur Virgil Thomson, un homme aux cheveux teints en rouge entra dans l'hôtel avec un chien noir et blanc dont les jappements me ramenèrent au présent. Ils étaient suivis par un homme coiffé d'une horrible moumoute noire, qui s'immobilisa un instant entre les portes vitrées et jeta un regard à la ronde.

Une femme âgée, élégante, arriva derrière lui, accompagnée d'un jeune homme empressé.

– Je suis en train d'expérimenter de nouvelles textures et de nouvelles surfaces, madame Grundy, disait le jeune homme. Je peins sur de la toile de jean blanchie au tissage très serré. Et aussi sur du velours rasé tendu sur un cadre. Si vous aviez une demi-heure à m'accorder, madame Grundy, afin que je vous montre…

– Pas aujourd'hui, je suis pressée, on m'attend. Passez un coup de fil à mon assistant Ben. Il vous fixera un rendez-vous et nous regarderons votre book. Et je vous en prie, appelez-moi Miriam, de grâce.

Miriam Grundy, ouaouh ! Miriam Grundy était un personnage, une figure de l'avant-garde comme de la vieille garde. Son histoire était devenue mythique. Quand elle avait une vingtaine d'années, sa famille, fuyant l'Europe et les nazis, avait émigré en Amérique, où la jeune Miriam Hirsch avait rencontré Oliver Grundy, un poète, marié, fils d'une riche famille protestante. Leur relation, qui s'était nouée au Chelsea, avait fait scandale. La presse à sensation avait suivi avec avidité le divorce de Grundy, et publié les lettres d'amour enflammées de Miriam et d'Oliver, les passages les plus sulfureux remplacés par des pointillés. Oliver et Miriam s'étaient mariés, et avaient délaissé la haute société pour le milieu bohème des beatniks et des surréalistes. Le beau monde leur avait alors fermé ses portes, jusque dans les années 1960, peu avant le décès d'Oliver Grundy.

Aujourd'hui, le nom de la veuve fortunée s'étalait dans toutes les rubriques Potins et People, car elle était de toutes les fêtes, des galas de charité mondains du Museum of Art aux performances avant-gardistes qui se déroulaient dans les bars ultrabranchés du Downtown, tels le P.S. 22 ou le Here. Elle avait eu une vie hors du commun. Après avoir échappé à une mort certaine si elle était restée en Europe, elle avait vécu une grande histoire d'amour, puis elle était devenue mécène. Les drag-queens la prenaient pour modèle. Elle était une véritable légende vivante du Chelsea.

J'étais tellement fascinée par Miriam Grundy que je faillis ne pas voir le jeune homme qui entra dans l'hôtel derrière elle. Quand je le remarquai, je dus le regarder à deux fois avant de réaliser que c'était le gamin qui avait frappé à ma porte la nuit précédente. Il se dirigeait d'un pas déterminé vers l'ascenseur. Le temps que je ramasse mes sacs, il avait disparu.

Je rappelai Nadia.

– Qu'est-ce qu'il y a ? glapit-elle.

– Je viens de le voir, votre fiancé ! Il monte. Vous n'avez plus à vous faire de souci.

– Ouf, soupira-t-elle.

– Vous voulez que je vous laisse un moment seule avec lui ?

– Non, nous devons filer à un rendez-vous.

– Alors je peux monter ?

– Dans cinq, dix minutes.

Et elle raccrocha.

Dix minutes plus tard, je traînai mes vieux os jusqu'à l'ascenseur. Les portes de la cabine allaient se refermer quand un homme passa la main entre les panneaux et les força à se rouvrir. Très beau spécimen, il avait la quarantaine et ressemblait un peu à Gregory Peck. Dans un premier temps, il ne sembla pas s'apercevoir de ma présence. Au troisième étage, toutefois, il me sourit et me lança un regard aguicheur, empreint à la fois de bonté chrétienne et de désir mâle. Je dois avouer que ce regard m'électrisa.

– Bonjour, dit-il.

– Bonjour.

– Il me semble vous avoir déjà vue quelque part. Vous habitez ici ?

– Non. Je suis chez une amie pour quelques jours.

– Je m'appelle Gerald.

– Robin. Vous habitez ici ?

– Plus maintenant, non. Mais j'ai vécu ici. Combien de temps allez-vous passer au Chelsea ?

– Je ne sais pas. Mon appartement a été détruit par un incendie…

Je ne pus achever ma phrase. Au septième étage, les portes s'ouvrirent sur une femme avec une énorme tignasse de bouclettes brunes qui devait avoir à peu près mon âge. Quand elle vit Gerald, elle se mit à hurler :

– Espèce de sale voleur ! Où tu étais ? J'espère que tu m'as apporté mon argent.

Elle avait un accent irlandais ou écossais.

– Maggie, j'ai eu un empêchement. J'ai rendez-vous avec quelqu'un…

– Avec qui ?

– C'est confidentiel. Je passerai chez toi dans la soirée, ou demain.

– Je ne serai pas là, ce soir.

– Demain, alors.

– T'as intérêt ! brailla-t-elle. Ou sinon je te découpe en morceaux et je te jette en pâture aux clochards.

Je parvins à me glisser entre eux et à sortir de la cabine. Gerald tenta une échappée lui aussi, mais la brune frisée monta dans l'ascenseur et l'empêcha d'en sortir. Les portes se refermèrent sur leur différend.

Le septième étage était animé. Le type à la moumoute était dans le couloir. Il parlait au culturiste chauve et tatoué qui soulevait des poids sur le pas de sa porte. Le culturiste n'avait pas l'air de voir l'homme à la moumoute. Son visage était de marbre, il semblait regarder dans le vide. Au fond du couloir, de la porte à côté de l'appartement de Tamayo, jaillirent des vêtements masculins, suivis d'un homme petit et râblé avec une crinière blanche très fournie, en caleçon et camisole. La porte claqua. L'homme ramassa son pantalon et commença à l'enfiler. Il l'avait à la hauteur des genoux quand la porte se rouvrit. Une blonde en peignoir apparut sur le seuil et lui lança une paire de chaussures, une chaussure, puis l'autre. En se tortillant dans son pantalon, le pauvre type essaya d'esquiver les projectiles. Il se cassa la figure. Les quatre fers en l'air, il s'adressa en espagnol à la blonde. Il avait une voix très douce et il me sembla qu'il s'excusait. Mais la blonde demeura inflexible. Elle jura en espagnol, rentra dans sa chambre et claqua la porte.

Par politesse, bien qu'ayant la clé à la main, je frappai à la porte de Tamayo. Le battant s'entrebâilla, retenu par la chaîne.

– Oh, c'est vous, fit Nadia.

– Ouais, c'est moi.

43

Elle décrocha la chaîne, m'attira à l'intérieur et referma la porte.

– J'ai cru que c'était mon fiancé.

– Il n'est pas encore là ?

– Non.

– Il a pris l'ascenseur il y a plus d'un quart d'heure.

– Il n'est pas arrivé. Oh, mon Tieu.

– Il s'est peut-être perdu. Il sait que, finalement, il ne s'était pas trompé d'appartement ?

– J'en sais rien. Je ne lui ai pas parlé. Oh, mon Tieu.

– Pas de panique, la rassurai-je. À quelque chose malheur est peut-être bon. C'est peut-être pour vous une occasion de réfléchir avant de foncer tête baissée.

– Vous ne comprenez pas. Nous devons nous marier.

– Pourquoi ? Vous n'êtes pas enceinte. Vous m'avez dit vous-même que vous n'aviez pas encore couché ensemble…

– Jurez-moi de ne rien répéter à personne.

– Hm, hm.

– Je viens d'un pays où les mariages arrangés sont monnaie courante. Mes parents veulent que j'épouse un homme que je n'aime pas. C'est pour ça que je me suis enfuie.

– Ah, d'accord. Mais pourquoi voulez-vous à tout prix vous marier avec un autre ? On ne se marie pas à la légère…

– Arrêtez de dire n'importe quoi. Je veux me marier parce que je suis amoureuse.

– Amoureuse ? Vous êtes sûre ?

– Certaine.

– Ah. De quel pays êtes-vous ?

– Plotzonie.

– Plotzonie ?

– C'est comme ça que je l'appelle.

– Et quel est le vrai nom de ce pays ?

– Il vaut mieux pour vous que vous ne le sachiez pas, répondit-elle, mystérieuse, comme si un terrible malheur risquait de s'abattre sur moi si je savais.

À mon avis, elle devait être mineure, et en fugue, et elle avait peur que je les trahisse, elle et son petit copain. J'insistai, mais elle refusa de me dire d'où elle était. Elle prétendait que sa famille avait quitté les États-Unis un an auparavant pour retourner dans ce pays, un pays arriéré où les jeunes filles ne pouvaient pas épouser qui elles voulaient, où des gens étaient fréquemment pris en otages, où il n'y avait pas de centres commerciaux, pas de bagels, pas de boîtes de nuit, un pays sur lequel planait en permanence une odeur de chaussette sale brûlée. Ses parents étaient très autoritaires. En Plotzonie, elle restait presque tout le temps dans sa chambre, à regarder la télé par satellite avec ses sœurs ou à chatter sur Internet. Elle avait rencontré Tamayo sur le Net.

Il y avait de cela six mois, elle était venue faire du shopping à New York, avec son « chaperon ». Elle avait semé le chaperon et s'était fait héberger pendant une semaine chez Tamayo, au Chelsea. C'était après cette escapade, dit-elle, que ses parents avaient décidé de la marier.

– Vous comprenez maintenant ? me demanda-t-elle.

– Je comprends que vous ayez envie de vivre votre vie. Mais le mariage, par contre… Vous me paraissez bien jeune pour vous marier, si je puis me permettre.

– Non, vous ne pouvez pas vous permettre. L'âge n'a pas d'importance quand vous avez trouvé l'âme sœur.

– L'âme sœur, je vois. J'ai rencontré au moins deux douzaines d'âmes sœurs.

– Il EST mon âme sœur. Si vous le connaissiez comme je le connais…

Et elle me chanta les louanges de son âme sœur. À la façon dont elle décrivait son bien-aimé, en battant des cils, le visage illuminé, hors d'haleine, ce gars devait être un croisement entre Dieu le Père, Jésus, le Saint-Esprit, Leonardo DiCaprio et Alan Greenspan[5]. Visiblement, cette fille était sous l'emprise de la Folie, cette hallucination induite par les hormones, qui pousse les jeunes gens à s'accoupler, enfanter et acheter des tonnes de biens de consommation pour combler la misère d'un mariage précoce.

C'était très désagréable. C'est toujours très désagréable de voir des gens dans la première phase teintée de rose de l'amour, comme Nadia, qui perdait complètement les pédales et se figurait que le monde était magique. J'ai vu ce phénomène se produire chez des personnes qui n'étaient pourtant pas du tout prédisposées. Tout à coup, votre amie la plus cynique et la plus acide régresse au stade d'ingénue exubérante et rougissante. Cette même amie qui à la fac avait dans sa table de nuit un carnet de ses «meilleures baises», celle-là même qui prônait la liberté des mœurs et dénonçait avec mépris le mariage comme un «piège bourgeois qui tue le désir et le romantisme». Celle-là, oui, qui un beau jour vous montrait sa bague de fiançailles au-dessus d'un cocktail aux fruits en gloussant comme une midinette. Combien en ai-je vu, de ces midinettes émoustillées, cinq ou dix ans plus tard, se consoler dans la vodka pure, se lamenter de leur mariage et avouer qu'elles trompaient leur mari, ou qu'elles auraient bien aimé le tromper ? Trop. Oui, et moi aussi j'ai été une midinette émoustillée, empêtrée

---

5    Le président de la Réserve fédérale américaine. (N.d.T.)

dans ses voiles de tulle blanc. Et cette traîne piquée de fleurs d'oranger nous a menés au désastre, moi, lui, la fille pour laquelle il m'a plaquée et les nombreuses victimes qu'elle a faites.

Mais il était sans doute inutile de dire cela à Nadia. Quand on est sous l'emprise de la Folie, personne ne peut vous faire entendre raison.

— Il est l'homme de ma vie, conclut-elle en s'asseyant devant la table de la cuisine.

— Ouais, ouais, ouais. Il travaille ? De quoi allez-vous vivre ? Où allez-vous habiter ?

— En quoi ça vous regarde ? aboya-t-elle, à nouveau sur la défensive.

— C'est vrai. Je n'en ai rien à foutre. C'est votre vie. Tous mes vœux de bonheur. Je vais prendre une douche et m'allonger, si ça ne vous dérange pas.

Pendant que j'étais sous la douche, le téléphone sonna. Nadia dut bondir dessus, car je n'entendis qu'une sonnerie. Elle me gueula quelque chose à travers la porte, que je ne compris pas, en raison du bruit de l'eau qui coulait. Je perçus ensuite le claquement de la porte d'entrée. Lorsque je sortis de la salle de bains, elle n'était plus là.

Le livre qu'elle était en train de lire, *Le Piège à hommes*, était resté sur la table. Je le pris et grimpai dans le lit, en me disant que si cette lecture ne me faisait pas rire, au moins, elle serait soporifique. Les témoignages qui figuraient au dos du bouquin étaient franchement hilarants, des déclarations de femmes qui avaient perdu tout espoir et qui, grâce à la méthode du *Piège à hommes*, avaient trouvé l'homme de leurs rêves. Ce livre n'appartenait pas à Nadia. Il lui avait été prêté par une certaine Maggie M., qui avait inscrit son nom à l'intérieur et noté : « Quand tu sentiras ton homme s'éloigner, ce livre t'aidera à le récupérer. »

Louise Bryant sauta sur le lit et blottit sa vieille carcasse contre la mienne. Je feuilletai *Le Piège à hommes*; une pochette d'allumettes en tomba. Pensant trouver là un indice quant au pays de Nadia, je la ramassai et l'examinai. Elle venait de New York, du Bus Stop Bar & Grill. Sur un fond rouge se détachait la silhouette noire d'un immeuble. Soit cette pochette d'allumettes était vraiment ringarde, soit elle était volontairement rétro, et vraiment sympa. Je ne parvenais pas à trancher.

À l'intérieur, de la main de Tamayo, était inscrit: «Donne le bonjour au Puant de ma part. T.» Ça me fit sourire. C'était bien de Tamayo, de connaître un homme surnommé Le Puant.

*Le Piège à hommes* proposait un programme machiavélique de tyrannie mâtinée d'indulgence. Les chapitres avaient des titres tels que: «Choisir sa proie»; «Les bons appâts»; «Mise en place du piège à hommes»; «N'hésitez pas à être cruelle»; «Tirer les ficelles»; «Du bon usage des larmes (et des armes que Dieu nous a données)»; «Se faire désirer». Ce bouquin était la dernière parution de toute une gamme d'ouvrages destinés aussi bien aux femmes qu'aux hommes. Pour les femmes, ces manuels expliquaient comment s'y prendre, sans coucher, pour obtenir d'un homme son engagement; pour les hommes, il s'agissait de mettre les femmes dans son lit sans s'engager.

À la deuxième page du deuxième chapitre, alors que j'étais en train d'apprendre comment feindre une libido à fleur de peau, l'innocence sur le plan sexuel et la supériorité morale (une combinaison censée faire craquer les hommes), mes paupières s'alourdirent. Je commençais à somnoler quand j'entendis la porte claquer.

– Y a quelqu'un? appelai-je.

Pas de réponse.

– Y a quelqu'un?

Toujours pas de réponse. Je descendis du lit, saisis mon fusil et me dirigeai vers la porte. Je regardai par le judas. Noir. Un petit plaisantin avait dû coller son doigt de l'autre côté. Très doucement, je décrochai la chaîne, dans l'intention d'ouvrir la porte brusquement, de façon à ce que la personne qui se trouvait derrière soit déstabilisée.

Lorsque je tirai le battant, un corps s'abattit sur moi. Je perdis l'équilibre et me retrouvai sur les fesses, nez à nez avec Gerald, le type qui ressemblait à Gregory Peck. Je le repoussai. Il s'affaissa dans le couloir.

Il saignait. Il ouvrit la bouche, prononça un mot – Adieu, me sembla-t-il – et rendit l'âme.

# 4

– Ah oui, on vous a jeté un sort ? me demanda l'inspecteur Barry Burns, du NYPD, avec un sourire ostensiblement narquois.

Burns, un Noir corpulent au front très ridé, m'avait interrogée sur les relations que j'entretenais avec le défunt, et j'avais dû lui expliquer qu'il n'y avait aucune relation entre ce type et moi, si ce n'était qu'on m'avait jeté un sort, que je ne voyais pas pourquoi, sinon, je tombais environ une fois par an sur la victime d'un meurtre, sauf que cette fois, c'était la victime qui m'était tombée dessus, alors que, pas de chance, j'avais justement une arme à feu à la main. Il avait alors voulu en savoir plus sur les précédentes victimes et avait pris tout un tas de notes en m'observant à travers des yeux plissés par la suspicion.

Burns se tourna vers un policier en uniforme :

– Imprimez-moi le casier judiciaire de cette femme, S'IL VOUS PLAÎT.

J'étais assise devant la table en formica de la cuisine ; mes vêtements étaient maculés de sang. Dans le couloir, un policier traçait le contour du corps, toujours à terre, les pieds dans l'appartement de Tamayo. Un autre policier essayait de tenir les voisins à distance. Deux disciples de Mary Sue en tailleur pastel sortirent de leur chambre et contournèrent l'attroupement formé par les voisins et les policiers.

Le veilleur de nuit les bouscula pour passer.

– M. Bard va être en colère, déclara-t-il.

M. Bard est l'excentrique homme d'affaires, féru d'art, qui dirige le Chelsea.

– Ça fait des années que nous n'avons pas eu de problèmes, ajouta-t-il. Au moins vingt ans qu'il n'y a pas eu de meurtre ici.

Un autre inspecteur se fraya un passage parmi les spectateurs et enjamba précautionneusement le corps.

– Vous, vous devez être le gentil policier, lui dis-je, pleine d'espoir.

Pas de bol. Au lieu du traditionnel tandem « gentil agent/méchant agent », j'avais droit cette fois au duo « méchant policier/policier encore plus méchant ». Les deux, néanmoins, respectaient scrupuleusement les Nouvelles Directives de Courtoisie de la Police, ponctuant chaque phrase d'un s'il vous plaît ou d'un merci. Peut-être étais-je trop susceptible, mais il me semblait détecter un certain sarcasme dans leurs merci et leurs s'il vous plaît.

Burns résuma mes déclarations à Corcoran, le second inspecteur, et partit s'entretenir avec un autre policier dans le couloir.

– Un sort, alors ? me demanda Corcoran. Vous entendez des voix ? Dites-moi, s'il vous plaît, une voix vous a-t-elle commandé de tuer ce type ?

– Je ne l'ai pas tué et je n'entends pas de voix. Je suis malchanceuse, c'est tout.

– Ce type vous a causé un chagrin d'amour ?

– Je ne le connaissais pas. J'ai parlé avec lui deux minutes dans l'ascenseur, aujourd'hui, c'est tout.

– Dites-moi, alors, S'IL VOUS PLAÎT, pourquoi lui avez-vous ouvert ? Quand un inconnu frappe à votre porte, vous ouvrez, vous ?

Corcoran sortit un chewing-gum à la nicotine de sa poche, déplia le papier d'aluminium et porta le chewing-gum à sa bouche.

– J'ai cru que c'était la fille avec qui je partage l'appartement, ou son petit copain…

– Où sont-ils en ce moment ?

– Je ne sais pas.

Je regardai autour de moi et m'aperçus que les affaires de Nadia avaient disparu.

– Ils ont dû se retrouver et s'enfuir pour se marier secrètement.

– Comment s'appelle cette fille ?

– Nadia quelque chose.

– Vous habitez ensemble et vous ignorez son nom ?

– Elle ne me l'a pas précisé. Je ne sais rien d'elle. Elle est blonde, petite, menue, entre seize et vingt ans ; elle est venue à New York pour s'enfuir et se marier avec son petit copain ; elle est d'un pays où il n'y a pas de Benetton ni de bagels. Je n'habite pas ici. Cet appartement est celui d'une amie, elle me le prête pendant qu'elle est en voyage à l'étranger. Mon immeuble a été ravagé par un incendie…

– Ah bon ? fit Corcoran. Comment cela s'est-il passé ?

– Je ne sais pas. Je ne suis pas responsable de cet incendie.

– Et vous n'avez tué personne.

– Tout à fait !

– Et ce fusil ? Parlez-m'en, S'IL VOUS PLAÎT.

– L'expertise prouvera que je n'ai pas tiré. Je n'ai même pas de balles. Je le garde pour faire peur, et parce qu'il a pour moi une valeur sentimentale. Ce n'est pas ici que vous trouverez l'arme du crime.

– Un de vos complices l'a emportée ?

– Écoutez, je ne connaissais pas ce type. Si je l'avais tué, est-ce que j'aurais accepté de vous laisser fouiller l'appartement ? Si vous ne me faites pas confiance, appelez June Fairchild, des Relations publiques du

NYPD. Elle se portera garante de moi. Je l'ai aidée à résoudre quelques affaires d'homicides.

Les policiers endurcis de New York adorent les justiciers amateurs comme moi. Et il fallait que je me mette dans les petits papiers de la police avant que Richard Bigger, le grand chef de la Criminelle, n'ait vent de ce meurtre. Bigger pensait que j'étais une tueuse en série douée d'une intelligence extraordinaire, que c'était moi qui avais commis tous les assassinats dans lesquels j'avais été mêlée et que j'avais élaboré des scénarios fantasques pour brouiller les pistes. En plus, personnellement, il ne pouvait pas me sentir, parce qu'il était persuadé que j'étais l'instigatrice de certaines farces qu'on lui avait jouées. O.K., j'avoue, c'est moi qui ai donné le numéro de téléphone de son domicile à la Louve Solitaire de la Dixième Rue Est, M$^{me}$ Ramirez. Mais je ne suis pour rien dans la diffusion de la vidéo où on le voit chanter en solo dans la chorale de sa paroisse. Il avait trouvé dégradant que l'on montre cette image de lui au public. Alors qu'il chante comme une diva ! Pourquoi avait-il honte de son superbe ténor haute-contre ? de sa belle voix de soprano ? de son terrifiant vibrato ? Nous sommes dans les années 1990 ! En outre, presque tous ceux qui ont vu ces images, lesquelles sont passées deux ou trois cents fois sur les chaînes locales, ont été séduits par le talent de Bigger, et lui ont concédé dès lors qu'il avait au moins une qualité. D'accord, je conçois que l'article publié par l'*Observer*, dans lequel de vrais critiques musicaux commentaient la performance de Bigger, ne l'ait pas comblé de bonheur, bien que beaucoup de chanteurs d'opéra eussent été flattés d'être salués pour leur « sensibilité » et leur « timbre délicat ». Je conçois aussi, toutefois, qu'on a dû pas mal se foutre de sa tronche dans les quartiers généraux, notamment pour ses aigus, lesquels, plaisante-t-on désormais dans la police, peuvent faire dresser les oreilles d'un chien ou briser un œil de verre à cinq kilomètres à la ronde.

Probablement que le second papier de l'*Observer*, qui rapportait les blagues des policiers et des médias à propos de Bigger, n'a rien fait non plus pour arranger les choses.

Mais pourquoi m'accusait-il systématiquement? Je l'ignorais. Mince, je n'étais pas la seule à New York à n'avoir pour lui et ses tactiques de bulldozer que du mépris.

Autour de moi, deux policiers munis de gants chirurgicaux relevaient les empreintes et ramassaient avec des pinces des petits morceaux de je ne sais quoi qu'ils déposaient dans des sacs en plastique. Des éléments de preuve. Du couloir, un autre prenait des photos.

— Vous avez vu quelqu'un dans le couloir quand vous avez découvert le corps? me demanda Corcoran.

— Non, mais je n'ai pas fait attention. J'ai vu le défunt se disputer avec une brune frisée à l'accent irlandais, en fin d'après-midi. Je crois qu'elle s'appelle Maggie.

— D'après les traces de sang, intervint un autre policier, la balle a dû partir du fond du couloir, à une trentaine de mètres. Il a titubé jusqu'à la porte et il s'est effondré.

— Vous voyez? dis-je. C'est un hasard qu'il soit mort à ma porte.

Un agent en uniforme s'approcha de Corcoran et lui dit:

— La victime s'appelait Gerald Woznik. Il était marchand de tableaux. Apparemment, c'était un pourri, un spermophile. Il avait pas mal d'ennemis.

– Un spermophile ? répétai-je.

– Le genre de petit rongeur qui se faufile dans tous les trous, m'expliqua Corcoran, puis, à l'attention de son collègue : voyez si vous pouvez trouver cette Maggie, une brune frisée à l'accent irlandais, la trentaine ou la quarantaine.

J'aurais sans doute mieux fait d'appeler mon avocat, Spencer Roo, avant de témoigner, mais dans la panique, crevée comme je l'étais, j'avais estimé qu'il valait mieux dire la vérité, tout simplement. Par ailleurs, Roo ne crachait pas sur la publicité et je ne tenais pas à voir mon nom dans la presse.

Je dus encore me soumettre à une heure d'interrogatoire épuisant avant que quelqu'un vienne annoncer que June Fairchild se portait garante de moi. Burns et Corcoran n'étaient cependant pas convaincus. Ils ne me placeraient pas en garde à vue, m'informèrent-ils, mais je n'étais pas complètement blanchie, à cause du fusil et des taches de sang sur mes vêtements. Ils continuèrent donc à me bombarder de questions jusqu'à ce qu'un policier en uniforme vienne leur signaler qu'on avait vu une femme descendre dans la rue par l'escalier de secours, à peu près à l'heure où Gerald Woznik avait été tué. Je pus alors enfin me débarrasser de mes habits souillés, me doucher et m'écrouler sur le lit surélevé, qui avait été au préalable passé au peigne fin, de sorte que l'on puisse analyser mes cheveux et mon ADN.

Évidemment, la mort de ce marchand d'art, Gerald Woznik, m'avait mise mal à l'aise. Personne ne mérite une fin si violente, dans notre monde si blanc, si parfait. Ce type avait été tué dans la fleur de l'âge, alors qu'il avait encore sûrement plein de belles choses à vivre. Et ça n'arrivait pas qu'aux autres, et patati et patata. Pour m'être déjà trouvée en présence de victimes de meurtre, je savais que le visage de ce cadavre allait hanter mes cauchemars pendant des années, de manière parfois si abjecte que Freud en rougirait. D'un autre côté, j'étais rassurée de savoir que Woznik était un pourri, qu'il avait des ennemis, ce qui signifiait que l'assassin n'était pas un psychopathe, mais qu'il avait voulu éliminer une cible bien précise.

Sans doute les policiers allaient-ils passer la nuit dans l'hôtel, à chercher des indices, à prendre des mesures et des photos. Ils m'avaient confisqué mon fusil.

Quand je me réveillai, tard dans la matinée, Burns était encore dans le couloir, sur le point de s'en aller. Le corps avait été enlevé, mais le tracé à la craie était toujours là, ainsi que les éclaboussures de sang dans l'appartement de Tamayo.

– Vous avez un suspect ? demandai-je à Burns.

– Nous enquêtons. Vous allez être contente, nous n'apposons pas les scellés sur la scène du crime. On va vous envoyer une femme de ménage pour laver votre sol.

– Je ne suis plus soupçonnée, n'est-ce pas ?

– Officiellement, vous n'êtes pas encore totalment disculpée, répondit-il.

Au moins, il ne me regardait plus comme si j'étais une tueuse.

Ce n'est qu'après le départ de Burns que je me rendis compte que Louise Bryant avait disparu. J'appelai la réception pour leur demander de me prévenir s'ils voyaient un vieux chat gris avec un collier fluo, puis allai jeter un œil dans le couloir. Elle n'était nulle part en vue. À East Village, Louise Bryant avait l'habitude de sortir se balader. Elle revenait toujours. Mais ici, nous n'étions pas chez nous et je craignais qu'elle ne soit retournée à notre ancien port d'attache. Le culturiste tatoué soulevait des poids sur le pas de sa porte. Je lui demandai s'il ne l'avait pas vue. Il ne me répondit pas. Son visage demeura de marbre. Il regardait dans le vide. Je frappai aux portes. Aucun des voisins que je trouvai chez eux n'avait vu mon chat.

Je réintégrai donc l'appartement de Tamayo. Louise était sur le balcon, à gratter derrière la porte vitrée.

– Comment tu as fait pour sortir ? la questionnai-je tandis qu'elle rentrait en courant dans la cuisine, en quémandant son petit-déjeuner à grands cris.

Je mis le café en route et lui préparai son repas, de la pâtée de luxe sautée avec du chou chinois et de la sauce d'huîtres sans sel et sans matière grasse, la seule nourriture qu'elle aime. Puis je laissai la femme de chambre nettoyer les taches de sang.

– Vous avez tiré le mauvais numéro, lui dis-je.

– Hein ? fit-elle.

– Pas de chance pour vous qu'on vous ait envoyée nettoyer la scène du crime.

– Oh, c'est moi qu'on a envoyée parce que j'ai l'habitude de faire ça.

Et elle me raconta qu'elle avait travaillé dans un quatre étoiles un peu bizarre, où des mondains venaient souvent se suicider.

– Les clients ne faisaient que passer, me dit-elle tristement, blasée par trente ans de carrière, à s'immiscer dans les chambres des autres. Si vous voulez ouvrir les fenêtres... Je vais laver à l'eau de Javel. Les vapeurs peuvent être assez fortes.

Je suivis son conseil, me versai un grand bol de café, à l'européenne, et sortis sur le balcon avec Louise. Depuis l'assassinat, les doigts géants me serraient à nouveau la poitrine. Autrefois, les meurtres me donnaient la pêche ; je me sentais investie d'une mission : retrouver le coupable, rendre justice. Mais la lutte contre le crime est un sport de jeunes, et j'avais vieilli. N'empêche que cette femme qui s'était enfuie par l'escalier de secours m'intriguait ; c'était plus fort que moi.

On se calme, on se calme, me dis-je en m'asseyant sur une chaise en plastique blanc. Tu es en vacances. Les policiers font leur boulot. Tu n'as pas à te mêler de cette histoire. Tu as fait ton devoir de bon citoyen. Maintenant, laisse tomber.

Une légère brise se leva, chargée de relents de friture et de sucre caramélisé, en provenance du Krispy Kreme, le marchand de beignets situé un peu plus bas dans la rue. Je fermai les yeux et essayai de chasser le meurtre de mes pensées en invoquant les souvenirs de ma rencontre avec Pierre, le génie français, alors que j'étais à Paris pour une conférence sur les femmes et les médias. Pierre était un ami de Tamayo. Quand elle avait su que je partais à Paris, elle avait insisté pour que je lui passe un coup de fil. Comme Tamayo connaît des gens intéressants, j'avais téléphoné à Pierre et nous nous étions fixé rendez-vous – tant bien que mal, à cause de mon français petit-nègre – dans son bar préféré, rue Jacob.

Pierre était déjà là quand j'étais arrivée. Il lisait une revue, *The Journal of Recreational Mathematics*. Je l'avais tout de suite reconnu, car Tamayo m'avait montré une photo de lui. Il ne m'avait pas vue.

Je m'étais assise à la table à côté de lui, m'étais penchée vers lui et lui avais dit : «Ce magazine est bien plus rigolo depuis que Tina Brown dirige la publication.» Il avait souri.

Par la suite, je m'étais rendu compte qu'il n'avait pas saisi la plaisanterie[6]. Pierre lisait et écrivait l'anglais à la perfection, mais il ne le parlait pas très bien.

Je refermai les yeux et inspirai profondément. Quelque part, une guitare pleurait ; ailleurs, une sirène mugissait. Le vent changea de direction et l'odeur des beignets fut supplantée par de puissants effluves de lessive et d'eau de Javel qui s'échappaient de la buanderie de l'hôtel. À mes pieds, dans un rayon de soleil, Louise dormait en ronronnant.

À ma droite, une porte vitrée s'ouvrit et la femme latino-américaine qui avait la veille balancé les chaussures dans le couloir apparut sur le balcon en tirant un poste de téléphone derrière elle. Elle portait une robe transparente à fleurs bleues et roses, déboutonnée jusqu'au bas du dos, qui révélait le haut d'un slip blanc. Une Gauloise aux lèvres, elle exhalait de denses volutes bleues. Elle avait la gueule ravagée des personnages féminins de Tennessee Williams ou de ces femmes qui illustraient les couvertures des romans de gare des années 1940 et 1950.

– Il y a tellement de monde qui souhaitait la mort de cette ordure, disait-elle au téléphone.

À ma gauche, la porte vitrée s'ouvrit et Maggie, la femme à la tignasse brune frisée, sortit sur le balcon, un arrosoir à la main, un téléphone coincé entre l'épaule et l'oreille. Elle était vêtue d'un short de

---

6    Pour ceux qui n'ont pas saisi la plaisanterie, Tina Brown a été rédactrice en chef de *Vanity Fair*, le célèbre magazine people américain, puis rédactrice en chef du *New Yorker*, prestigieux journal littéraire, qu'elle aurait selon certains détourné de son orientation ; elle a récemment été débauchée par la compagnie Disney pour diriger une nouvelle publication, *Talk*, un genre de « journal de Mickey ». Tina Brown a en gros la réputation de rendre « étonnants » les journaux qu'elle reprend. (N.d.T.)

cycliste orange pâle et d'un t-shirt rose qui lui arrivait au milieu du ventre.

– Si on devait compter tous ceux qui auraient eu de bonnes raisons de le buter, disait-elle.

– Maggie, ce n'est pas toi ? s'enquit la blonde ravagée en rigolant. La semaine dernière, tu disais que tu voulais te venger.

– Je n'ai encore jamais tué les gens qui me doivent de l'argent, Lucia, répondit Maggie dans le combiné. J'ai un alibi de toute façon. Et maintenant, je suis vengée. J'étais allée chercher une belle tête de cheval aux abattoirs, pour lui. Je me demande bien ce que je vais en faire, maintenant…

Les deux femmes se parlaient au téléphone, de part et d'autre de moi, sans se regarder, toutes deux penchées au-dessus de la rue.

– Sa mort a dû en arranger plus d'un, poursuivit Maggie.

– Oh, attends, Carlos est en train de se réveiller, dit Lucia-la-ravagée en rentrant dans son appartement.

– Rappelle-moi tout à l'heure, répliqua Maggie.

Et elle raccrocha, puis, à mon intention :

– Bonjour.

– Bonjour.

– C'est vous qui avez trouvé le corps, non ?

– Disons plutôt que c'est le corps qui m'a trouvée…

– Je m'appelle Maggie Mason. Et vous ?

– Robin, je suis une amie de Tamayo…

Avant que j'aie fini de me présenter, son téléphone retentit dans sa main.

– Excusez-moi, dit-elle en prenant la ligne. Allo ? Ah, salut. Non, je ne peux pas. On fait une action, ce soir. Quoi ? Aucune idée, je ne peux pas te dire.

Maggie Mason… Ce nom me disait quelque chose.

– Roger? Le galeriste qui achète les œuvres de Blair? Ouais, je le connais, mais je ne l'aime pas. Ce type dégage quelque chose qui me fait grimper un rat le long de la jambe de mon pantalon.

Involontairement, je tressaillis. «Ça fait grimper un rat le long de la jambe de mon pantalon.» C'était une expression de Mad Mike, mon ex.

– Mais bon, j'ai besoin d'argent. Ça t'est déjà arrivé d'être obligé de faire le choix entre la bouffe et les cigarettes? Ouais? Et ça t'est déjà arrivé d'être obligé de choisir entre les cigarettes et les Tampax? Non, je n'exagère pas. Ce n'est pas la première fois que je suis dans la caguade. Quoi? Non, la police sait que je n'ai pas tué Gerald. Dieu merci, j'ai un alibi. Grace Rouse ne va pas se gêner pour faire peser des doutes sur moi.

Un rat qui lui grimpait dans son pantalon, dans la caguade… Je savais maintenant d'où je connaissais le nom de Maggie Mason, alias Mary Margaret Mason, «la terreur du Kilmerry, le seul comté au régime sec de toute l'Irlande», comme disait mon ex Mike. Inutile de chercher le Kilmerry sur une carte, vous ne le trouverez pas. C'est un terme que Mike a inventé pour désigner ce trou perdu de l'Ulster peuplé par une secte protestante ascétique, aussi industrieuse que les Mormons. Maggie était la rebelle du coin, qui avait corrompu tous les mâles de son village avant de se barrer à Belfast, à l'âge de dix-sept ans. C'était là qu'elle avait rencontré Mike, qui filmait un reportage pour Reb Ryan, correspondant à l'étranger d'ANN. Mike est caméraman.

Mike était marié à l'époque, mais ça ne l'avait pas empêché de se faire Maggie, pas plus que ce détail n'avait dérangé Maggie. Leur relation avait duré des années, par intermittence. Ils avaient rompu définitivement après le divorce de Mike. Mike m'avait raconté des tas d'anecdotes sur Maggie, en général pas très flatteuses, mais il disait toujours qu'elle était belle, intelligente, spéciale et passionnée, ce que, franchement, je me serais volontiers dispensée d'entendre.

Maggie, selon Mad Michael, était une femme sauvage, extrême, dotée d'un mauvais caractère légendaire, surtout à l'égard de ses hommes, et des femmes de ses hommes, bien qu'elle ait eu la délicatesse de laisser tranquille Felicia, la femme de Mike, par respect pour leur fille, Samantha. Mike prétendait que sa relation avec Maggie avait pris fin avant que nous commencions à coucher ensemble.

Mike et moi étions très libres l'un vis-à-vis de l'autre, mais nous avions établi certaines règles. Notamment, quand nous étions tous les deux à New York, nous nous devions fidélité. Normalement, il aurait donc enfreint la loi en ayant une femme au Chelsea, Mary Margaret, et une autre à East Village, moi. Il ne s'était peut-être pas gêné, c'était possible, mais pas caché. Il avait pu ruser, néanmoins… Par exemple, s'il venait la voir quand je n'étais pas à New York, il n'était pas fautif. S'il avait ainsi contourné notre pacte, je ne pouvais pas lui en vouloir, car j'avais moi aussi usé de ce subterfuge, avec ce gars du nom de Gus.

D'après tout ce que j'avais entendu sur Maggie, il y avait des chances pour qu'elle soit beaucoup plus contrariée que moi si jamais Mike était sorti avec nous deux en même temps. Mike m'avait raconté qu'elle l'avait un jour surpris en flagrant délit avec une autre fille. Elle avait balancé les affaires de la fille par la fenêtre, les avait tous deux aspergés de peinture rouge et avait cassé pas mal de vaisselle. Pourtant, quand cet incident était survenu, ils n'étaient pas ensemble ; elle n'avait donc pas le droit d'être jalouse.

Maggie Mason avait aussi envoyé une lettre d'un de ses ex à la NAMBLA, la North American Man-Boy Love Association[7]. Ça remontait à plusieurs années, d'accord, mais ça vous donne une petite idée du genre de femme qu'elle était : vindicative, et dont les vengeances étaient totalement dénuées d'humour.

Quel tour de mauvais goût le hasard m'avait-il joué pour que je me retrouve ici, voisine de Maggie Mason ? Bien sûr, il y avait une explication logique. Tamayo avait trouvé cette chambre au Chelsea par l'intermédiaire d'une amie de Mike, une amie dont elle avait toujours refusé de me dire le nom. Sans doute cette amie était-elle Maggie Mason.

Maggie n'avait peut-être pas tué Gerald Woznik, mais dans tous les cas, en ce qui me concernait, mieux valait l'éviter. Tandis qu'elle poursuivait sa conversation téléphonique, je rentrai dans l'appartement. La femme de ménage était toujours en train de récurer le sol. Comme je n'avais guère envie de la regarder frotter le sang d'un mort, je descendis acheter les journaux et faire un tour dans le quartier.

Ne sachant pas si mon nom et ma tête apparaissaient ou non dans l'affaire Woznik, je mis des lunettes de soleil et un foulard, afin que l'on ne me reconnaisse pas. C'est drôle, quand j'étais jeune, j'avais hâte de devenir une journaliste connue et de me voir en photo dans la presse. Aujourd'hui, ma gloire, toute relative, tient plus à mes gaffes qu'à mes hauts faits. Malheureusement, les médias ne s'intéressent à moi que lorsque je suis impliquée dans un meurtre ou un scandale. À une époque, j'ai également attiré l'attention sur moi, involontairement, à cause de ma horde de fans masochistes, lesquels, depuis, m'ont tous

---

7    Réseau pédophile. (N.d.T.)

délaissée pour idolâtrer des femmes plus tyranniques que moi. En fait, certains de mes fans maso sont à présent plus célèbres que moi. Vous vous rappelez ce gars qu'on a arrêté en Angleterre, il y a environ un an, parce qu'il suivait Margaret Thatcher ? Il s'était fait tatouer le visage de la Dame de fer sur le cœur. Eh bien, ce type avait été pendant un temps l'un de mes admirateurs, bien que je n'aie pas eu l'honneur du tatouage. Et celui qui s'arrachait les ongles des orteils et les envoyait à la petite blonde sémillante qui présentait un talk-show ? Lui, c'est Elroy Vern, celui qui m'a kidnappée, il y a quelques années, pour me supplier de le frapper. Il est maintenant enfermé, pour meurtre et tentative de meurtre, dans un hôpital psychiatrique de haute sécurité. Tout son courrier est strictement surveillé.

En bas, la brune en tailleur adepte de Mary Sue posait des questions au réceptionniste. Une de ses congénères l'attendait un peu plus loin. Il y avait encore quelques agents dans le hall. L'un des inspecteurs présents la veille sortait du bureau du directeur, Stanley Bard.

– Il y a peut-être un assassin qui rôde dans l'hôtel, s'écria la touriste Mary Sue, alarmée.

– Madame, nous ferons de notre mieux pour assurer la sécurité de nos clients, la rassura le réceptionniste. Ce genre d'incidents se produit partout, mais rarement chez nous.

Outrée, la bonne femme tourna les talons et passa devant moi en me bousculant. Son amie lui emboîta le pas.

– Un meurtre commis dans notre hôtel, ce fou devant le centre des congrès et ces jeunes voyous qui se battaient à Times Square, hier soir… Je ne suis pas sûre de pouvoir tenir jusqu'à la fin de la semaine, gémit-elle. Dans le journal, ce matin, ils disent qu'il y a un égorgeur dans le métro, sur la ligne E, la ligne que nous avons prise avant-hier. Et puis tous ces moustiques, et le virus du Nil…

Quel dommage de se laisser empoisonner un voyage à New York par des détails de cet ordre. C'est pourtant si facile de ne pas se focaliser sur ses préjugés et de prêter attention aux bons côtés de la ville, ceux qui démentent tous les *a priori*. Actuellement, New York est bien plus sûre que beaucoup d'autres grandes villes. Statistiquement, les risques de se faire tuer par un étranger sont bien moindres que ceux de se faire tuer par quelqu'un censé vous aimer. Théoriquement, il y avait plus de chances pour qu'elle se fasse agresser par l'une de ses compagnes que par un égorgeur ou un fou furieux.

New York est aussi bien plus propre qu'elle ne l'a été. Mais cette femme, qui venait sans doute d'une jolie petite ville embaumée par le parfum des fleurs, où les habitants ne s'éteignent que de mort naturelle ou par accident, en nettoyant leur fusil, était obnubilée par les égorgeurs et les assassins, et elle souffrait du manque de son petit confort. J'avais de la peine pour elle. Elle n'avait probablement jamais vu de victime d'un meurtre, jusqu'à hier, et elle avait dû être choquée, même si elle avait déjà vu des milliers de cadavres à la télé. J'étais triste pour elle. Pourquoi n'aimait-elle pas New York ? Moi qui étais venue là en touriste, j'étais tout de suite tombée amoureuse de la ville. Je me promis, si l'occasion se présentait, de lui être aimable et serviable.

C'était tellement bête qu'elle passe à côté de tout ce que la ville avait à lui offrir. Ne serait-ce que dans la rue de l'hôtel, il y avait tout un petit monde à découvrir. La Vingt-Troisième Rue, entre la Septième et la Huitième Avenue, est l'un des pâtés de maisons les plus éclectiques de New York. Histoire de décompresser, je pris le temps de regarder les vitrines et les enseignes. Deux hôtels – le Chelsea et le Chelsea Savoy –, un YMCA, une bibliothèque, un magasin d'articles de pêche, une synagogue, un magasin de guitares d'occasion, une librairie spécialisée dans la B.D., un bar SM, deux banques, un magasin d'ordinateurs, trois coiffeurs, trois guérisseurs, un disquaire, un bureau du fisc, une boutique de fournitures pour beaux-arts, un magasin d'alimentation diététique, deux épiceries, deux magasins de vêtements, un optométriste, un dentiste, une papeterie, un cinéma, deux stations de métro, le siège du parti communiste et sa librairie. Et puis le 99 Cent Palace («Un royaume pour moins d'un dollar»), un bazar où l'on trouvait de tout pour moins que rien, des céréales et des produits d'entretien de marques dont je n'avais jamais entendu parler, du dentifrice mexicain, des récipients en plastique bon marché.

Encore huit ou neuf restos, dont deux dans le Chelsea, et deux marchands de beignets, le Krispy Kreme et le Donuts, à l'angle de la Huitième Avenue et de la Vingt-Troisième Rue. Je rentrai au Donuts.

Un drôle de petit endroit, avec deux comptoirs en forme de fer à cheval. On se serait cru dans une photo d'un vieux numéro du magazine *Life*, comme si le lieu n'avait pas changé depuis 1945. Seuls les dix parfums différents de Snapple, dans le réfrigérateur, trahissaient leur époque. Le slogan du commerce était fièrement énoncé sur des panonceaux accrochés au mur, au-dessus des tarifs : «Ouvert 24 h sur 24. Pour vous servir quand vous avez besoin de nous, et non quand nous avons besoin de vous.»

Il n'y avait qu'un seul client, un Blanc avec une queue de cheval grise, en chemise de flanelle rouge, un médaillon arc-en-ciel New Age autour du cou. Sans doute se prenait-il pour un personnage à mi-chemin entre Hemingway et Timothy Leary. Un vieux serveur avec un grand tablier blanc s'approcha timidement de moi et me chuchota :

– Qu'est-ce que je vous sers ?

– Un muffin aux pépites de chocolat et un café, s'il vous plaît.

Il marmonna quelque chose et s'éloigna.

Le meurtre avait eu lieu tard dans la nuit et seul un journal, le *News-Journal*, en faisait état. À mon grand soulagement, ils rapportaient que le corps était tombé chez « un client dont nous ignorons l'identité ». Merci June Fairchild, pensai-je. L'attachée de presse du NYPD n'avait pas mentionné mon nom… pour l'instant.

« Un marchand de tableaux assassiné », titrait le *News-Journal*. « Qui voulait la peau du très controversé Gerald Woznik ? Une maîtresse éconduite ? Un artiste maudit ? » s'interrogeait le chapeau. « Le marchand d'art Gerald Woznik a été retrouvé mort hier soir au Chelsea Hotel, établissement d'une triste notoriété. » Ainsi commençait l'article, qui relatait qu'au cours des mois derniers, Woznik avait eu des problèmes financiers et personnels. Son ex-femme, Naomi Wise Woznik, de sa communauté surréaliste en Toscane, faisait ensuite une brève déclaration : « Le monde est enfin débarrassé d'une vraie ordure. »

Les mots « ordure », « salaud » et « pourri » revenaient à maintes reprises dans les témoignages des « amis » de Woznik, de ses ex-maîtresses, toutes amères, de ses confrères et des artistes qui avaient eu affaire à lui, lesquels prétendaient que Woznik les avait arnaqués en revendant leurs œuvres à des prix surestimés et en ne leur reversant qu'une fraction ridicule des sommes qu'il empochait. Seule la galeriste Grace Rouse, héritière d'une immense fortune, la femme avec qui vivait Woznik, prenait sa défense.

« Il était un génie incompris », affirmait-elle.

Un petit encadré intéressant décrivait un dîner qui avait eu lieu dans les années 1980 au camp surréaliste que Woznik et sa femme avaient fondé en Toscane. (Lorsqu'ils avaient divorcé, c'était sa femme qui avait obtenu la propriété.) Du pain attaché sur la tête, s'exprimant par messages obscurs, les invités s'étaient adonnés à une tradition culinaire du XIX$^e$ siècle : il s'agissait de placer une olive dans le bec d'un petit oiseau des Alpes, de faire lentement rôtir l'oiseau de façon à ce qu'il baigne dans sa graisse, puis de déguster l'olive, rien que l'olive. Le petit oiseau ne se mangeait pas. Une douzaine de petits oiseaux inoffensifs y étaient ainsi passés.

Mon portable sonna et fit sursauter le timide serveur. Le cuisinier et le gars qui ressemblait à Timothy Leary se retournèrent vers moi. Je sortis prestement mon téléphone de mon sac, avec l'impression, dans ce lieu anachronique, d'être une créature venue du futur.

— Robin, June Fairchild à l'appareil. Je voulais vous informer que l'un de vos voisins du Chelsea, par son judas, a vu Gerald Woznik tomber, en sang, contre votre porte fermée. Il a entendu le coup de feu, mais il n'a pas vu l'assassin.

— Super. Donc je suis au-dessus de tout soupçon.

— Vous n'êtes pas encore officiellement innocentée, mais ne vous faites pas de souci. Richard Bigger ne vous blanchira que lorsqu'il aura arrêté un autre suspect. Vous savez combien il vous hait, Robin.

– Qui est ce voisin ? Le culturiste ? demandai-je à June Fairchild en lui décrivant le voisin en question. J'ai l'impression qu'il passe pas mal de temps dans le couloir.

– Il nous a dit qu'il ne savait rien. Il s'agit d'un homme du nom de Cleves, un touriste de San Diego. Il n'a pas vraiment été témoin du meurtre, il a seulement vu Woznik s'effondrer. Il reprenait l'avion aujourd'hui. Robin, je commence à croire qu'on vous a vraiment jeté un sort, me dit Fairchild avec son accent des beaux quartiers.

– Et la brune frisée, Maggie Mason ?

– La police ne l'a interrogée que ce matin. Apparemment, elle a un alibi.

– Lequel ?

– Attendez. Elle était sur Internet à l'heure où le meurtre a été commis, connectée à un chat AOL sur la bande dessinée. Et elle n'était pas seule. Elle était avec un ami, un certain Yanni. Je vous tiendrai au courant, Robin. Je serai toutefois absente pendant quelques jours : ma fille doit se faire opérer des amygdales. Je vous appellerai quand j'aurai du nouveau.

Cool, les vacances, songeai-je. Un incendie, un cadavre… Qu'allait-il encore m'arriver ?

Phil, le concierge de mon immeuble, dit qu'une tuile nous met souvent à l'abri d'un plus grand désastre. Je devais dîner avec lui, ce soir. Il faudrait que je lui demande de quel horrible drame mes petits malheurs m'avaient préservée. Puisqu'il fallait bien, sur le plan cosmique, qu'ils aient une justification.

# 5

– Une catastrophe, cet incendie, cocotte, mais qui sait ? Sans ça, peut-être que dans une semaine, une canalisation de gaz aurait pété, l'immeuble aurait été soufflé et nous serions tous morts, me dit Phil en levant sa grande bouteille de bière thaïe à notre bonne étoile.

Nous étions attablés dans un coin du Regional Thaï Taste, un resto thaï à la mode, à l'angle de la Septième Avenue et de la Vingt-Deuxième Rue.

– Sauf toi, répliquai-je. Toi, tu aurais survécu.

Phil a frôlé la mort je ne sais combien de fois. La première fois, c'était pendant la Seconde Guerre mondiale, en Afrique du Nord. Le corps de l'armée britannique auquel il appartenait avait été attaqué par les troupes de Rommel. Phil avait été le seul survivant. Depuis, il a sauvé des veuves et des nourrissons des flammes, réchappé à plusieurs accidents d'avion et naufrages de ferry, et évité de justesse, à Calcutta, la morsure d'un cobra qui remontait par la cuvette des W.-C. Les histoires que raconte Phil sont complètement invraisemblables et j'ai longtemps cru qu'il était mytho, jusqu'au jour où il m'a montré son album de coupures de presse, dans lequel il conserve tous les articles relatant ses aventures. Phil a un *ego* bien proportionné, et il n'est pas du genre à faire dans la fausse modestie. Or, son album, il ne me l'avait pas montré pour frimer, mais pour me prouver qu'il n'affabulait pas, et pour me faire adhérer à sa philosophie de dingue.

Selon les conceptions de Phil, par exemple, lorsqu'il vous arrive un emmerdement, un truc auquel vous ne pouvez rien, dites-vous que vous avez peut-être ainsi évité quelque chose de pire. En cas de famine, de guerre ou d'épidémie, évidemment, ça ne fonctionne pas, mais dans la vie de tous les jours, ça peut aider. En ce qui me concerne, moi dont l'existence n'est régie que par la loi de Murphy, moi dont la vie n'est qu'une suite de catastrophes, je trouve l'idée qu'un petit ennui prévient parfois un grand malheur plus rassurante que le vieil adage galvaudé « ça aurait pu être pire ».

La première fois que Phil m'a exposé sa théorie, il venait de réparer la porte d'entrée de mon appartement. La serrure s'était bloquée et je m'étais retrouvée enfermée à l'intérieur alors que j'avais un rendez-vous professionnel très important. « Robin, si tu étais sortie plus tôt, m'avait dit Phil, tu te serais peut-être fait renverser par une voiture ou tu aurais peut-être croisé le chemin d'un assassin. »

– Tu crois que ce meurtre a empêché un truc pire de se produire ? lui demandai-je.

Il finit de mâcher son ravioli aux crevettes et le fit descendre avec quelques gorgées de bière, avant de me répondre :

– C'est quoi, déjà, cette citation de *La Nuit des rois* que tu aimes bien ?

– « Une bonne pendaison empêche souvent un mauvais mariage. »

– Tu vois, va savoir à quoi tu as échappé. Tout est lié dans l'univers. Bois donc ta bière et parlons d'autre chose. Tu ne m'as pas raconté ton dernier voyage.

J'avalai une lampée de bière, au goulot.

– Ça ne s'est pas très bien passé. C'est dur de changer sans cesse de pays. Chaque fois, il faut que tu mémorises de nouvelles règles, et que tu les appliques, si tu ne veux vexer personne. Je ne sais pas comment tu fais, toi qui voyages tant. Sur ce carré de terre, tu n'as pas le droit de manger du porc. Sur le carré d'à côté, tu n'as pas le droit de manger du bœuf. Là, tu te retrouves au milieu d'un peuple qui ne mange pas de viande du tout, qui porte des chaussures spéciales et un masque devant la bouche, afin d'éviter de marcher accidentellement sur un insecte ou d'en avaler un. Il ne faut surtout pas offrir une montre à un Chinois, ni un parapluie à un Thaï… Non, attends, il ne faut pas offrir de parapluie aux Philippins et pas de mouchoir aux Thaïs. Il me semble. C'est tellement compliqué.

– Tu as vexé des gens ?

– C'est le moins qu'on puisse dire. Entre autres, j'ai jeté un sort sur la tête des cinq mômes d'un ponte de Thaï TV hyper superstitieux. J'aimais bien ces gamins, ils s'étaient pris d'affection pour moi. Maintenant, ils pensent qu'ils sont maudits, et que c'est moi, la sorcière aux cheveux rouges, qui ai appelé la malédiction sur eux.

– Chaque pays a ses traditions, ses superstitions, son étiquette…

– Comment tu fais, toi qui vas dans les camps de réfugiés du monde entier, pour ne jamais offenser personne ?

– Ça m'arrive, à moi aussi, de commettre des impairs. On peut difficilement y couper. Quand je fais une bêtise, je présente des excuses sincères, j'explique mon ignorance et je demande d'où vient la tradition à laquelle j'ai failli. De cette manière, j'apprends, et ils voient que je ne suis pas un mauvais bougre.

Phil était si intelligent. Évidemment, c'était beaucoup plus malin de s'excuser que de pouffer de rire et de dire : « Vous vous moquez de moi ? »

– Souvent, les gens sont incapables de te dire d'où viennent les coutumes, poursuivis-je. Ils se comportent d'une certaine façon parce qu'il en a toujours été ainsi, et parce que tout le monde se comporte de cette manière. Parfois, on ne te dit même pas que tu as gaffé. Par politesse. Et toi, tu crois qu'on t'apprécie et que tout se passe pour le mieux, jusqu'à ce que tu trouves sur ton bureau un fax de ton chef qui t'engueule parce que tu as été grossière et que tu as manqué de respect à tes hôtes.

– Tout le monde ne prend pas non plus la mouche pour un rien. Certaines personnes exagèrent un peu, il ne faut pas faire cas de leurs réactions.

Phil se commanda une autre bière et changea de sujet :

– J'ai des mauvaises nouvelles à t'annoncer, j'en ai bien peur. Notre immeuble est dans un triste état, cocotte. Six appartements ont été complètement détruits, dont le tien. En plus des sinistres causés par le feu, il y a eu des dégâts à cause de l'eau. Tu as vu voir, je suppose.

– Non, je ne suis pas encore retournée dans le quartier. Je ne suis pas prête.

– Ça se présente mal. La société de gestion va faire évaluer les dommages. Il y en a pour une quinzaine de jours. D'ici là, ils ne peuvent pas nous dire ce qu'ils vont faire : restaurer l'immeuble ou le démolir pour en reconstruire un nouveau.

– Le démolir et le reconstruire ? Ça va prendre combien de temps ?

– Dans tous les cas, il va falloir que nous soyons patients. Il est prévu d'organiser une réunion entre tous les locataires d'ici la semaine prochaine. Voilà que ton front se creuse à nouveau. Bois ta bière. Ça te fera du bien, me dit Phil en souriant.

Phil part du principe que pour chaque personne dans le monde qui boit trop, il y en a deux qui ne boivent pas assez. Pendant que je terminais ma bière, il me donna des nouvelles de nos voisins. Sally méditait, elle avait fait vœu de silence pour trois jours. Phil n'avait donc pas pu lui parler, mais il avait eu des nouvelles par sa copine Delia, une vraie pipelette. Selon Delia, Sally considérait l'incendie comme une sorte de purification cosmique, un signe indiquant qu'il était temps de prendre un nouveau départ. Elle attendait, en méditant, un message qui l'orienterait vers la prochaine «phase».

– M. O'Brien et sa femme de ménage sont dans un motel à Brighton Beach, m'apprit Phil.

– À mater des films pornos et à tester le Viagra qu'il s'est fait prescrire?

– À regarder des jeux télévisés, des sitcoms et à se disputer. Les étudiantes japonaises ont trouvé à se caser dans les dortoirs de la cité universitaire. M. Burpus est au YMCA.

– Et Dulcinia Ramirez?

– Je l'ai vue hier. Elle va bien.

– Elle se plaît, au couvent? J'espère qu'elle n'est pas tombée sur des nonnes trop radicales.

– Ce n'est pas un couvent moderne, féministe, de gauche, où les sœurs s'habillent à la dernière mode. C'est vraiment le couvent d'autrefois, caché derrière de hauts murs, au milieu des bois; les religieuses sont en habit de pingouin.

– M^me Ramirez doit être heureuse parmi ces vieilles filles rétrogrades amoureuses de Jésus.

– Elle est aux anges. Elles prient beaucoup, elles chantent, elles lisent le Nouveau Testament, elles font des gâteaux. Tous les soirs, elles ont une activité différente. Lundi, c'est la soirée vidéo. Mercredi, veillée cartes. Le samedi après-midi, elles vont visiter un musée ou un parc. Les nonnes adorent Señor. Il y en a une qui lui a fait un petit habit noir et blanc, et elles l'appellent toutes sœur Señor.

– Et elles aiment bien M<sup>me</sup> Ramirez ?

– Elles l'aiment bien parce que ce sont de bonnes chrétiennes. Elles aiment tout le monde. Mais pour tout te dire, il y a quelques frictions. J'ignore à quel propos, mais je l'ai senti.

– Tu les connais d'où, ces religieuses ?

– Je leur ai rendu quelques services. C'est moi qui ai installé leur système d'alarme, et j'ai réparé leur citerne. Quand j'étais en Inde, j'ai refait l'installation électrique de leur mission. En échange, elles m'envoyaient des gâteaux. Elles font des gâteaux, tu sais. L'Immaculée Confection…

– L'Immaculée Confection ? Ce sont elles ?

– Oui, tu en as entendu parler ?

– J'ai vu un reportage sur ANNFN. Ils sont super bons, leurs gâteaux. Piété et pâtisserie : Ramirez doit être au paradis. Tu crois qu'elle va se faire bonne sœur ?

– À mon avis, elle voudra rentrer chez elle dès que possible. Elle a peur que la délinquance monte en flèche pendant son absence. Sans elle, il n'y a plus personne pour patrouiller dans le quartier.

– Ça va pisser dur sur la voie publique.

– Prends une autre bière, m'enjoignit Phil. Ne sois pas surprise si elle te téléphone. Je lui ai dit que tu étais au Chelsea ; ça m'a échappé…

– Ça me fera plaisir.

Pendant des années, M<sup>me</sup> Ramirez et moi avons été ennemies jurées, parce qu'elle était persuadée que j'étais un travesti, une tenancière de maison close, une trafiquante de drogue. Dès qu'elle me voyait, elle cherchait à me foutre des coups de canne. Maintenant que le malentendu est levé, elle a décrété que nous étions amies, ce qui est encore pire. Elle me coince dans l'allée, elle me téléphone, elle me suit même, parfois, pour me proposer des sujets de reportages, m'exposer sa théorie du grand complot, me dire du mal de ses nouveaux boucs émissaires, les enfants du baby-boom, ou juste pour me montrer le tableau lumineux de *L'Ascension de Jésus* qu'elle s'est acheté pour Pâques.

— Elle est bien occupée, au couvent, reprit Phil. Je ne crois pas qu'elle aura le temps de beaucoup t'embêter. Je vais la voir demain. Tu as un message à lui transmettre ?

— Mes amitiés.

En me retournant pour demander l'addition, j'aperçus l'homme à la moumoute, attablé non loin de nous, qui parlait au téléphone. Pendant un instant, nos regards se croisèrent, puis il détourna les yeux et fit signe à la serveuse de lui apporter l'addition. Je ne pouvais pas m'empêcher de regarder sa moumoute. Elle était tellement hideuse que je ne pouvais m'en détacher. En fait, c'était la plus vilaine des perruques que j'avais jamais vues. Et pourtant, j'ai vu quelques spécimens, pour avoir fait un reportage sur l'industrie du postiche, et interviewé six chauves qui avaient chopé des abcès au cerveau à cause d'implants capillaires foireux. Mais cette moumoute-là remportait la palme. Comment pouvait-on porter un machin aussi moche ? Ce type était-il conscient de la laideur du truc qu'il avait sur la tête ? Se rendait-il compte qu'on ne voyait que ça ? Enfin, je supposais que c'était une moumoute, parce que les cheveux faisaient faux et qu'ils avaient l'air d'être posés sur le crâne du bonhomme. Mais c'étaient peut-être ses vrais cheveux, et dans ce cas, c'était encore plus grave, et j'avais la réponse à une vieille question : oui, les monstres de l'espace peuvent s'accoupler avec les Terriennes.

Quand nous sortîmes du restaurant, le type nous suivit des yeux.

Phil s'était fait prêter une voiture pour venir de Jersey. Il l'avait garée dans la Septième Avenue, près de la Vingt et Unième Rue. Je le raccompagnai. Avant qu'il s'installe au volant, je lui demandai :

– Et toi, qu'est-ce que tu vas faire ? S'ils reconstruisent l'immeuble, tu vas revenir ?

Jusqu'à la dernière minute, j'avais hésité à lui poser cette question, de crainte d'une réponse que je n'avais pas envie d'entendre.

– Je ne sais pas. Ça dépendra d'Helen. Elle est indécise.

Comme une gamine, je regardai la voiture de Phil s'éloigner. En la voyant se fondre dans la lumière des phares, j'eus un sinistre pressentiment, une impression de déjà-vu, ou de « sera vu », un sentiment désagréable. Quand le véhicule eut disparu, je pris le chemin du Chelsea.

En tournant au coin de la Vingt-Troisième Rue, je m'aperçus que l'homme à la moumoute marchait derrière moi. J'accélérai le pas, saisie par une vibration vaguement menaçante. J'ai déjà eu des démêlés avec des gens perruqués et je me méfie désormais des perruques. Par ailleurs, outre sa moumoute, cet homme me rendait mal à l'aise.

Je me dirigeais vers l'hôtel à vive allure, en jetant de temps à autre un œil par-dessus mon épaule, quand je rentrai de plein fouet dans un jeune gars planté dans l'ombre, dans une zone non éclairée par les réverbères, près du Capitol, le magasin d'articles de pêche.

C'était le gamin qui avait frappé à ma porte la première nuit. À travers le judas, déformé par la lentille, il m'avait paru plus imposant. Il ne devait pas avoir plus de seize ans. Il avait l'air désemparé.

– Où étiez-vous ? lui demandai-je. Où est Nadia ? Je croyais que vous vous étiez retrouvés et que vous vous étiez enfuis tous les deux.

– Vous savez où elle est ?

Il avait le même accent que Nadia, des intonations à la fois slaves et d'Asie centrale. Je ne parvenais pas à définir cet accent. Si j'avais dû le situer sur une mappemonde, j'aurais posé le doigt quelque part entre le Pakistan et l'Allemagne.

L'homme à la moumoute passa à côté de nous et se fondit dans la nuit.

– Je croyais qu'elle était avec vous. Montez avec moi.

Il me suivit à l'intérieur du Chelsea en lançant des regards apeurés autour de lui. Nerveux, ce garçon.

– Vous ne l'avez pas vue du tout ? m'enquis-je.

– Non, grogna-t-il.

– Bon, eh bien, elle est partie sans laisser d'adresse. Où a-t-elle pu aller ?

– Je ne sais pas. Je pensais que vous sauriez.

Il semblait m'en vouloir et se méfier de moi.

– Je ne la connais pas et nous n'avons pas beaucoup discuté. J'ai eu d'autres chats à fouetter. Il y a eu un meurtre ici, hier soir.

– Elle est partie quand ? me demanda-t-il, ignorant ma dernière info.

– En début de soirée, vers six ou sept heures. Qu'est-ce qui vous est arrivé ? Je vous ai vu entrer dans l'hôtel, hier. Comment se fait-il que vous ne soyez pas monté à l'appart ?

– Je ne savais pas qu'elle était là. Vous m'aviez dit, la veille, que je m'étais trompé…

– Alors vous avez erré dans les couloirs dans l'espoir de tomber sur elle par hasard ?

Il me jeta un regard haineux.

– Écoutez, je suis désolée de vous avoir chassé, l'autre soir. Je ne savais pas qui vous étiez ni ce que vous vouliez.

– Ouais, ben vous nous avez mis dans la merde, Nadia et moi, dans une belle merde.

– Excusez-moi. Vous comprenez, j'espère, que je ne laisse pas entrer un inconnu chez moi à quatre heures du matin. Ne me faites pas culpabiliser.

Chez Tamayo, je lui offris une chaise à la table de la cuisine ainsi qu'une bière. Puis je m'ouvris une canette et m'assis en face de lui.

– Vous avez un nom ?

– Nadia a dû vous donner mon nom de code…

– Elle ne vous a pas mentionné par votre nom, aucun nom.

– Rocky.

– Rocky, vous voulez qu'on appelle la police pour leur signaler que Nadia a disparu…

– Pas pour le moment.

– Pourquoi ?

– Ça foutrait tout en l'air.

Il sortit une Marlboro d'un paquet souple un peu écrabouillé.

– Vous avez du feu ?

– Non. Et oui, ça me dérange que vous fumiez.

– Vous n'avez pas de feu ?

– Non.

– Oh, putain.

Et il bougonna quelque chose dans une langue étrangère en palpant ses poches nerveusement. Il était si fébrile que je me dis que sa crise de manque serait encore plus insupportable que la fumée de sa cigarette.

– Attendez, lui dis-je. Nadia a oublié une pochette d'allumettes.

– Nadia a oublié des allumettes ? Elle ne fume pas.

– Elle s'en servait de marque-page.

J'allai chercher *Le Piège à hommes* sur le lit surélevé et tendit les allumettes à Rocky. Tandis qu'il allumait sa cigarette, je lui demandai :

– En quoi les policiers foutraient-ils tout en l'air ?

Il souffla une bouffée de fumée, mais ne répondit pas.

– À cause du mariage arrangé ? insistai-je. Sa famille risquerait de vous mettre des bâtons dans les roues ?

– Nous sommes dans une situation délicate.

– Ouais, je comprends. Je connais le problème de ces filles élevées dans des cultures très rigides. Si elles se marient contre la volonté de leurs parents, elles amènent le déshonneur sur leur clan, etc., et si on les retrouve, elles sont punies. C'est ça ?

– Un peu.

C'était un véritable problème, en effet. Ces dernières années, on parlait beaucoup de ces femmes qui venaient chercher refuge dans les pays occidentaux pour échapper à un mariage arrangé ou à des pratiques culturelles charmantes, comme la mutilation génitale. En général, elles finissaient par être rapatriées au bercail, puis mariées de force ou mutilées. Il arrivait même parfois qu'elles soient mises à mort par les mâles de leur tribu, parce qu'elles avaient fait rejaillir la honte sur eux. Les policiers, effectivement, risquaient de confier Nadia aux services de l'immigration, et je ne voulais pas en être responsable. D'un autre côté, un homme avait été assassiné.

– Quand même, je crois que vous devriez avertir la police, dis-je à Rocky. Je peux vous donner le nom d'un policier très compréhensif, une femme qui fera tout son possible pour que Nadia n'ait pas d'ennuis. Un homme a été assassiné ici. Assassiné. La police risque de soupçonner Nadia. D'ailleurs, peut-être qu'elle a vu quelque chose, et qu'elle s'est fait repérer par l'assassin, ou les assassins. Je… Je ne voudrais pas vous alarmer, mais s'ils l'avaient kidnappée ? Ou si sa famille lui avait mis le grappin dessus ? La police pourra peut-être vous aider.

– Trop risqué. Je suis sûr que Nadia est en sécurité. Si elle a vu la police débarquer ici après le meurtre, elle a dû décider de se cacher en attendant que les choses se calment.

– Vous avez peut-être raison. Elle doit se cacher quelque part.

– Mais où ? Vous êtes sûre que vous ne savez pas où elle est allée ?

– Nous n'avons pas beaucoup parlé. C'est un hasard que nous nous soyons trouvées toutes les deux en même temps chez Tamayo. Mon immeuble a été détruit par un incendie et…

– Elle vous a parlé de moi ?

– Pas beaucoup. Mais le peu qu'elle m'a dit était très flatteur.

L'amour n'est pas seulement aveugle, pensai-je, il sniffe de la colle ! Nadia m'avait dépeint un jeune homme poète, sensible, tendre, sentimental. Et moi, je ne voyais qu'un petit homme à moitié fini, survolté, avec tout le charme physique d'un John Gotti Jr[8]. Nadia, sous l'influence de ses hormones, avait projeté ses illusions romantiques sur ce garçon.

– Vous étiez où, pendant que Nadia était là ? interrogeai-je Rocky. Peut-être qu'elle est partie vous rejoindre et que vous vous êtes ratés.

– Je dormais dans… un parc.

– Un parc ? À New York ? La nuit ? Rocky, c'est dangereux.

---

8    Fils d'un parrain de la mafia. (N.d.T.)

– Je n'ai pas peur, rétorqua-t-il.

– Ce n'est pas ce que je voulais dire. Je suis impressionnée que vous ayez pris ce risque pour une fille. Vous êtes amoureux ?

– Oui.

Parce qu'il sourit pudiquement et baissa les yeux, je décidai de lui lâcher la bride. Il était désagréable, mais ce n'était qu'un gamin amoureux qui voulait faire le macho et qui se méfiait de moi parce que nous n'étions pas de la même génération.

– Vous êtes vraiment mordu, n'est-ce pas ?

– Elle est la femme de ma vie.

– Comment pouvez-vous en être sûr ?

À son tour, comme l'avait fait Nadia, il me chanta les louanges de sa Juliette :

– Elle est si belle, si agréable, si douce, si gentille… Ce qui me fait peur, c'est qu'elle suivrait n'importe qui.

– Nadia ? Douce et gentille ?

– Oui.

– Nous parlons bien de la même personne ?

Le petit être vulnérable qu'il me décrivait ne ressemblait en rien à la chipie à la langue bien pendue à qui j'avais eu affaire.

– Vous avez une photo d'elle ?

De son portefeuille, il sortit plusieurs photos de Nadia et de lui. Sur les premiers clichés qu'il me montra, celle qu'il me désigna comme sa dulcinée était brune, et je crus qu'il y avait effectivement méprise. Sur l'une des photos, qui semblait avoir été prise à New York, Nadia et Rocky, plus jeunes de quelques années, se tenaient devant un bâtiment de briques brunes. Sur une autre, au milieu d'un groupe d'adolescents costumés, ils étaient déguisés en gangsters. Sur un tirage plus récent, un portrait de Nadia, elle était blonde. Nous parlions bien de la même personne.

– Qui sont ces jeunes déguisés, sur cette photo ? demandai-je à Rocky. Nadia est peut-être avec eux.

– Je ne me rappelle plus leurs noms. Je ne sais pas ce qu'ils sont devenus.

– Nadia a des amis à New York ? Ou dans le New Jersey ? Ou dans le Connecticut ?

– Je ne sais pas.

– Bon, je ne sais pas quoi faire pour vous. Peut-être qu'elle reviendra ici. Ou qu'elle appellera.

– Je vais l'attendre ici.

– Ah. Bien. Pendant que nous attendons, vous voulez bien me parler de votre pays ?

– Non. Je ne tiens pas à ce que vous répétiez tout à la police. Ou à quelqu'un d'autre, qui irait tout raconter aux policiers. Nadia risquerait de se faire expulser. Sa famille pourrait alors s'en prendre à moi, ou à ma famille.

À quelle ethnie appartenait-il ? Difficile à dire. Il avait le teint clair, les cheveux noirs, des traits assez doux, des petits yeux un peu trop rapprochés et un fin duvet brun sur les joues.

– Allez, ne vous faites pas prier, Rocky. Je ne dirai rien à personne.

– Que vous a dit Nadia ?

– Qu'elle venait de Plotzonie. Si je vous pose des questions, c'est juste pour essayer de me faire une idée de l'endroit où elle a pu aller.

– Ça ne vous avancera à rien de savoir de quel pays nous sommes !

Il était à nouveau agressif. Il changea de sujet :

– J'ai faim. Vous avez quelque chose à manger ? me demanda-t-il, très princier.

– Oui, mais pourriez-vous d'abord me donner quelques informations…

– Il faut que je mange. Je fais de l'hypoglycémie.

– O.K., c'est bon, je ne vais pas vous laisser tomber d'inanition.

Je lui servis de la charcuterie et une salade de pommes de terre. Il engloutit le contenu de son assiette comme pour prévenir une crise de croissance. Ces deux petits morveux couraient à l'échec, c'était évident. Ils glissaient sur une planche savonneuse qui allait les mener tout droit au chagrin d'amour, au genre de déception qui vous marque à vie. Il y avait tant de choses que j'avais envie de dire à Rocky. J'aurais pu lui citer des vers pleins de sagesse, des proverbes maison, lui parler de la pendaison et du mariage, lui donner quelques exemples vécus d'amours de jeunesse qui s'étaient mal terminées, de crimes passionnels et d'amoureux transis qui avaient fini découpés en morceaux à la tronçonneuse.

Mais je me contentai de lui dire :

– Tu veux un dessert ?

– Vous avez de la glace ?

– J'ai de la Ben & Jerry, dans le congélo.

Il regarda autour de lui, dérouté.

– Dans le compartiment au-dessus du frigo.

Il avait l'air tout aussi perdu. Je me levai et allai lui chercher la glace. À même le pot, il s'enfila plus d'un litre de Ben & Jerry's Wavy Gravy.

– Comment il est, l'autre ? le questionnai-je. Le gars à qui tu as piqué Nadia ?

– Vieux, laid, dégoûtant.

– Quelle honte. Tu veux bien me prêter le portrait de Nadia ? Je montrerai la photo aux voisins, demain. De ton côté, tu pourrais peut-être essayer de joindre ses anciens amis, voir si elle n'a pas pris contact avec eux.

– Comment je fais pour les joindre ?

Soit il était complètement idiot, soit il était fils unique, soit il était l'aîné de sa famille et il avait l'habitude que tout lui tombe tout cuit dans la bouche, auquel cas, il faisait le demeuré pour se faire servir.

– Tu n'as jamais entendu parler du téléphone ? Cette invention ultramoderne…

Je m'interrompis. Je parlais comme ces adultes râleurs qui m'avaient tant fait chier dans mon adolescence.

– Appelle vos copains, ceux qui sont avec vous sur la photo du bal masqué. Demain matin, j'irai voir les voisins.

Je lui montrai le canapé et lui indiquai la salle de bains. Quand il crut que je ne le voyais pas, il prit un numéro de *Cosmopolitan* et partit s'enfermer dans la salle de bains.

J'allumai mon ordinateur portable. Pas de courriel de Tamayo. Pas de nouvelles non plus de Pierre, ce qui ne m'étonna pas vraiment. Le seul message que j'avais provenait d'un expéditeur nommé MrsKisses. Il s'avéra que c'était Phil, qui se servait de l'adresse de sa belle-sœur. Il m'envoyait une dépêche qu'il avait trouvée sur Internet à propos du meurtre de Woznik.

ARRESTATION DE LA COMPAGNE DU MARCHAND D'ART ASSASSINÉ

Appréhendée dans la soirée, la mécène Grace Rouse serait selon la police coupable du meurtre du marchand de tableaux Gerald Woznik.

Woznik, quarante-quatre ans, a été abattu vendredi soir au célèbre Chelsea Hotel, dans la Vingt-Troisième Rue Ouest. Un témoin a déclaré avoir vu Rouse, quarante-trois ans, s'enfuir par l'escalier de secours de la façade ouest de l'hôtel, à l'heure, approximativement, où le meurtre a été commis. Rouse soutient qu'elle était à cette heure-là chez elle, en train de faire de la méditation.

Woznik et Rouse, l'héritière de la fortune de la compagnie de transport maritime Rouse, vivaient ensemble depuis environ un an. Ils étaient tous deux très connus dans le milieu artistique new-yorkais. Leurs amis affirment que leur relation était houleuse, qu'ils se disputaient fréquemment à propos des infidélités de Woznik.

Un encadré traitait de la vie amoureuse de Rouse, qui avait eu de nombreuses aventures avec des hommes un peu dérangés. Je comprenais tout à fait cette attirance, pour avoir moi-même tendance à craquer pour les allumés, bien que contrairement à elle, je m'abstienne en général de concrétiser mes fantasmes avec ce genre de gars. Rouse avait eu une liaison avec un réalisateur de cinéma paranoïaque, elle avait «flirté» à Melbourne avec un acteur sur le retour d'âge, lequel, depuis, avait été interné dans un hôpital psychiatrique pour déviance sexuelle, et on lui avait intenté deux actions en justice, pour le motif qu'elle était responsable du divorce d'une vieille rock star tombée dans l'oubli et de celui d'un marchand de tableaux outrageusement friqué dont la femme, passionnée d'équitation, avait eu recours à la chirurgie esthétique pour se donner une allure plus chevaline. Rouse s'était ensuite mis en ménage avec un magnat véreux de la presse néo-zélandaise, qui l'avait plaquée pour une actrice de cinéma indienne tout en jambes. Elle avait alors rebondi sur Woznik. Selon un «ami», «elle était obsédée par Gerald, elle était d'une jalousie maladive et elle essayait de l'acheter avec son argent».

L'amour. N'est-ce pas beau, l'amour?

# 6

Le monde est petit. Grace Rouse était représentée par le fameux Spencer Roo, l'avocat qui m'a défendue chaque fois que j'ai été mêlée à des affaires de meurtre. Un tel hasard m'aurait paru légèrement troublant, si Roo n'était pas l'avocat des célébrités, renommé pour (presque) toujours tirer ses clients d'embarras. Lorsque je lui téléphonai, le lendemain matin, il était «en rendez-vous», avec Rouse je supposai. Pas de panique. Il me connaissait bien, il me rappellerait dès qu'il pourrait et se débrouillerait pour m'obtenir une entrevue avec l'accusée, laquelle savait peut-être quelque chose au sujet de Nadia.

Après l'avoir appelé, et servi un copieux petit-déjeuner à Rocky, je quittai l'appartement de Tamayo pour aller voir les voisins. J'aurais préféré me tenir à l'écart de Maggie, mais je voulais avant tout me débarrasser de ce gamin. Le nom de Maggie figurait sur le mot que Tamayo avait envoyé à Nadia, ainsi que dans *Le Piège à hommes*. J'en déduisais qu'elle pourrait peut-être éclairer ma lanterne. J'avais essayé de la joindre au téléphone, mais j'étais tombée sur sa boîte vocale. Quand je frappai chez elle, personne ne répondit. Je glissai donc un mot sous sa porte, la priant de me passer un coup de fil, car j'avais à lui parler d'une «question délicate».

De l'autre côté du couloir, le culturiste m'observait. Qui était cet homme? me demandai-je. Apparemment, il ne sortait jamais; je l'avais déjà vu à plusieurs reprises sur le seuil de sa chambre, à regarder dans le couloir. Il avait déclaré aux policiers qu'il n'était au courant de rien à propos du meurtre. Peut-être aurait-il néanmoins des tuyaux à me donner quant à la disparition de Nadia.

Je m'approchai de lui. Il semblait ne pas me voir. Seule sa paupière trembla tandis qu'il continuait à soulever ses poids, l'un après l'autre. Il avait la physionomie de ces hooligans et de ces skinheads que l'on nous montre aux actualités sur les terrains de foot, le visage amoché par un certain nombre de cicatrices, un nez qui avait l'air d'avoir été cassé plusieurs fois. Il ne louchait pas vraiment, mais il avait un œil qui disait merde à l'autre. De haut en bas, ses bras étaient couverts de tatouages ressemblant à des symboles mystiques orientaux. Derrière lui, son appartement était plongé dans le noir. Ce gars me déprimait.

– Excusez-moi, l'apostrophai-je.

Il ne réagit pas.

J'agitai une main devant sa figure.

– Excusez-moi, réitérai-je.

Il me dévisagea un instant avant de répondre :

– Oui ?

– Bonjour. Je pourrais vous poser quelques questions ?

Silence.

– Avez-vous vu ou entendu quelque chose de bizarre le soir où Gerald Woznik a été tué ?

Pas de réponse.

– Le corps était juste là, en face de chez vous. Vous auriez pu voir quelque chose par votre judas, ou entendre des bruits suspects…

Il souleva le poids qu'il tenait dans la main droite. Puis celui de la main gauche.

– Auriez-vous aperçu une jeune fille, dix-huit ans environ, une blonde, les cheveux bouclés ? Elle a disparu la nuit où le marchand de tableaux a été assassiné. Vous ne savez rien ?

– L'homme ne saura jamais rien de ce qu'il devrait savoir, dit-il sur un ton monocorde.

– Peut-être, oui, mais j'aimerais bien savoir où est passée cette fille.

– L'ultime but de la vie est de la traverser sans laisser de trace aucune.

– Pardon ?

– L'ultime but de la vie est de la traverser sans laisser de trace aucune, répéta-t-il entre ses dents, comme s'il avait peur, ou comme s'il était fou, ou les deux.

– Sans laisser de trace aucune ? Quel serait l'intérêt de notre passage sur terre, alors ? Bref, écoutez, il y a eu un meurtre ici, et...

Il recula d'un pas, puis d'un autre, et se retira dans sa chambre noire en me claquant la porte au nez.

– Eh, en tout cas, moi, je me souviendrai de vous ! gueulai-je en m'éloignant d'un pas furieux.

Les rares occupants des chambres du septième étage que je trouvai chez eux prétendirent n'être au courant de rien. Je descendis donc à la réception. Il y avait forcément quelqu'un dans cet hôtel qui savait quelque chose à propos de Nadia, mais soit je ne m'adressais pas aux bonnes personnes, soit les bonnes personnes ne voulaient rien dire. Le personnel du Chelsea avait la réputation d'être très discret et tous les employés que j'interrogeai, tous très aimables lorsque je me présentai comme une amie de Tamayo, m'affirmèrent qu'ils ne savaient absolument rien ni de Nadia ni du meurtre. Le sikh insondable qui était de service à la réception se contenta de sourire. Le directeur adjoint, Jerry Weinstein, n'était pas venu travailler le jour du meurtre car il avait la grippe. La standardiste en chef, Edna, une femme avec une montagne de cheveux argentés, me dit simplement : « Même si je savais quelque chose, ce qui n'est pas le cas, ce serait un secret, et mes secrets, je les emporterai dans la tombe. »

Poliment, avec divers accents new-yorkais ou étrangers, on me conseilla de m'adresser à Stanley Bard, l'homme à la beauté diabolique à qui appartient l'hôtel et qui en gère les intérêts au nom de ses actionnaires.

Pour avoir côtoyé les célèbres résidants du Chelsea, Bard est lui-même une légende. Beaucoup lui doivent d'ailleurs une fière chandelle, car Bard a toujours soutenu ceux qui ont vécu sous son toit, en leur remontant le moral quand ils étaient au plus bas, en les encourageant à travailler, en acceptant des œuvres d'art à la place du loyer, en patientant des mois et des mois jusqu'à l'arrivée de chèques hypothétiques. Bard a payé des cautions pour faire sortir des artistes de prison, il en a envoyé plus d'un en cure de désintoxication, il a calmé des disputes de couples, et il a toujours considéré les humeurs et les excentricités de ses protégés avec l'indulgence d'un amoureux de l'art.

Le bureau de M. Bard se trouvait juste à côté de la réception.

– Entrez, cria-t-il quand je frappai.

J'entrai. Bard leva les yeux de sa table de travail encombrée. La pièce était sombre, caverneuse, les murs habillés de panneaux ouvragés en bois foncé. Sur la fresque passée qui ornait le plafond, il me sembla reconnaître Cupidon et Psyché.

Après m'être présentée, je lui exposai la situation des deux jeunes amants maudits par le sort qui devaient se retrouver chez Tamayo, mais qui en avaient été empêchés par le meurtre de Gerald Woznik.

– C'est terrible, me dit Bard. Je connaissais Gerald depuis des années. Voilà vingt ans que nous n'avons pas eu de meurtre ici. Comment va Tamayo ?

– Bien, pour autant que je sache.

– Quand vous l'aurez au téléphone, dites-lui que nous nous languissons d'elle.

– Je n'y manquerai pas. Savez-vous quelque chose à propos de cette jeune fille, Nadia ? lui demandai-je en lui montrant la photo.

– Non, je suis désolé. Nous voyons passer tellement de gens ici.

Difficile de juger de sa sincérité. Après tout, pourquoi m'aurait-il communiqué des renseignements ? Il ne me connaissait pas, et d'après ce que Tamayo m'avait raconté, il mettait un point d'honneur à préserver la vie privée de ses locataires.

– Si vous apprenez quelque chose…

Avant que je n'aie pu terminer ma phrase, la porte s'ouvrit et un jeune Noir aux cheveux décolorés et rasés pénétra dans le bureau comme un ouragan.

– Stanley, il faut que vous preniez des mesures pour le Vieux Frank, dit-il sur un ton bizarre, à la fois emphatique et blasé. Miriam avait du monde à dîner hier soir et ce vieux dégueulasse est resté toute la soirée derrière sa porte, à pisser contre le mur et à insulter ses invités. Heureusement, les amis de Miriam ont cru que c'était une performance.

– Bon, eh bien il n'y a pas de mal dans ce cas.

– Sauf que Miriam est contrariée, à cause des histoires qu'elle a eues avec Frank. Et les voisins ne sont pas contents.

– J'en toucherai deux mots à Frank, Ben.

– Vous savez bien que ça ne sert à rien.

M. Bard saisit cette occasion pour me congédier :

– Si vous voulez bien nous excuser. Je vous passerai un coup de fil si jamais j'apprends quelque chose à propos de... Comment m'avez-vous dit qu'elle s'appelait ?

– Nadia.

Tandis que je refermais la porte derrière moi, j'entendis M. Bard vociférer :

– Que voulez-vous que j'y fasse ? Il a quatre-vingt-neuf ans, c'est un grand peintre. Vous voulez que je le foute dehors ? Un homme de quatre-vingt-neuf ans ? Je lui parlerai, Ben, je lui parlerai.

J'employai les quelques heures suivantes à intercepter tous les gens que je croisai dans l'hôtel pour leur demander s'ils n'avaient pas aperçu la fille que je leur montrais en photo. Deux personnes me dirent qu'elles avaient l'impression de l'avoir déjà vue, mais elles ne se rappelaient plus où ni quand.

Je rencontrai ainsi un bon échantillonnage des résidants de l'hôtel : un batteur aux cheveux longs qui devait avoir la moitié de mon âge ; un couple marié, la quarantaine, d'apparence friquée, avec une petite fille ; un secrétaire des Nations Unies ; une femme d'Europe de l'Est qui était ingénieure ; un réalisateur de cinéma, Jan, et sa fille, Chelsea, ainsi prénommée en hommage à l'hôtel ; et un acteur qui se trimbalait en marmonnant avec un panneau « Ne pas déranger » autour du cou, que je dérangeai en l'obligeant à sortir de la peau de son personnage. J'eus également affaire à quelques touristes : un Japonais, un Hongrois et plusieurs personnes de l'Ohio, qui me dirent qu'elles avaient l'habitude de descendre au Chelsea chaque fois qu'elles venaient à New York. Personne ne savait rien de Nadia.

Je remontai donc au septième étage, où je croisai Lucia-la-ravagée, l'Hispanique blonde qui habitait à côté de chez Tamayo. Joyeusement, elle me fit entrer chez elle et m'invita à m'asseoir dans son salon-cuisine.

Son petit appartement était meublé de bric et de broc, mais l'atmosphère y était agréable. Le studio était divisé en deux parties par un portemanteau chargé de robes de toutes les couleurs, rétros pour la plupart, datant de l'après-guerre, les unes suspendues à des cintres, les autres négligemment jetées sur la rampe. Le mobilier – comme je m'en rendrais compte par la suite – était composé des meubles standard du Chelsea, des placards et des fauteuils en chêne, un grand lit recouvert d'un dessus-de-lit à fleurs et une lampe beige. De tous les éléments apportés par Lucia (bibelots, objets d'art, peintures), rien n'allait avec rien. Une coiffeuse en bois de rose était envahie de bijoux et de flacons de parfum ou de produits de beauté aux reflets de joyaux. Un boa en plumes pendait du miroir de la coiffeuse, son extrémité trempant dans un verre de liquide ambré.

– Vous voulez boire quelque chose ? m'offrit-elle.

– Non, je vous remercie. En fait, je voudrais vous poser quelques questions à propos de la fille qui logeait chez Tamayo ces jours derniers, Nadia…

On frappa à la porte.

– C'est mon jules, dit-elle. Excusez-moi.

Entra un homme petit et musclé, avec une crinière léonine de cheveux blancs brossés vers l'arrière, le type auquel elle avait balancé ses chaussures quelques jours auparavant. Ils s'embrassèrent passionnément.

– Je vous présente Carlos. Il était toréador. Il est à la retraite, maintenant.

À Carlos, elle fit les présentations en espagnol. Il me baisa la main et s'installa sur le canapé du salon-cuisine. Lucia lui servit un verre, puis me tendit un grand whisky, malgré mes protestations. Pour lui faire plaisir, je le pris.

À peine se fut-elle débarrassée du verre que Carlos la saisit par la taille. Ils se mirent à roucouler en espagnol. Carlos était un personnage étrange, mais il avait un certain charme, le charme des paysans castillans. Par rapport à son corps plutôt petit, sa crinière blanche paraissait complètement démesurée. Son visage morose, à la mâchoire large, s'illuminait dès que Lucia riait. Lucia avait l'air très heureuse. Jamais je n'avais vu quelqu'un d'aussi heureux. Elle était trop heureuse. Elle rayonnait d'une joie qui sentait la folie.

Au-dessus de la table basse, je lui passai la photo de Nadia.

– Auriez-vous vu cette fille ?

– Non, je ne crois pas, répondit-elle.

Le toréador dit quelque chose en espagnol, que Lucia traduisit :

– Il dit qu'il l'a vue, mais pas à cet étage. Il ne se rappelle pas où.

– Demandez-lui d'essayer de se souvenir.

– Oh, il a des problèmes de mémoire. À cause du métier qu'il exerçait. Je lui redemanderai dans cinq minutes, quand son cerveau se sera un peu reposé.

Le matador parlait mal l'anglais, si bien que Lucia devait faire l'interprète, et j'avais l'impression qu'elle ne traduisait pas exactement ce qu'il disait, mais qu'elle me donnait plutôt son opinion. Quand je demandai à Carlos s'il avait eu du succès dans sa carrière, il me répondit en espagnol sur un ton grandiloquent ; en secouant la tête, Lucia traduisit :

– Il n'a jamais été une grande star. Il a toujours été moyen. Il s'est fait embrocher douze fois ! Un jour, il a reçu un coup de corne dans la tête ! Pauvre chéri. C'est pour ça que sa mémoire est déficiente.

– Comment a-t-il atterri au Chelsea?

– Son frère, qui était musicien, vivait ici. La dernière fois qu'il a été blessé par un taureau, Carlos est venu habiter chez lui. Son frère est mort, mais Carlos est resté.

– Et vous? m'enquis-je.

– La famille de mon père illégitime me file de l'argent pour que je ne remette pas les pieds en Argentine, répondit-elle, radieuse. Ils ont peur du scandale, que je nuise à ses ambitions politiques.

– Ah oui? Mais pourquoi le Chelsea?

– Je ne sais pas. Le vent m'a menée à New York, et au Chelsea; j'y suis restée. Et vous?

– Je loge chez Tamayo parce que mon immeuble a brûlé…

Carlos nous interrompit pour dire quelque chose. Ils échangèrent quelques propos en espagnol, puis Lucia me dit:

– Il l'a vue le jour où il a posé pour Miriam Grundy. Elle peint un peu. Il ne sait plus quel jour c'était, mais moi, je me souviens: c'est le jour où Gerald Woznik a été tué.

– À quelle heure a-t-il posé pour Miriam Grundy?

– En début de soirée.

– A-t-il vu Nadia avant ou après?

– Il ne se rappelle plus, déclara Lucia en esquissant un petit sourire d'excuse.

– Vous connaissiez Gerald Woznik? lui demandai-je.

– Oh, oui. Il a habité ici.

– Où étiez-vous quand il a été assassiné?

– Au El Quijote, au bar, avec Edna, la standardiste.

– Avez-vous entendu les voisins parler du meurtre?

– Tout le monde ne parle que de ça, mais personne ne sait qui l'a tué.

– Vous connaissez Grace Rouse ?

– Pas bien, répondit Lucia en se levant d'un bond pour aller mettre un disque.

Une mélodie grêle et métallique, entrecoupée de craquements, s'éleva des haut-parleurs du tourne-disque, le genre de flonflons faussement gais des carnavals et des fêtes foraines d'autrefois. Je ne sais pas pourquoi, cette musique me transporta à Paris, le temps d'un bref flash-back.

– Et le culturiste qui est tout le temps devant sa porte, qui est-ce ?

– Nous l'appelons le Maître du Zen, m'informa Lucia en s'asseyant sur les genoux de Carlos.

– Il me fait peur. Il n'est pas très loquace.

– Au fond, c'est quelqu'un de très gentil. Ça fait des semaines que je ne lui ai pas parlé. La dernière fois que nous avons discuté, il m'a dit que son troisième œil s'était ouvert. Ça m'a fait rire. Depuis, il est fâché. C'était rigolo. N'importe qui peut vous dire que son troisième œil s'est ouvert. C'est facile, puisque le troisième œil est invisible, comment voulez-vous vérifier ?

Elle traduisit à Carlos ce qu'elle venait de me dire. En retour, il l'embrassa longuement. Il était désormais inutile de poser plus de questions à Lucia. Avec la langue du toréador dans la bouche, elle n'était plus en mesure de me répondre.

– Si vous voyez Maggie Mason, ou si vous l'avez au téléphone, dites-lui que je la cherche.

Sur quoi, je pris congé.

Le Noir aux cheveux décolorés et rasés que j'avais vu dans le bureau de M. Bard était l'assistant de Miriam Grundy. C'est lui qui m'ouvrit la porte de son appartement au dixième étage. D'un hochement de tête blasé, qui fit scintiller sa boucle d'oreille sertie d'une aigue-marine, il me fit signe d'entrer.

– M<sup>me</sup> Grundy est en haut, dans son atelier. Suivez-moi, me dit-il.

L'appartement était un duplex. Un escalier en colimaçon rouge menait à un vaste atelier éclairé par la lumière naturelle, au onzième étage, étage non officiel. Les murs étaient d'un blanc crasseux. En haut du plafond, en pente, des lucarnes pyramidales, orientées plein sud, laissaient entrer le soleil.

La minuscule M<sup>me</sup> Grundy était cachée derrière une grande toile. Je ne la vis que lorsqu'elle descendit du tabouret sur lequel elle était perchée. Elle était vêtue d'une chemise d'homme blanche et d'un pantalon ample, les cheveux sous un turban. Ses sourcils étaient soulignés d'un trait un peu trop sombre qui lui donnait un air sévère en dépit de son léger sourire. Je m'attendais presque à voir surgir Erich Von Stroheim et à l'entendre susurrer qu'il était le premier mari de Madame. Parfois, je redeviens la gamine de province que j'étais, et une petite voix au fond de moi s'écrie, impressionnée : « Pincez-moi, je suis en face de [insérez ici le nom d'une grande célébrité]. » C'était exactement ce qui m'arrivait en ce moment où j'avais devant moi, en chair en os, la grande dame qui avait inspiré *Mimi*, des poèmes couronnés par le prix Pulitzer, des vers qui sans elle n'auraient jamais été écrits, celle pour laquelle un jeune banquier marié avait plaqué sa femme, la haute société, rejeté les valeurs et les ambitions de sa famille, abandonné sa carrière médiocre pour prendre la plume et réaliser ses rêves.

– Bonjour, mademoiselle Hudson, me salua-t-elle gracieusement en se rasseyant sur son tabouret, en face d'une toile à moitié terminée.

Entre l'abstrait et le figuratif, la peinture représentait soit Carlos, le toréador à la retraite, soit une aubergine couleur chair avec la tête d'un homme sans visage. Miriam Grundy était assise à une certaine distance de la toile. Elle ne l'atteignait que bras tendu, du bout de son pinceau.

– Vous voulez boire quelque chose ? me demanda Ben.

Je déclinai l'offre.

– Ben, le traiteur a appelé pour la réception ? s'enquit Miriam.

– Non, ils ont dit qu'ils téléphoneraient demain.

– Le personnel de l'hôtel aura le temps de débarrasser l'atelier ?

– Oui, madame Grundy.

– Avez-vous trouvé les Statues Vivantes ?

– Oui, la dernière doit passer aujourd'hui, et le fleuriste voudrait savoir…

– Que du blanc. Je ne veux que des fleurs blanches, et des vases habillés de tulle argenté.

– Roses blanches, freesias blancs, œillets blancs, jacinthes blanches, marguerites blanches.

– Parfait. Il faudra me remettre la liste des invités, avec l'heure à laquelle ils arrivent, d'ici la fin de la journée, Ben. Je ne veux pas que le gars qui marche à reculons se trouve là en même temps que les nains acrobates chinois ou que les mimes lutteurs.

– Les mimes lutteurs ne pourront pas venir, madame Grundy. Ils sont sur un tournage.

– Ah. Tant pis. Je vous remercie, Ben. Vous pouvez disposer.

Après avoir congédié son assistant, elle se tourna vers moi :

– Que puis-je faire pour vous ? Vous n'avez pas été très claire au téléphone.

– Cette fille (je lui mis la photo de Nadia sous les yeux) est venue vous voir avant-hier soir, à peu près à l'heure où Gerald Woznik a été tué.

– Si vous vouliez bien éloigner un peu cette photo de mes yeux… Oh, oui, je me souviens très bien.

– Pour quelle raison est-elle venue vous voir ?

– C'est une grande admiratrice de feu mon mari, le grand poète américain Oliver Grundy. Elle voulait me rencontrer. C'est aussi une amie de Tamayo, c'est pourquoi j'ai accepté de la recevoir. Dites-moi, avez-vous vu Tamayo récemment ?

– Il y a six ou sept semaines, à Tokyo.

– Que faisait-elle à Tokyo ?

– Elle finissait d'écrire ses aventures en Amérique, à l'hôtel Okura. Le bouquin va être publié par un éditeur japonais.

– Elle avait emmené son singe là-bas ?

– Oui, mais je crois qu'elle l'a confié à sa grand-mère d'Osaka avant de repartir du Japon. Pour en revenir à Nadia…

– Quelle grand-mère ?

– Sa grand-mère Rei. Sa grand-mère Ruth vit à Long Island.

– Comment ce singe s'appelle-t-il déjà ? J'ai oublié.

J'avais l'impression que Miriam me questionnait pour s'assurer que j'étais bien une amie de Tamayo. Normal. Quand vous êtes un célèbre mécène, il y a sûrement des tas de gens qui feraient n'importe quoi pour attirer votre attention.

– Ernie Kovacs. Pour en revenir à Nadia… Quand est-elle venue vous voir ?

– En début de soirée. Elle venait juste de partir quand on m'a appris le décès de Gerald Woznik. Quel choc.

– Quelle heure était-il ?

– Laissez-moi réfléchir… Carlos était parti, Nadia aussi. C'était avant que j'aille dîner avec John Wells… Aux alentours de vingt heures.

– Savez-vous où Nadia est allée en vous quittant ?

Nous fûmes interrompues par Ben qui entra dans l'atelier avec une jeune femme.

– L'une des Statues Vivantes, madame Grundy, annonça-t-il.

– Oh, très bien. Montrez-moi ce que vous savez faire, jeune dame, lui dit Miriam.

La jeune femme prit la pose et demeura totalement immobile pendant un moment qui me parut très long.

– Une autre pose, s'il vous plaît, lui intima Miriam.

Puis elle exigea encore une autre pose, avant de déclarer :

– Ça ira. Vous êtes engagée. Ben, je viens d'avoir une idée. Il me faut un homme très grand, le plus grand que vous trouverez, et une femme très grande. Ils se mêleront aux invités. Oh, oh, et convoquez aussi ces drag-queens qui m'imitent dans leur spectacle de cabaret, les Swinging Miriams.

– Pas de problème, madame Grundy. C'est une excellente idée, répondit Ben, toujours aussi blasé.

Après le départ de la Statue Vivante et de Ben, je réitérai ma question :

– Savez-vous où Nadia est allée en vous quittant ?

Avant que Miriam puisse me répondre, Ben revint, accompagné cette fois d'un contorsionniste, contorsionné comme un bretzel, mais qui arrivait cependant à marcher.

– Non, je ne crois que nous ayons besoin de vous, dit Miriam au bretzel en lui indiquant la porte.

– Nous donnons une soirée cette semaine, m'expliqua-t-elle. Nous sommes en train d'organiser les divertissements.

– On dirait que ça va être une sacrée soirée.

– C'est l'anniversaire d'Oliver. Toujours un grand événement.

– L'anniversaire de votre défunt mari ?

– De son fantôme, disons. Nous donnons cette fête en l'honneur de tous les fantômes du Chelsea, et de nos amis vivants. Vous me parliez de Nadia ?

– Savez-vous d'où elle est ?

– Oh, elle donne un drôle de nom à son pays. La Plotzonie.

Miriam m'étudia un instant, puis elle reprit :

– J'espère ne pas trahir sa confiance en vous disant cela. Je crois qu'elle allait prendre la fuite avec son fiancé.

– Je sais, dis-je. Mais elle l'a perdu.

– Quelle tristesse.

– Où avaient-ils l'intention d'aller ?

– Je l'ignore. Vous devriez demander à Maggie Mason. Il me semble qu'elle est impliquée dans cette histoire. Excusez-moi, je dois…

– Vous avez une idée de la personne qui a pu tuer Gerald Woznik ?

– Ma pauvre, allez savoir ce que les gens ont derrière la tête. C'était un homme à femmes, et un requin sans le moindre scrupule. Néanmoins, je pencherais plutôt pour le crime passionnel. Je ne crois pas qu'il s'agisse d'une affaire d'argent.

Tandis que Ben me raccompagnait, je l'interrogeai à propos du Vieux Frank, le gars qui avait pissé sur le mur et insulté les invités de Miriam la veille au soir.

– Frank Gozzomi, le peintre surréaliste. Vous avez certainement dû le voir. Il dort souvent dans le fauteuil rouge du salon.

– Il a eu des histoires avec M$^{me}$ Grundy ?

– Il est amoureux d'elle. Il l'a rencontrée ici, au Chelsea, alors qu'elle venait juste d'arriver d'Europe avec sa famille.

– Et elle lui a préféré Oliver Grundy ?

– Oui.

– Il est jaloux depuis tout ce temps ?

– Non. Il est parti vivre en Italie. Il est revenu au Chelsea il n'y a qu'une dizaine d'années. Il n'est pas méchant, mais très emmerdant. J'aimerais autant qu'il s'abstienne d'uriner contre les murs, surtout sans les mains.

– Vous voulez dire…

– Il doit prendre du Viagra. Ce type a quatre-vingt-neuf ans. Il cherche à se rendre intéressant. Il étale sa virilité bestiale pour se faire remarquer de Miriam. Il pisse sur les murs comme un loup qui marque son territoire. Je crois qu'il est sénile.

$M^{me}$ Grundy ne m'avait rien apporté de nouveau quant à Nadia, mais je n'étais pas mécontente d'avoir rencontré cette grande dame. En descendant l'escalier à la rampe en fer forgé qui s'enroule au cœur du Chelsea, je songeai que Miriam était exactement la femme que je veux devenir quand je serai vieille : riche, malicieuse, excentrique, le modèle des futures générations de drag-queens.

Il ne me restait plus qu'à miser sur Maggie Mason. Vraiment, je n'avais aucune envie d'aller la voir, mais il fallait que je me raisonne. Peut-être avait-elle fini par oublier Mike… bien qu'il m'ait dit qu'elle était très, très rancunière. Pendant plus de dix ans, m'avait-il raconté, chaque année pour la Saint-Valentin, elle avait envoyé à son premier amant un cœur de velours transpercé d'un pieu en bois.

Bon, je n'avais qu'à être très prudente, veiller à ne laisser échapper aucune gaffe, et elle ne saurait sans doute jamais que j'avais couché avec Mad Mike.

Nadia et Rocky… Ces deux-là me préoccupaient, eux aussi. Complètement inconscients, ces gosses. Si Nadia se faisait attraper par les policiers et renvoyer chez elle, elle serait obligée d'épouser un type qu'elle n'aimait pas et de vivre dans un pays qu'elle avait en horreur. Et si elle s'enfuyait avec Rocky le rebelle, d'ici deux ans, ils se détesteraient, et d'ici trois ans, ils divorceraient. À moins qu'ils ne découvrent une formule de physique appliquée pour transformer deux moins en un plus et se supporter malgré le dégoût, l'exaspération et le ressentiment. Ce qui finalement valait toujours mieux que le pire, le pire étant ce qui aurait pu arriver à Nadia si elle avait été témoin du meurtre de Gerald Woznik.

Ce que je savais, pour l'instant, c'était que Nadia n'avait pas tué Gerald Woznik, puisqu'elle était avec Miriam Grundy à l'heure du crime. À moins que Miriam ne m'ait menti, mais je ne voyais pas pourquoi elle l'aurait fait. Lucia avait un alibi également. Quant à Maggie Mason, laquelle avait ouvertement menacé Gerald Woznik devant moi dans l'ascenseur, elle avait elle aussi un alibi, selon la police.

Quand on parle du loup… À l'instant même où j'arrivais au septième étage, Maggie Mason passait dans le couloir d'un pas pressé.

– Maggie ! la hélai-je. Vous avez cinq minutes ?

– Quoi ? fit-elle en se retournant promptement.

– Je suis Robin. C'est moi qui loge chez Tamayo.

– Ah oui…

– Vous connaissez Nadia ? Je sais que Tamayo lui avait dit de s'adresser à vous si elle avait besoin de quelque chose, et j'ai vu qu'elle avait un livre qui vous appartient.

– Oui. *Le Piège à hommes*. Très bon bouquin. C'est grâce à ça que j'ai trouvé le gars avec qui je suis en ce moment. Vous l'avez lu ?

– Feuilleté seulement. Quand avez-vous vu Nadia pour la dernière fois ?

– Le jour de son arrivée. Le jour du meurtre.

– Elle vous a appelée?

– Oui, et je suis allée la voir chez Tamayo. Nous avons bu un café, bavardé un peu. Je n'ai pas eu de nouvelles, depuis.

– Elle est partie. Elle a disparu. Je me fais du souci…

– Ne dramatisez pas. Après tout, elle avait l'intention de disparaître.

– Son petit copain est chez Tamayo. Ils ne sont donc pas partis ensemble, comme prévu. Je ne crois pas que je dramatise.

– Son petit copain est chez Tamayo? Quel dommage[9].

– Oui, et Nadia est partie en emportant ses affaires peu avant le meurtre de Gerald Woznik, qui s'est écroulé sur le pas de la porte de l'appartement de Tamayo. C'est cette coïncidence, justement, qui m'inquiète. Où étiez-vous à cette heure-là?

– Sur AOL. J'ai envoyé un courriel à mon amoureux qui est à l'étranger et j'ai pris part à un chat sur la B.D. Pourquoi?

– J'ai assisté, dans l'ascenseur, à votre prise de bec avec le gars qui a été tué, Woznik.

– Cet enculé me devait de l'argent pour des peintures que je lui avais données à vendre. J'attendais qu'il me l'apporte et il était en retard. C'est pour ça que j'étais en colère. La police m'a déjà interrogée. En ce qui concerne Nadia, ça m'étonnerait qu'elle ait quelque chose à voir dans ce meurtre.

– Elle s'est peut-être trouvée au mauvais endroit au mauvais moment. Je voulais juste savoir si elle ne vous avait pas dit quelque chose qui pourrait nous

---

9    En français dans le texte. (N.d.T.)

donner un indice quant à l'endroit où nous pourrions la retrouver.

– Je ne crois pas. J'ai rendez-vous, il faut que je file. Je suis sûre que Nadia se cache en attendant qu'il y ait moins de remue-ménage ici. Je vous appellerai quand j'aurai plus le temps. Désolée.

Sans attendre de réponse de ma part, elle s'engouffra entre les portes battantes menant à l'aile est du septième étage. Je la suivis mais quand je franchis les portes, elle avait disparu.

Pendant ce temps, Rocky avait pris ses aises. Quand je revins chez Tamayo, il était dans la salle de bains et me cria à travers la porte qu'il avait passé quelques coups de fil. Lorsque je cherchai à en savoir plus, il fut toutefois incapable de me dire qui il avait appelé. Ce gamin était désespérant.

Maggie était ma seule piste. Nadia n'avait laissé aucun indice. La seule chose qu'elle avait laissée derrière elle, c'était ce stupide livre, *Le Piège à hommes*… avec la pochette d'allumettes du Bus Stop Bar & Grill.

– Rocky, dis-je en frappant à la porte de la salle de bains.

– Hein ? Quoi ?

– Tu sais, les allumettes que je t'ai données ? Elles sont où ?

– Je sais pas. J'ai trouvé un briquet. Vous voulez du feu ?

– Non.

Tamayo avait écrit quelque chose à l'intérieur de la pochette d'allumettes, de donner le bonjour au Puant, ou un truc comme ça. C'était sûrement un code.

# 7

Le choix du nom de «Bus Stop Bar & Grill» relevait soit d'un humour au second degré, soit d'un manque total d'imagination, car le bar se trouvait en effet tout près d'un arrêt de bus, sur Bowery, au sud de Bleecker, un coin sordide de Manhattan, complètement ignoré des promoteurs immobiliers, où les mauvaises herbes poussent dans les fissures des trottoirs défoncés et où l'essence empeste l'air, en raison de la proximité des garages et des stations-service pour taxis.

La devanture du Bus Stop Bar était légèrement inclinée, comme si le bâtiment penchait vers l'ouest. Toutefois, seule la façade était affectée par ce phénomène; à l'intérieur, le bar était d'équerre. La salle était presque vide. Un pauvre type qui fumait comme un pompier et buvait comme un trou était accoudé au comptoir. Une femme, la soixantaine bien sonnée, feuilletait un magazine près du juke-box. Rien n'est plus déprimant qu'un bar désert le matin, et la lumière du soleil, filtrée par les vitres, rendait le lieu plus glauque encore.

Je demandai à la femme si elle pouvait m'indiquer qui était le patron. Après m'avoir scrutée de haut en bas, elle me dit que c'était son mari, Le Puant, et l'appela en criant.

Quelques minutes plus tard, un vieux sortit d'une arrière-salle. Il avait au moins soixante-dix ans, des cheveux blancs clairsemés, une dent en or et un gros bide de buveur de bière saucissonné par les ficelles de son tablier blanc.

– Irene, retourne bosser. D'ici une heure, on risque d'avoir la cohue, lança-t-il à sa femme, laquelle se leva, me jeta un regard mauvais et passa derrière le comptoir.

Je m'attablai en face du Puant et lui exposai brièvement ma mission romantique d'assistance aux deux tourtereaux en fugue. Il renifla et me dit d'une grosse voix bourrue :

– Leur faites pas de faveurs !

À présent, je comprenais d'où lui venait son surnom. Il dégageait une puissante odeur corporelle, piquante, très particulière, un fumet d'oignons bouillis dans de la bière avec juste un brin de gibier faisandé.

Le Puant se pencha au-dessus de la table (m'offrant ainsi tout le loisir de m'imprégner de son aura putride) et leva un sourcil d'une manière qu'il imaginait sans doute diabolique.

– Le mariage, ça tue l'amour, déclara-t-il.

Tu l'as dit, bouffi, pensai-je, et ton parfum ne doit pas arranger la sauce.

– Vous n'avez pas entièrement tort, répliquai-je. Oh, vous avez le bonjour de Tamayo.

– Tamayo ! La dame est une amie de Tamayo, gueula-t-il à sa femme. Comment elle va ?

– Elle fait le tour du monde avec son ami, Buzzer. En fait, si je suis là, c'est pour vous demander si vous n'auriez pas des nouvelles d'une autre amie de Tamayo.

Je sortis la photo de Nadia de mon sac et la lui montrai.

– Cette fille vous dit quelque chose ?

– Non, je ne crois pas. Comment vous vous appelez déjà ?

– Robin.

– Le Puant et Robin, ça sonne pas mal, hein ? fit-il sur un ton dépourvu de tout soupçon d'humour.

Peut-être me faisais-je des idées, mais j'avais bien l'impression que ce gros dégueulasse me draguait.

– Vous êtes sûr que cette fille n'est pas venue ici ?

– Sûr de sûr. Vous êtes mariée ?

– Divorcée, mais…

– Vous savez ce que c'est, hein, alors ? Soyez donc pas si pressée de foutre les autres dans ce pétrin. Vous buvez quelque chose ?

– Non, je vous remercie.

– Irene, apporte-moi la bouilloire, cria-t-il.

Lorsque Irene vint déposer la bouilloire sur la table, j'en profitai pour lui demander si elle connaissait Nadia. Elle regarda la photo, puis me la rendit. Ses yeux me décochaient des flèches.

– Ça suffit, Irene. Au boulot, lui ordonna Le Puant en lui tapant sur les fesses.

À ce geste, elle ne put s'empêcher de sourire. Elle resta un instant plantée là, rougissante, jusqu'à ce qu'un client entre dans le bar, un gardien de nuit qui alla s'asseoir au comptoir, à bonne distance du pauvre type.

– Les hommes et les femmes devraient être co-conspirateurs, croyez pas ? me dit Le Puant.

– Que voulez-vous dire par là ?

– Co-conspirateurs, répéta-t-il. Les hommes et les femmes devraient comploter ensemble contre le gouvernement, l'Église, les institutions, les maris, les femmes, toutes ces engeances qui essayent de les diviser.

– C'est un peu ce que font mes deux jeunes tourtereaux, répondis-je pour remettre le sujet sur le tapis.

– Parlez-moi de vous, enchaîna-t-il.

Au fond de la salle, je distinguai sa femme qui me
fixait en affûtant un grand couteau.

– Je suis très chiante, vous savez.

Il leva à nouveau le sourcil en prenant son air de
tombeur. En fait, il avait un sourire de côté assez sympathique, qui découvrait sa dent en or, et avec un peu
d'imagination, il n'était pas difficile de se représenter le visage du beau garçon sûr de lui qu'il avait
dû être dans sa jeunesse. Dans un sens, je trouvais
ça touchant qu'il ne se rende pas compte qu'il avait
perdu de son pouvoir de séduction. Mais franchement, pensait-il vraiment qu'il avait une chance avec
moi... là, sous les yeux de sa femme ? Allons ! Et
sa femme pensait-elle vraiment que j'incarnais une
sérieuse menace ? Et d'abord, pourquoi hachait-elle
ce corned-beef avec tant de haine ?

– Comment ça se fait que je ne vous ai jamais vue
ici ? me demanda Le Puant. Écoutez, fit-il en baissant
la voix, Irene va voir sa sœur Daisy tous les jeudis. Si
vous reveniez un jeudi ?

– Je suis prise les jeudis, mais je vous remercie.
D'ailleurs, vous avez une femme charmante. Vous
êtes mariés depuis longtemps ?

– Vingt ans.

– Vous avez des enfants ?

– J'aurais aimé, mais Irene, elle travaillait dans
une usine de pesticides et un jour, y a eu un accident.
Ça l'a rendue stérile, et elle a perdu l'odorat. Mais
avec l'argent qu'on a touché de l'assurance, on a pu
se payer le bar.

L'amour n'était pas seulement aveugle, il avait perdu le sens de l'odorat dans une catastrophe industrielle.

– Prenez soin d'elle, soyez gentil avec elle. Vous avez de la chance, vous êtes faits l'un pour l'autre.

Il esquissa un sourire grimaçant, comme un gamin turbulent pris en faute, qui sait qu'il a fait une bêtise, mais qui n'a pas pu s'en empêcher. Sa dent en or jeta un éclair. J'hésitai à laisser ma carte de visite à cette crapule, puis décidai qu'il était inoffensif et la lui donnai.

– Si jamais cette fille vient ici, passez-moi un coup de fil. Mais surtout, soyez discret.

– Comptez sur moi. Je suis un gars discret, dit-il en insistant sur le mot discret avec une lueur lubrique dans le regard.

Irene lui gueula qu'on le demandait au téléphone, et il me quitta sur une poignée de main moite et vicelarde.

Bien. Tout ça pour rien. La pochette d'allumettes devait appartenir à Maggie Mason et le message de Tamayo n'était pas du tout codé puisqu'il y avait effectivement un homme surnommé Le Puant au Bus Stop Bar & Grill et qu'il connaissait Tamayo. (Tamayo aime son prochain, quel qu'il soit, avec presque autant de zèle, si ce n'est plus, que les bonnes sœurs qui hébergeaient M^{me} Ramirez.)

Ne sachant où aller, je me dirigeai vers Canal Street et Chinatown. Que New York est devenu calme… Tandis que je marchais d'un pas tranquille, je n'entendais ni coups de klaxon, ni sirènes, ni ouvriers beuglants, ni adolescents braillants. Les gens ne parlaient pas, ni entre eux, ni tout seuls. Ils avançaient en silence. Tout était si quiet que l'on percevait le bourdonnement de l'électricité dans les tours de bureaux, le souffle du vent, le sinistre tintement d'un carillon. C'en était flippant. On se serait cru dans la Quatrième Dimension. En mon absence, quelqu'un avait remplacé New York par cette terrifiante cité peuplée de fantômes. New York a subi bien des changements, mais jusqu'à présent, la ville avait toujours conservé cette énergie et cette attitude qui donnaient de l'élan à huit millions de rêves ou de cauchemars. Qu'était-il advenu de cette énergie et de cette attitude?

C'était ça qui me gênait dans le nouveau New York. Pas seulement l'embourgeoisement du Lower East Side, ni le fait que Times Square, de quartier dangereux et laid, soit devenu un avatar de Las Vegas, avec ses néons flamboyants, froids et bidons, ni l'érosion progressive des petites libertés personnelles. Ce qui me déprimait, c'étaient cette passivité et cette apathie générales. Les gens étaient plus polis, mais pas pour autant plus amicaux. La ville tout entière se tenait sur ses gardes.

Je fus soulagée d'arriver à Chinatown, où la musique taïwanaise hurlait plein pot, où les marchands s'interpellaient d'une échoppe à l'autre. Il fallait que j'achète à manger pour mon tourtereau (incroyable, la quantité de bouffe que ce gamin ingurgitait) et il me semblait, sur le plan diététique, qu'un bon riz frit aux légumes ne lui ferait pas de mal. Il m'avait demandé de lui rapporter de la bière, du Coca, du chocolat et des chips. Que des saloperies. Alors qu'il avait besoin de fruits et de légumes frais, de protéines, de lait pour ses os et de quelques conserves, des trucs qu'il pourrait se préparer tout seul quand je serais appelée à sortir pour tenter de mettre la main sur sa Juliette.

Je revins à l'hôtel les bras chargés de sacs (en papier, s'il vous plaît, pas de plastique) débordants de provisions. Du pied, je frappai à la porte, dans l'espoir que Rocky vienne m'aider. Peine perdue. Je dus poser mes sacs par terre, ouvrir la porte, ramasser mes sacs, entrer en titubant dans l'appartement et essayer tant bien que mal, en vain, de refermer la porte du pied afin que Louise Bryant ne se sauve pas.

Je ne m'étais pas encore débarrassée de mes sacs, et la porte était encore ouverte, quand je perçus une voix masculine dans le «living-room», de l'autre côté du paravent de séparation. Un homme parlait d'une voix agitée, dans une langue étrangère.

Je jetai un œil dans le living-room. Rocky se tenait en face du type à la moumoute. Lorsque celui-ci me vit, il émit un son aigu, surpris, et se précipita vers moi.

Je n'en étais pas tout à fait sûre, mais il me sembla qu'il avait un flingue. Sans réfléchir, je balançai mes sacs à provisions dans sa direction et poussai mon cri de guerre. Des boîtes de conserve roulèrent au sol. Il s'immobilisa et demeura un instant planté en face de moi, l'air ébahi. Avant toutefois que je n'aie le temps de lui sauter dessus, il décampa en écrasant un paquet de Granola.

– Appelle la réception, ordonnai-je à Rocky. Dis-leur de l'arrêter et d'appeler la police.

En voulant partir à la poursuite de l'homme à la moumoute, je trébuchai sur une boîte de chili. Rocky eut la bonne idée de m'aider à me relever, mais il me fit reperdre l'équilibre.

– T'occupe pas de moi, lui dis-je. Appelle la réception.

Et je détalai dans le couloir.

L'homme à la moumoute avait pris les escaliers. Je le voyais, il avait déjà descendu deux étages. Je dévalai les escaliers en hurlant :

– Arrêtez-le ! Arrêtez le gars à la moumoute !

À part moi et Moumoute, il n'y avait pas un chat dans l'escalier. Je m'époumonais pour rien.

Par chance, il était plus vieux et moins alerte que moi. Petit à petit, je gagnais du terrain. Au troisième étage, il n'y avait plus qu'un étage entre nous. Quand il arriva au rez-de-chaussée, j'étais à un demi-étage derrière lui. Il traversa le hall de la réception à la course. Moi de même, accrochant au passage, devant l'ascenseur, deux des adeptes Mary Sue en tailleur pastel.

– Arrêtez-le ! gueulai-je.

Manque de chance, je fis tomber la brune collet monté avec qui j'avais pris l'ascenseur quelques jours plus tôt.

Quand je déboulai dans la rue, Moumoute avait disparu. Non, il était un peu plus bas, devant l'Aristocrat Deli. Il s'engouffra dans un taxi, qui démarra avant que je l'atteigne. J'eus néanmoins le temps de relever son numéro d'identification, BF62. Des yeux, je cherchai un autre taxi, prête à bondir dedans et à demander au chauffeur : « Suivez ce taxi. » Mais le seul taxi en vue était au bout de la rue, derrière un camion de livraison et un bus.

– BF62.

N'ayant pas de stylo, pour mémoriser le numéro, je le répétai à voix haute en regagnant le Chelsea. Je connaissais quelqu'un qui bossait dans l'industrie du taxi et qui pourrait m'aider, avec ce numéro, à savoir où Moumoute était allé.

– BF62, répétai-je en montant dans l'ascenseur juste avant que les portes se referment.

La brune collet monté en tailleur rose et sa copine étaient dans l'ascenseur. Elles échangèrent un regard.

– BF62, BF62, répétai-je. Vous avez un stylo ?

La brune en tailleur rose s'aplatit contre la paroi de la cabine et me dévisagea avec effroi. Puis elle plongea la main dans son sac et je me demandai un instant si elle allait en ressortir un stylo ou un flingue.

– BF62. Je ne suis pas folle. Je dois me souvenir de ce numéro. BF62, BF62, BF62.

– Tenez, me dit soudain l'autre en me tendant un stylo à bout de bras, du plus loin qu'elle le pouvait, comme elle aurait donné son porte-monnaie à un braqueur.

Prenez-le, mais ne me faites pas de mal ! Elle avait encore dû passer une sale journée dans la Big Apple.

« BF62 », notai-je au dos d'un ticket de caisse que je trouvai au fond de ma poche.

– Merci.

Nous descendions toutes les trois au septième, mais elles attendirent que je m'éloigne. En rentrant chez Tamayo, je jetai un œil par-dessus mon épaule : je les vis passer prudemment la tête au-dehors de l'ascenseur pour s'assurer que j'étais suffisamment loin.

– C'est elle qui a trouvé le corps, entendis-je l'une d'elles dire.

– Elle est folle. C'est elle qui l'a tué ? demanda l'autre.

Dans l'appartement de Tamayo, Rocky tournait en rond dans le living-room en fumant.

– Tu as appelé la réception ?

– Oui, mais ils ne m'ont pas compris.

– C'était qui, ce gars ?

– L'homme que Nadia doit épouser. Avec sa perruque, je ne l'ai pas reconnu tout de suite. Il a dit qu'il avait des nouvelles de Nadia, alors je lui ai ouvert…

– Rocky, tu ne laisses entrer personne à part moi, O.K. ? Oh, mon Dieu. Si quelqu'un prétend avoir des infos sur Nadia, tu lui demandes de t'appeler du téléphone de la réception. Il avait un revolver ?

– Oui, un gros.

– Oh, putain. Bon, je téléphone à la police.

– Non ! Vous croyez que les policiers vont retrouver Nadia avant lui ? Ou avant sa famille ? En appelant la police, c'est la vie de Nadia, et la mienne, que vous mettez en jeu.

Ces gens qui savent toujours ce qu'il faut faire, d'instinct, sans avoir à peser le pour et le contre, sont vraiment des veinards. Parce que moi, souvent, lorsque je crois bien faire, je me dis que je fais mal et que je risque d'entraîner des catastrophes.

– Il faut que je réfléchisse, et toi aussi d'ailleurs, dis-je.

Avec un peu de démagogie, je convainquis Rocky de m'aider à pousser une armoire contre la porte, au cas où Moumoute reviendrait avec un gang d'acolytes perruqués. Puis j'appelai le gars qui dirigeait une compagnie de taxis et lui laissai un message le priant d'essayer de savoir où la voiture BF62 avait déposé un type avec une moumoute hideuse. Sans doute faudrait-il au moins un jour ou deux pour retrouver le chauffeur.

Rocky était en train de ramasser le contenu des sacs. Pas tout, non, juste ce qu'il avait envie de manger dans l'immédiat. D'ailleurs, sa moue indiquait qu'il n'était pas satisfait des courses que j'avais faites.

– Tu as appris du nouveau, aujourd'hui ? lui demandai-je.

– Non ! Je n'ai pu joindre aucun des amis américains de Nadia. L'une de ses copines, Amanda, a déménagé à Washington. Je n'arrive pas à me souvenir de son nom de famille, répondit-il en plaçant la boîte de chili dans le micro-ondes.

– On ne met pas les boîtes de conserve au micro-ondes, lui dis-je. Il faut que tu ouvres la boîte et que tu mettes le chili dans un récipient qui passe au micro-ondes.

– C'est-à-dire ?

– C'est-à-dire… laisse-moi faire.

De toute façon, il fallait que je réchauffe le repas de Louise Bryant, sa pâtée au chou chinois.

– Tu connais Miriam Grundy ?

– Qui ?

– Vous ne deviez pas aller voir Miriam Grundy, avec Nadia ?

– J'en sais rien. Nous devions aller voir quelqu'un. Je ne me rappelle jamais les noms.

– Nadia est partie d'ici avec sa valise et ses affaires ; au lieu de t'attendre, elle est montée chez Miriam Grundy.

– Nous devions nous retrouver après son rendez-vous. Je me suis perdu…

La sonnerie du micro-ondes retentit. Il s'assit devant la table. Je sortis le chili du four et le posai en face de lui, avec une fourchette et une cuillère.

– Tu ne vas manger que ça ? Du chili ?

– Vous avez de la bière ?

– Dans le frigo.

– Y en a plus. J'ai tout bu.

– Tout ? Eh bien, je n'ai pas racheté de bière, l'informai-je en lui versant un verre de lait.

Puis je lui préparai une assiette de salade toute triée et de fruits frais.

– Je vais essayer de retrouver la trace du taxi qui a emmené l'homme à la moumoute. On verra bien où ça nous mène. Quant à toi, je crois qu'il vaudrait mieux que tu partes. Tu n'es pas en sécurité ici.

– Peut-être. Mais je reste là, au cas où Nadia reviendrait.

– Il me semble que nous savons maintenant pourquoi Nadia n'est pas revenue. Elle sait qu'il l'a repérée. Tu as quelque part où aller, un endroit où je pourrais te joindre si elle réapparaît ?

– Non. Je reste là.

Le téléphone sonna. Je décrochai, priant pour que ce soit Nadia, ou tout au moins Maggie Mason.

– Bonjour.

– Robin, c'est Dulcinia.

J'entonnai aussitôt :

– Vous êtes en contact avec le répondeur de Tamayo Scheinman. Nous ne sommes pas là pour le moment. Laissez-nous un message après le bip, nous vous rappellerons dès notre retour.

Puis j'appuyai sur la touche 9, qui produisit un son à peu près identique à un bip de répondeur.

Je l'avais échappé belle. M$^{me}$ Ramirez m'aurait tenu la jambe pendant des heures. Elle me dicta son message :

« Je suis vraiment déçue de vous avoir loupée, Robin. J'appelais juste pour prendre de vos nouvelles. Señor et moi, ça va. Nous sommes chez les Sœurs des Âmes en peine, un endroit ravissant, une oasis de vertu, quoique le couvent ne soit pas desservi par les transports en commun et que certaines des nonnes… quelques-unes d'entre elles soient plus intéressées par les gâteaux et la pâtisserie que par les prières. Hier, j'ai entendu aux informations, pendant notre heure télé, qu'il y avait eu une agression dans la Onzième Rue Est. Vous êtes au courant ? Le portrait-robot de la police ressemble beaucoup à vous savez qui : le jeune Russe qui habite avec un vieux dans le bâtiment rouge de la Neuvième Rue. Vous savez, le vieux qui est toujours assis sur les marches, celui qui engueulait les enfants, jusqu'au jour où il a eu une attaque et qu'il n'a plus pu les engueuler, alors il s'est mis à leur cracher dessus. »

Jusqu'au jour où il n'a plus pu cracher. Maintenant, il ouvre la bouche et il souffle comme un asthmatique, comme le personnage dans *Blue Velvet* de David Lynch.

« J'ai essayé de téléphoner à Richard Bigger, poursuivit M^me Ramirez, mais le numéro que vous m'avez donné n'est plus en service, et June Fairchild ne me rappelle pas quand je laisse des messages à son bureau. Pouvez-vous me rappeler, Robin, s'il vous plaît ? »

Elle m'indiqua le numéro du couvent et ajouta encore que Phil venait lui rendre visite tous les jours.

« Vous devriez venir me voir », conclut-elle.

Je ne la rappelai pas. Elle m'avait cependant donné une idée. Je téléphonai à Phil et lui demandai s'il pouvait me rendre un service, installer l'un de ses géniaux systèmes de sécurité chez Tamayo. Si j'avais eu le temps, j'aurais mis en place mon propre dispositif, bon marché, facile à monter et d'aspect anodin. Mais je n'avais pas le temps de faire pousser du sumac vénéneux, pas le temps de remplir des boîtes de conserve de billes et d'attacher les boîtes entre elles, pas le temps d'enregistrer un rire de dément pour accueillir l'intrus qui ne sait pas qu'il faut tirer sur la languette dépassant de dessous la porte pour désactiver le système.

– Cocotte, si tu savais comme ça va me faire du bien de me barrer du New Jersey pour venir te voir, me dit Phil.

En arrière-fond, j'entendais Helen, sa sœur et son beauf discuter politique, un sujet que Phil s'efforce toujours d'éviter.

Après avoir raccroché, je demandai à Rocky où était la Plotzonie.

– Ce n'est pas ce qui vous aidera à retrouver Nadia. Au contraire, ça ne nous amènera que des ennuis.

– Pourquoi ?

– Vous risquez de vendre la mèche.

– Il faut que tu me fasses confiance, insistai-je. Tu ne comprends pas que j'essaye de vous aider, bon sang ?

Intraitable, il engouffra une grosse cuillerée de chili. Il voulait se la jouer classe et défiant, mais un peu de jus de haricots rouges dégoulina le long de son menton. Il s'essuya rageusement. Je le trouvai attachant.

– O.K., O.K., concédai-je. Détendons-nous. Vidons-nous l'esprit. Il n'y a plus de bière, mais nous avons du vin.

Je débouchai un bourgogne et tentai une approche différente. Quel genre de musique aimait-il ? Quel était le dernier film qu'il avait vu ? le questionnai-je dans l'espoir d'obtenir ainsi quelque élément pertinent qui m'indiquerait d'où il était. Pauvre de moi ! Mondialisation oblige, il écoutait du hip-hop et du rock et le dernier film qu'il avait vu était *Le Projet Blair Witch*.

– Tu as grandi ici, en Amérique ?

– Ici et dans mon pays.

– Où as-tu rencontré Nadia ?

– À une fête.

– Aux États-Unis ?

– Oui.

– Doucement, Rocky, doucement, je ne suis plus, c'est trop d'infos d'un coup, dis-je en me levant pour aller ouvrir à Phil.

Quand j'avais annoncé à Rocky qu'un ami à moi allait venir pour sécuriser l'appartement, il avait protesté. Néanmoins, il se laissa aisément amadouer par Phil, qui le désarma par sa sympathie modeste et quelques histoires drôles de M^me Ramirez chez les bonnes sœurs. Quant à moi, Phil tint à m'armer, en me remettant le pistolet à crosse en nacre de M^me Ramirez et quelques munitions, qu'il lui avait confisqués avant son entrée dans les ordres. À part mon Enfield, d'une grande valeur sentimentale, je déteste les flingues, surtout les flingues non déclarés. Mais ce n'était pas la première fois que je faisais une entorse à la loi pour une bonne raison, en l'occurrence pour éviter que mon torse décapité ne finisse enterré à l'envers dans la décharge Arthur Kill. Voilà comment je calculais les risques : à l'époque de *Titanic* et de *Shakespeare in Love*, aucun jury du pays ne condamnerait une femme parce qu'elle avait aidé une belle idylle à se réaliser, surtout lorsque l'affaire serait relatée (et probablement déformée) par les médias. Et tant que l'histoire avait un happy end, ce genre de publicité ne pouvait pas me nuire, moi la directrice de la programmation d'une chaîne de télé destinée à un public féminin.

Pendant que Phil installait le système de sécurité, avec l'assistance du tourtereau, j'appelai tous les amis new-yorkais de Tamayo dont je me souvenais. La plupart étaient comédiens et aucun n'était joignable. Je tombai soit sur des « le numéro que vous avez demandé n'est plus en service », soit sur des répondeurs, certains avec des messages marrants, d'autres avec des messages très laconiques. En règle générale, plus le comique était drôle, plus son message était plat.

Après avoir épuisé la liste des connaissances new-yorkaises de Tamayo, je passai à ses amis américains non new-yorkais. Je tombai encore sur des répondeurs, puis finis par avoir Claire au bout du fil, une amie à moi également, qui est correspondante à la Maison-Blanche.

– Ah, tu veux parler du réseau souterrain de Tamayo, me dit-elle.

– Réseau souterrain ?

– Oui, pour les mariages clandestins.

– Réseau souterrain pour les mariages clandestins ? Tu en fais partie ?

– Pour l'instant, je n'ai apporté que des contributions financières. Ben oui, j'étais au courant. Tamayo les attire comme un aimant, avec son attitude très libérée, ces jeunes filles et ces jeunes gars qui sont issus de cultures très strictes.

– Ouais, j'ai vu, à Tokyo, et à New York aussi, ces gamins qui viennent lui raconter leurs misères.

– Ça fait environ un an qu'elle aide des jeunes qu'elle rencontre un peu partout dans le monde.

– Comment les aide-t-elle ?

– Elle leur file de l'argent, elle les met en relation avec des personnes qui pourraient leur être utiles. Et je suppose qu'elle leur donne des conseils et du courage. Elle a aidé quelques amoureux à se barrer ensemble pour échapper à des mariages arrangés. Elle a aussi obtenu une bourse à une fille qui voulait faire des études universitaires contre le gré de sa famille, une fille qu'elle avait rencontrée dans un camp de réfugiés. En Thaïlande, poursuivit Claire, elle a acheté une gamine et son frère pour les sortir de la prostitution. Voilà, ce sont les seuls cas que je connaisse, parce que j'y ai participé financièrement.

– Tamayo ne m'a jamais rien dit de ce réseau. Elle n'a pas dû avoir l'occasion. On était souvent en voyage, toutes les deux, ces derniers temps.

N'empêche que j'étais vexée. Tamayo ne me faisait-elle pas confiance ?

– Elle a dû oublier, ou bien elle ne voulait pas t'embêter avec ces histoires. Elle a organisé son réseau de façon très cloisonnée. Les infos ne sont communiquées qu'à un nombre de personnes très limité, à cause du danger encouru par les gamins. Elle s'est inspirée de cette faction de militants pour les droits des animaux à laquelle tu as eu affaire l'an dernier.

– Tu connais cette Nadia ? Je dirais qu'elle vient d'une ancienne république soviétique ou d'un pays de l'Est.

– Non.

– Tu connais d'autres membres du réseau ?

– Non. Je ne sais pas grand-chose. Je me contente de signer des chèques. Qui plus est, ça fait des semaines que je n'ai pas eu de nouvelles de Tamayo. Si elle me téléphone, je lui dirai de t'appeler. Nous deux aussi, ça fait un moment qu'on ne s'était parlé. Qu'est-ce que tu deviens ?

La conversation embraya sur nous. Claire revenait elle aussi de voyage. Elle avait accompagné le président en Californie, à un gala de charité, puis à Vancouver, à un sommet du libre-échange. Et elle était toujours follement amoureuse de son ambassadeur chilien. («Follement», insista-t-elle lourdement.)

– Et toi, comment tu vas ? me demanda-t-elle. Je suis vraiment désolée pour l'incendie. Mais tu sais, quand Dieu ferme une porte…

– Ne t'inquiète pas, la coupai-je, je la retiens, la porte. En fait, avec le meurtre, et cette fille qui a disparu, je n'ai pas trop eu le temps de penser à l'incendie.

– Tu as un homme en ce moment ?

– J'ai rencontré quelqu'un à Paris, un ami de Tamayo…

– Pierre ?

– Oui. Tu le connais ?

– Il est classe, hein ? Je l'ai rencontré l'an dernier à Paris. Si je n'avais pas été aussi folle de Salvatore, j'en aurais bien fait mon quatre heures. Tu te l'es tapé ?

– Ce ne sont pas tes oignons.

– Depuis quand ?

– On frappe à la porte, Claire, mentis-je. Je raccroche.

Et je joignis le geste à la parole. Ça m'énervait, allez savoir pourquoi, qu'elle connaisse Pierre.

– Regarde, Robin, me dit Phil. Grand luxe, hein, ce système ? J'ai fait passer le fil tout autour des portes du balcon, sous les plinthes. On ne le voit même pas. Pour rentrer, il faudra que tu tapes un code sur le pavé numérique que j'ai posé à l'extérieur. Avec ça, tu ne crains rien.

Phil me montra comment fonctionnait le système et comment programmer le code d'entrée. Je choisis pour code ma date de naissance, 1808, et le fit mémoriser à Rocky.

Je voulais me retrouver seule avec Phil pour lui demander ce qu'il avait appris de Rocky, mais il était presque l'heure de dîner et Rocky avait faim – encore –, ainsi que Phil, lequel proposa de préparer le repas. Lui étant redevable, je refusai, et mis le tablier Basquiat de Tamayo (qui était accroché à une main de mannequin fixée au mur près du frigo). Rocky n'allait sans doute pas tarder à aller s'enfermer dans la salle de bains avec un *Cosmopolitan*, et je pourrais alors tranquillement discuter avec Phil.

Tandis que je m'affairais devant la cuisinière, Phil me donna des nouvelles de nos voisins d'East Village. Il se faisait du souci pour M^{me} Ramirez. Au couvent, privée de ses occupations de justicière, elle s'adonnait de plus en plus à la prière et à la pénitence, et commençait à manger le nez de certaines religieuses à propos de «qui aimait le plus Jésus». Elle s'était pris la tête avec l'une d'elles en particulier, sœur Teresa, qui dirigeait le service marketing de la boulangerie du couvent et passait quatre fois plus de temps à suivre la Bourse sur le câble qu'à genoux en prière. Un matin au petit-déjeuner, M^{me} Ramirez le lui avait fait remarquer. La sœur Teresa l'avait remerciée de l'attention qu'elle accordait à la vie du couvent et lui avait gentiment signalé qu'elle était dans ce business de nonnes depuis seize ans. Sa dévotion au Sauveur était totale, avait-elle assuré à M^{me} Ramirez, et l'intérêt qu'elle portait aux questions financières relevait purement de son dévouement au couvent. À ce stade de l'altercation, la Mère supérieure avait fait dériver la conversation sur une de leurs missions à l'étranger. Son intervention avait permis d'éviter un abominable crêpage de chignons entre une nonne et une vieille aux cheveux bleus.

– J'espérais que tu pourrais aller lui rendre visite, cocotte, me dit Phil. Ça lui aurait changé les idées. Mais je vois que tu es bien occupée.

– Ouais, transmets-lui mes amitiés quand tu la verras.

– Je n'y manquerai pas. Ils ont arrêté le coupable du meurtre ?

– Pas encore. Tout le monde, ici à l'hôtel, pense que c'est un crime passionnel. Dans quel monde vivons-nous… Les gens croient s'aimer et ils s'entre-tuent.

Si Rocky saisit la morale habilement cachée de ma réflexion, il n'en montra rien.

– J'espère qu'ils vont arrêter l'assassin, dit Phil.

– Moi aussi. Le dîner est prêt.

Autour du repas, Phil et moi nous employâmes à essayer de tirer les vers du nez de Rocky à propos de son pays, des amis de Nadia, de l'endroit où ils avaient prévu se marier et passer leur lune de miel, au cas où Nadia serait allée à cet endroit. Il m'assura qu'elle n'était pas allée là-bas. Désespérant. Impossible de lui faire lâcher le morceau. Après s'être enfilé deux copieuses assiettes de ma tambouille, une bière et une grosse soucoupe de glace, il s'excusa pour aller prendre un bain, me laissant enfin seule avec Phil.

– Allons prendre le café sur le balcon, me dit Phil, comme si c'était lui qui recevait et moi qui étais invitée.

La nuit commençait à tomber. La lueur rose pâle des lampadaires créait dans la rue une atmosphère surréaliste et romantique, lui donnait une certaine élégance de roman noir qui me rappela Paris. L'enseigne du Chelsea Hotel, une vieille enseigne au néon verticale, suspendue au milieu du bâtiment, se mit à bourdonner. Les lettres roses et orange clignotèrent puis s'allumèrent. De l'autre côté de la rue, l'enseigne orange du YMCA était également allumée. Dans le ciel, la lune était accrochée exactement entre les deux enseignes. De l'appartement de Lucia s'échappaient des flonflons tristes de carnaval.

– Alors, d'où vient Rocky, à ton avis ? interrogeai-je Phil.

– De quelque part entre l'Asie centrale et l'Europe de l'Est, je dirais. Je ne connais pas bien cette région du monde, je n'arrive pas à situer ses origines plus précisément. Il ne parle pas arabe, donc il n'est certainement pas musulman. Il n'est pas Turc non plus. Je suis allé plusieurs fois en Turquie, il n'a pas l'accent turc. Comment ces gamins ont-ils atterri ici, d'abord ? Je n'ai pas tout compris.

– Tamayo dirige, ou fait partie, d'un réseau clandestin pour aider les jeunes filles qui refusent le mariage arrangé et les amoureux maudits par le sort.

– Les amoureux maudits par le sort… Nadia et Rocky ont fait tout ce chemin, ils se sont mis dans une telle embrouille parce qu'ils s'aiment. C'est beau l'amour, s'émerveilla Phil.

Phil a lui-même été marié trois fois, « deux fois devant l'Église anglicane et une fois devant l'Église de Dolly et Phil ».

– Ils sont complètement fous, répliquai-je.

– Oh, ne sois pas cynique. Pourquoi tu dis ça ? Tu n'as pas rencontré un homme pendant ton voyage ?

– Qui ? Pierre ? Ce n'était qu'une aventure.

– Les aventures deviennent parfois des choses sérieuses.

– Pas celle-ci. Nous sommes carrément incompatibles. Il est distingué, je suis une rustre, il parle français, je parle anglais, je bosse pour la télé, il ne regarde jamais la télé, à moins que l'un de ses amis de la Sorbonne ne passe dans une émission d'intellos. La Sorbonne, c'est pas classe, ça, Phil ? Cet homme a une classe d'enfer.

– Regarde moi et Helen. Je suis libertaire. Elle est communiste. Je suis un voyageur. Il n'y a pas plus casanière qu'elle. Et pourtant, ça marche.

– Ouais, mais vous parlez la même langue. Les mêmes langues, rectifiai-je, car Phil et Helen parlent tous les deux l'anglais et l'espéranto.

– Tu aurais dû aller passer tes vacances à Paris.

– Ce n'était qu'une aventure sans lendemain, Phil. De toute façon, il est occupé pendant tout le mois. Il fait des expériences sur les particules élémentaires, avec ses copains scientifiques de la Sorbonne.

– Garde la foi, cocotte. Bon, il va falloir que j'aille retrouver Helen avant qu'elle se fasse lyncher par sa sœur et son beau-frère. Ils sont de droite. Tout le temps en train de s'engueuler. Tu vois, ils parlent tous les deux la même langue, ils ont les mêmes valeurs, ils votent de ma même façon, ils adressent leurs prières au même Dieu et ils se chamaillent comme des chiens affamés.

– Alors tu imagines !

– Allez, j'y vais. Appelle-moi si tu as besoin de moi.

– Merci, Phil.

Alors que nous allions rentrer dans l'appartement, je remarquai que la porte du balcon de Maggie était légèrement entrebâillée. Pensant que cela signifiait qu'elle était chez elle, aussitôt Phil parti, je lui passai un coup de fil. Je tombai sur son répondeur. Je m'installai dans la cuisine, près de la porte d'entrée, de manière à l'entendre lorsqu'elle rentrerait chez elle. Pour tuer le temps, je repris la lecture du *Piège à hommes*, au chapitre trois. Les chapitres un et deux traitaient de l'appât à placer dans le piège pour y attirer l'homme. Le chapitre trois présentait des méthodes pour handicaper l'homme afin qu'il ne se sauve pas avant que le piège ne se referme complètement sur lui, aux alentours du chapitre dix. D'abord, il s'agissait de miner sa confiance en lui, de s'attaquer à ses points faibles. Se souciait-il de son poids ou de son physique ? Surtout ne pas le rassurer en lui disant que vous, vous le trouvez très bien comme il est. Trop facile. Une occasion manquée ! Au contraire, recommandait l'ouvrage, lui dire que bien que vous n'ayez jamais aimé les hommes « grassouillets », lui, avec ses poignées d'amour, il ne vous déplaisait pas. Au restaurant, lui suggérer de ne pas prendre un steak, mais plutôt une salade. Faire des commentaires anodins sur le physique d'autres hommes, du style : « Joe a maigri, tu ne trouves pas ? Ça lui va bien. »

Etc., en enfonçant le clou avec une tactique brutale, qui le démoralisera complètement et fera qu'il vous voudra encore plus : bien lui faire comprendre que vous le considérez comme un «ami», avec des réflexions du genre : «Je t'apprécie beaucoup, tu sais. Toi au moins, tu es un ami sur lequel je peux compter.» Je précise qu'au chapitre trois, vous êtes déjà sortie avec lui plusieurs fois.

Inhumain. J'avais presque envie de faire une émission sur ce bouquin, de faire savoir aux hommes ce que des millions de femmes mijotaient. Mais d'un autre côté, je n'étais pas en ce moment en très bons termes avec le genre masculin. Peut-être le culturiste, le Maître du Zen comme l'appelait Lucia, avait-il en partie raison, après tout. Parfois, mieux vaut ne pas laisser de trace. Et tant pis pour ces pauvres crétins capables de se laisser bêtement piéger.

À la fin du chapitre, je m'endormis. Je n'entendis pas Maggie Mason rentrer chez elle.

# 8

Grace Rouse avait l'air enchanté par la perspective de discuter avec moi – en personne, en la présence de son avocat –, surtout lorsqu'elle apprit que j'étais celle sur laquelle Gerald était mort. Elle devait être libérée sous caution le lendemain à midi et accepta de me recevoir à sa galerie dans l'après-midi, après « la ruée des paparazzi ».

Les paparazzi ne m'affolaient pas. Je n'eus qu'à passer un coup de fil à ce paparazzo de ma connaissance, David Fowler, du *News-Journal*, et lui dire que j'avais eu vent d'une rumeur manifestement fondée, selon laquelle Gwyneth Paltrow se terrait au Metro Grand Hotel avec Matt Damon. Par la suite, il me faudrait m'excuser de mon erreur et lui envoyer une caisse de whisky Black Bush, ce qui n'était pas cher payé pour un moment de tranquillité, une dépense que je pourrais de toute façon faire passer dans mes « frais de promotion divers ».

Quand j'arrivai à la galerie de Rouse, les photographes avaient déjà tous filé au Metro. J'avais été efficace.

Dans le bureau étrangement éclairé de la galerie, à Soho, Spencer Roo me présenta à Grace Rouse.

– Vous avez vu la personne qui l'a tué ? me demanda-t-elle. Ou entendu quelque chose ?

– Non. Je n'ai entendu qu'un choc contre la porte et puis il m'est tombé dessus. Il a dit « Adieu » et il est mort. Je ne vous ai pas vue...

– Je n'ai pas tué Gerald…

Les sanglots l'interrompirent. Elle se moucha délicatement et retrouva rapidement sa contenance.

Roo lui tapota amicalement le bras.

De circonstance, elle était vêtue de noir : pull noir, lunettes noires, jean noir et bottines noires. Néanmoins, ses cheveux auburn étaient coiffés avec beaucoup de soin, tirés vers l'arrière, son maquillage était parfait et ses ongles, vernis de frais. Ce que je trouvais remarquable, car mes amies et moi, quand nous avons du chagrin, nous avons généralement le nez rouge et les cheveux en pétard. Lorsqu'elle pleurait, il n'y avait pas de larmes qui coulaient, pas de mascara qui dégoulinait et elle se reprenait très vite. Je la trouvais un peu froide, sans cœur, mais cette impression venait peut-être de la lumière bleue filtrée par la cloison en carreaux de verre du bureau, un éclairage de piscine qui donnait à sa pâleur naturelle un aspect éthéré ou embaumé. On aurait dit que nous étions dans un aquarium très calme.

Pour vérifier que je n'avais pas une réaction sexiste, je me demandai si j'aurais trouvé cette dignité aussi choquante chez un homme. Non, un gars qui aurait eu la même attitude qu'elle m'aurait paru fort et pudique. Je décidai donc de la considérer avec un peu plus d'indulgence.

– Gerald était allé au Chelsea pour voir Maggie Mason quand il s'est fait tuer, m'informa-t-elle.

– Attendez, la coupai-je. Si vous ne l'avez pas tué, pourquoi avez-vous donné un faux alibi à la police ?

– Je leur ai menti parce que je savais que le fait que je sois au Chelsea au moment où il a été assassiné ne pourrait que me nuire. Je ne pensais pas qu'ils pourraient vérifier mon alibi, mais quelqu'un m'a vue descendre par l'escalier de secours.

Elle jeta un regard à Roo. Il hocha discrètement la tête. Il la laissait parler, ce qui n'était pas dans ses habitudes. Soit il la croyait innocente, soit il voulait faire croire qu'il la croyait innocente. Pour se donner une apparence un peu plus désinvolte, il se mit à feuilleter un exemplaire d'*aRt Magazine* avec en couverture le surréaliste scandinave Odd Nerdrum.

– Les policiers m'ont bien eue, poursuivit-elle. Ils m'ont laissée mentir avant de me dire que quelqu'un m'avait vue.

– Qui vous a vue ?

– Vous savez, ce soûlon qui quête dans la Vingt-Troisième Rue, entre le resto SM et la synagogue ?

– Ça ne fait pas très longtemps que je suis au Chelsea…

– Il ressemble un peu à Timothy Leary. Vous aurez sûrement l'occasion de le croiser dans le quartier… Bref, c'est lui qui m'a vue, mais moi, je ne l'ai pas vu. La police ne m'a révélé que c'était lui qu'après que j'eus admis que j'étais là-bas. S'ils m'avaient dit que c'était lui, le témoin, je leur aurais dit qu'il ne fallait pas se fier à lui, que ce type n'était qu'un ivrogne. Ils ont été malins, et je me retrouve dans de beaux draps, maintenant.

– Que faisiez-vous au Chelsea ?

– Gerald m'avait dit qu'il avait rendez-vous avec un collectionneur. Je l'ai suivi parce que j'étais sûre qu'il allait rendre visite à l'une de ses maîtresses. Une femme enceinte par-dessus le marché. Je pensais que c'était Maggie Mason.

– Maggie est enceinte ?

– Je ne sais pas. C'est ce que voulais tenter d'éclaircir.

Environ une semaine avant le meurtre, me rapporta-t-elle, elle était « tombée par hasard » sur un courriel, dans l'ordinateur de Woznik, alors que celui-ci s'était un instant éloigné de son bureau. Le message avait été expédié de l'adresse chelgal@hotmail.com. Grace Rouse n'avait pu en lire que la première ligne avant que Woznik revienne à son bureau. « L'enfant sera bientôt là. Tout est arrangé, pour l'argent ? »

La veille du meurtre, toujours « par hasard », elle avait décroché le combiné du téléphone alors que Woznik était en ligne, sur un autre poste, avec Maggie Mason, et elle avait entendu Maggie dire : « Apporte-moi l'argent demain, et tâche de ne pas être en retard. »

Ça me faisait froid dans le dos de parler de Woznik, car il y avait de grandes photos de lui dans le bureau, plusieurs où il était tout seul, une sur laquelle il était avec Grace Rouse, et un immense portrait de lui. Sur tous les clichés, il avait le même regard qu'il avait dans l'ascenseur, empreint de ce mélange incongru de bonté chrétienne et de désir mâle. Dans l'ascenseur, ce regard m'avait électrisée. À présent, je me rendis compte qu'il ne m'était pas spécialement destiné, et ça me foutait la chair de poule de croiser sans cesse les yeux de cet homme mort.

– Selon la police, Maggie Mason a un alibi, repris-je.

– C'est un faux alibi, rétorqua Rouse, j'en parierais ma galerie. Elle était sa maîtresse, mais elle n'était pas amoureuse de lui. Elle s'est fait faire un môme pour lui extorquer de l'argent, salir son nom et se venger de moi. Elle n'a pas digéré cet article que j'ai écrit sur son travail il y a deux ans dans *aRt Magazine*. Elle vous manipule. Elle est vicieuse et vindicative. Et ses œuvres sont nulles et sans aucune originalité.

– Elle a déjà cherché à se venger précédemment ?

– Je suis presque sûre que c'est elle qui a fait passer une annonce dans une revue pour les fans de Star Trek : « Riche héritière sexy recherche homme seul doux mais capable de se transformer dans l'intimité en Klingon dominateur», avec les coordonnées de la galerie. L'annonce a été payée avec les références de ma carte bancaire. J'ai porté plainte, mais la police n'a pas trouvé le coupable. Nous avons dû changer de numéro de téléphone. De temps en temps, il arrive encore qu'un Klingon vienne se présenter à la galerie.

– De là à commettre un meurtre... Vous croyez que Maggie aurait pu tuer Gerald, le père de son bébé ?

– Pourquoi pas ? Elle est psycho, et il n'y a pas plus rancunière qu'elle. Peut-être que Gerald est allé au Chelsea pour lui parler, pour lui dire des choses qu'elle n'avait pas envie d'entendre. Je ne me sentais pas menacée par elle. Pour Gerald, elle n'était qu'une passade, mais elle s'est débrouillée pour se faire mettre enceinte et elle s'est servie de cet argument pour l'attirer dans ses filets. Ou bien elle lui a fait croire qu'elle était enceinte.

– Que s'est-il passé au Chelsea ? Vous avez vu Gerald ? Ou Maggie ?

– Non, je me suis tout de suite cachée dans l'escalier de secours, répondit-elle sur un ton très détaché, comme s'il était tout à fait normal pour une femme amoureuse d'écouter les conversations téléphoniques de son conjoint, de lire ses courriels, de le suivre et de se cacher dans un escalier de secours pour l'espionner. Je ne voulais pas qu'on me voie entrer dans l'hôtel, alors je suis montée par l'escalier de secours qui se trouve sur le côté de l'immeuble. Mais j'avais oublié que le rez-de-chaussée, au Chelsea, est considéré comme le premier étage, si bien que je suis montée jusqu'au huitième, en croyant être au septième.

– Combien de temps êtes-vous restée dans l'escalier de secours ?

– Jusqu'à ce que j'entende les gens du huitième dire que Gerald avait été assassiné à l'étage en dessous. Alors je suis partie.

– Vous avez dit à la police ce que vous venez de me raconter sur Maggie ?

– Oui. Mais je ne peux rien prouver. Gerald effaçait tous ses messages privés le lendemain de la date de réception. J'ai cherché dans ses papiers, mais je n'ai rien trouvé d'incriminant que je puisse remettre à la police. Je pensais que vous pourriez peut-être essayer de soutirer des aveux à Maggie, comme vous logez juste à côté de son appartement, chez Tamayo. Maggie s'entend très bien avec Tamayo.

– La police est mieux placée que moi pour soutirer des aveux à Maggie.

– Vous pourriez peut-être entendre des choses qu'elle ne dira pas à la police.

À ces mots, elle se remit à sangloter, très calmement, sans larmes.

– Comment peut-on croire que je l'ai tué ? Je l'aimais. Il me manque.

– Pourquoi ?

– Pourquoi ? Euh… Ce sont des choses qui ne s'expliquent pas. Nous nous entendions si bien, malgré tous ces…

– Tous ces mensonges, ces coups bas, ces tensions, ces suspicions ? l'aidai-je.

– Je sais que nous ne donnions pas l'image d'un couple très uni. Il était incapable de contrôler son pénis. Ce n'était pas de sa faute. Autant essayer de maîtriser une lance d'incendie déréglée. Le pauvre.

Elle paraissait en colère, mais en colère contre moi, à cause des questions que je lui posais, et non pas contre lui et son comportement. Sans doute avais-je l'air sceptique, car elle me demanda :

– Vous faites partie de ces utopistes qui pensent que les hommes et les femmes peuvent être amis, s'ouvrir l'un à l'autre, avoir une relation basée sur l'égalité ? Laissez tomber, ma pauvre. Les hommes, il faut les mater et les tenir en laisse. Désolée de vous dire ça, mais c'est la triste réalité.

– Gerald Woznik méritait-il tout cela ?

– Sous l'ordure qu'il était en surface, se cachait quelqu'un de très spécial, un génie incompris. Ne vous est-il jamais arrivé d'aimer un homme malgré vous ? malgré ses défauts ?

Ses traits exprimèrent ce qui me sembla être de la véritable affliction, et je la trouvai touchante.

– Je vois ce que vous voulez dire, répondis-je, esquivant la question.

J'ai en effet aimé des hommes qui étaient un peu trop coureurs et avaient les défauts mineurs qu'ont la plupart d'entre eux. J'ai aimé un homme qui a sur la conscience le sang de vingt-sept chiens pakistanais et qui a brisé des cœurs de Hoboken à Hong Kong. Mais aucun des hommes que j'ai aimés ne jouait avec les femmes ni n'exploitait les artistes aussi malhon-nêtement que Woznik.

– Il paraît que Gerald escroquait les artistes... ajoutai-je.

– Je peux vous montrer sa comptabilité, il n'a escroqué personne, répondit Rouse.

– Ses comptes pouvaient être falsifiés. Vous l'entre-teniez ?

– Non. C'est ce que vous pensez ? Qu'il m'aimait pour mon fric ?

Les mots avaient jailli comme des balles de ses lèvres maquillées de rouge.

– Non, je voulais juste savoir si...

– Nous vivions ensemble. Je lui payais quelques factures de temps à autre, c'est tout.

Le téléphone sonna.

– Excusez-moi, me dit-elle en décrochant. Grace Rouse, j'écoute. QUOI ? Comment ça, la toile ne sera pas terminée à temps ? Je fais venir des collectionneurs d'Europe exprès pour lui ! Quoi ? Ah, son petit ami l'a quitté, boo hoo hoo. Mon ami à moi a été assassiné ! Et on me croit coupable du meurtre ! Écoutez, prenez-lui rendez-vous avec son psy et avec le conseiller qui le suit pour ses problèmes de drogue, et ramenez-lui son petit copain ! Hein ? Son quoi ? Son médium ? Il est accro au D$^r$ Pepper ? Envoyez-lui son médium et faites-lui livrer du D$^r$ Pepper, dans ce cas. Apportez-lui tout ce qu'il veut et téléphonez à sa masseuse et à sa manucure. Si ça ne suffit pas, menacez d'appeler sa mère. Je sais qu'il déteste sa mère, ne l'appelez pas, menacez-le seulement. Et rappelez-moi quand vous aurez de meilleures nouvelles à m'annoncer.

– Ah, ces peintres ! fulmina-t-elle en raccrochant, poings et dents serrés.

Puis elle prit une profonde inspiration et retrouva son calme. Ce n'était plus du tout de la force et de la pudeur.

– Bon, j'ai des affaires à régler, me dit-elle. Si vous voulez bien m'excuser.

Je sortis alors la photo de Nadia de mon sac, en m'efforçant de paraître aussi décontractée que possible. Si Rouse avait tué Gerald et éliminé Nadia parce que Nadia avait vu quelque chose, je ne voulais pas que Rouse s'aperçoive que je la soupçonnais. Et il ne fallait pas non plus qu'elle parle de Nadia aux policiers.

– Connaissez-vous cette fille ?

– Non… Attendez… Si, peut-être. Elle me dit vaguement quelque chose. Il me semble que je l'ai déjà vue.

– Quand ?

– Je ne sais plus. Pas récemment. L'année dernière, peut-être. D'où serais-je censée la connaître ?

– C'est une amie de Tamayo.

– Et je l'aurais rencontrée ?

– Pas forcément. J'avais rendez-vous avec elle, et nous nous sommes loupées. Je demande à tous les amis de Tamayo s'ils ne l'ont pas vue.

– J'espère que vous vous retrouverez. Donnez le bonjour à Tamayo de ma part. Et vérifiez l'alibi de Maggie. Elle ment.

– Je n'y manquerai pas.

La lèvre de Grace Rouse trembla imperceptiblement et elle étouffa un nouveau sanglot, un tout petit sanglot, qui ne produisit pas plus de larmes que les précédents.

Spencer Roo me raccompagna.

– C'est elle qui l'a tué ? l'interrogeai-je.

– Bien sûr que non.

– Ouais, c'est aussi ce que vous disiez du type qui a tué sa femme d'une trentaine de coups de marteau sur la tête.

– C'était un suicide, rétorqua Roo, très sérieux. Il a été acquitté.

– Sur un argument de droit.

Roo haussa les épaules. Qu'il tire d'affaire des gens aussi abjects me dégoûtait. N'empêche que si un jour j'ai des ennuis, c'est à lui que je ferai appel pour me défendre.

Grace Rouse m'intriguait. Théoriquement, elle était le suspect numéro un. Pourtant, elle avait accepté de me rencontrer, et elle m'avait parlé si ouvertement que malgré sa façon bizarre d'exprimer son chagrin et son comportement de chienne, j'avais tendance à penser qu'elle était innocente. Elle pouvait néanmoins être une excellente manipulatrice, feindre de n'avoir rien à cacher pour gagner ma confiance, se faire de moi une alliée. Qu'elle prétende aimer Gerald Woznik, ou qu'elle s'imagine l'aimer, ne la disculpait en rien. Je suis toujours étonnée de voir combien il est fréquent que le sexe et l'amour mènent au meurtre et à la haine. L'amour est aveugle, il sniffe de la colle, il n'a pas d'odorat et il se shoote probablement à l'héroïne.

Quel dommage que Woznik n'ait pas eu de paroles plus grandioses qu'«Adieu» avant de mourir. Rouse, j'en aurais mis ma main à couper, aurait préféré un truc plus valorisant, du genre : «Dites à Grace que je l'aimais et que je n'aimais qu'elle.» Elle s'était montrée très intéressée par ses derniers mots, ce qui était normal, romantique. Mais peut-être que je me trompais. Peut-être qu'elle voulait juste savoir, au cas où c'était elle qui l'avait tué, s'il n'avait pas dit quelque chose qui risquait de la trahir.

Avant de quitter la galerie, je retournai mon manteau réversible – rose foncé d'un côté, vert anis de l'autre –, dissimulai mes cheveux sous un foulard et regardai à droite et à gauche pour m'assurer que je n'étais pas suivie. Maggie Mason ne m'avait toujours pas rappelée, et j'attendais toujours que ma source dans l'industrie du taxi me donne des renseignements sur BF62.

Dans Houston Street, je pris un taxi jusqu'au Chelsea, où j'espérais bien trouver Maggie Mason.

Au septième étage, je m'arrêtai auprès du culturiste, le Maître du Zen, et lui dis :

– Vous savez, vous m'épargnerez bien des tracas en me disant si vous savez quelque chose, n'importe quoi, à propos du meurtre ou de cette fille qui a passé une nuit dans l'appartement de Tamayo.

Pas de réaction.

– Il paraît que vous avez un troisième œil. Cet œil-là n'a rien vu le soir du meurtre ?

Pas de réponse. Je tentai une autre approche, plus cool.

– Vous savez ce qui serait encore plus rigolo et plus utile qu'un troisième œil invisible ? Une troisième main invisible. Imaginez le bordel que vous pourriez foutre dans le métro aux heures de pointe. Ou à l'église. Ou bien vous pourriez être jongleur.

Mon humour ne l'amusa pas.

– Je sais que vous avez déclaré à la police que vous ne saviez rien. Ça voulait dire que vous ne saviez vraiment rien ou faut-il le prendre dans le sens : « L'homme ne saura jamais rien de ce qu'il doit savoir » ? Dites-moi seulement si vous ne savez vraiment rien. Vous m'apporterez une once de paix et ça pourrait m'être utile. Ensuite, je vous laisse tranquille.

Ses paupières tressaillirent, mais il continua à soulever ses maudits poids. Il commençait à m'agacer. L'espace d'un instant, j'eus une vision de moi, en dessin animé, en train de lui arracher ses haltères des mains, de les casser en deux et de m'en servir pour lui taper sur le crâne et l'enfoncer dans le sol comme un gros clou.

– Je ne sais pas qui vous a mis ces histoires de bouddhisme dans la tête, mais ce sont de vraies niaiseries, lui balançai-je d'un ton hargneux.

La politesse n'avait pas marché, l'humour n'avait pas marché, la colère ne marchait pas non plus, bien qu'elle suscitât quand même une réaction. L'air terrifié, il recula et me claqua sa porte au nez. Ne voulait-il rien dire parce qu'il savait quelque chose ? ou parce qu'il ne voulait pas laisser de trace ?

– Ouais, vous êtes bien comme tous les autres êtres humains ! Aussi tordu ! Vous êtes comme tout le monde, faut vous lécher le cul ! vociférai-je derrière sa porte.

Juste à ce moment, la brune collet monté adepte de Mary Sue apparut dans le couloir. Terrorisée, elle se retira sur-le-champ dans sa chambre et en claqua la porte.

– Je ne suis pas folle, madame ! Je suis juste en colère ! criai-je en direction de sa porte.

Préoccupée comme je l'étais, je me trompai en tapant le code du système de sécurité. Quand je voulus ouvrir la porte de l'appartement de Tamayo, l'alarme se déclencha. Dans le couloir, toutes les portes s'ouvrirent, à l'exception de celles du culturiste, de la disciple de Mary Sue et de Maggie Mason. Il me fallut un bon moment pour faire taire cette saloperie.

Rocky était assis devant la table, les mains sur les oreilles, une cuillère à soupe à la bouche, du lait dégoulinant de son menton dans un bol de céréales.

– Désolée, lui dis-je. Tu manges des céréales à cette heure-ci ?

– Y a pas besoin de les faire cuire.

– Il y a de la charcuterie dans le frigo, et de la salade en sachet toute triée. Tu aurais dû en prendre.

– Vous m'avez rapporté mes CD et mes vidéos ?

– Quoi ? Tu crois que je chie l'argent ?

À aucun moment il n'avait proposé de me donner de l'argent. Il prétendait avoir dépensé le peu qu'il avait pour manger, le soir où il était arrivé, quand il avait passé la nuit à errer dans New York parce que je l'avais jeté. Je le soupçonnais toutefois d'être un peu radin sur les bords.

– J'ai demandé à mon acheteuse perso chez Macy's de te faire envoyer des trucs. Ça devrait être livré dans la journée. Sinon, je te signale que je n'ai pas chômé. J'ai essayé de retrouver ta fiancée. Comment ça se fait qu'elle n'ait toujours pas appelé ?

– Peut-être qu'elle ne sait pas que je suis là.

– Peut-être qu'elle ne sait pas que tu es là, mais la politesse voudrait… Elle ne se doute pas que je me fais du souci ? Et si elle s'était fait kidnapper ?

– Oh, non. Je la connais. Elle se cache.

– Si elle s'était fait enlever, à qui les ravisseurs demanderaient-ils la rançon ? À sa famille ? Donne-moi le nom de ses parents. Dis-moi comment je peux les contacter.

Il secoua la tête.

– Ils vous tueraient. Vous en savez trop, répliqua-t-il froidement.

– Tu vois, tu le dis toi-même, voilà le sort qui attend ceux qui en savent trop.

C'était une plaisanterie méchante et sarcastique, qui ne le fit pas rire. Visiblement, Rocky et moi, nous n'avions pas beaucoup d'atomes crochus.

– Le voyant du répondeur clignote, me dit-il. Vous avez des messages.

– Merci. Tu m'es d'une grande aide.

Sur la boîte vocale, j'avais un message de Maggie Mason : « Salut, Robin. Désolée de ne pas vous avoir appelée plus tôt. Je n'ai pas arrêté de courir, aujourd'hui. On peut se voir demain si vous voulez. À bientôt. »

Bizarre. Ma seule piste m'évitait.

J'avais également un message de Tim, mon assistant : il avait des choses très importantes à me dire.

En premier lieu, je rappelai Maggie. Elle ne répondit pas. Je téléphonai ensuite à Tim.

– Je suis content de vous avoir enfin au bout du fil, Robin. Il se passe des choses, ici.

– Quoi donc ?

– L'assistante de Jerry m'a demandé des dossiers appartenant à notre service et je l'ai vue à la salle de repro en train de photocopier des documents qu'elle sortait de ces dossiers.

– Quel genre de dossiers est-elle venue chercher chez nous ?

– Votre projet « TV-Relax ».

« TV-Relax » était une proposition pour une émission reposante de deux heures, une heure pour les adultes et une heure pour les enfants, que les téléspectateurs surexcités pourraient enregistrer et regarder chaque fois qu'ils auraient besoin d'images intelligentes, esthétiques et apaisantes. La démo que nous avions réalisée consistait en une série de chansons interprétées par des artistes féminines telles que Jewel, Victoria Williams, Nana Mouskouri, Björk et cette petite chanteuse taïwanaise dont je n'arrive jamais à prononcer le nom, des jolies balades et des airs populaires avec des paroles sensées, accompagnées de beaux paysages, de visages intéressants, d'art, de danse, d'animation, de réflexions philosophiques et de plein de petits moments « parfum de fleurs ». Jerry avait dédaigneusement qualifié cette émission de « vidéo-Prozac ».

– Jerry a aussi dupliqué de vieux reportages d'actualité qui parlent de vous, ceux où vous n'êtes pas à votre avantage, et fait des copies des mauvaises critiques à votre sujet. Et puis il demande à tous les membres du personnel s'ils n'ont pas à se plaindre de vous.

– Et alors ? J'ai un contrat et Jack Jackson m'a à la bonne. Je ne me fais pas de souci.

– C'est vrai que vous avez roté en direct sur les ondes ?

– Vieille histoire. Il est aussi allé déterrer ça ?

– Ouais, et d'autres trucs, le coup où vous avez foutu la tête du maire dans son assiette de potage, par exemple.

– Tim, pour votre gouverne, sachez que c'était à un grand dîner au cours duquel on devait me remettre un prix. Quand je me suis levée pour aller à la table d'honneur, je me suis pris les pieds dans l'ourlet de ma robe et j'ai accidentellement poussé la tête du maire dans sa soupe. Je ne l'ai pas fait exprès.

– Il a aussi déniché une lettre d'une veuve du New Jersey...

– O.K., quelqu'un aurait pu me prévenir à l'avance que lorsqu'on assiste à un éparpillement de cendres, il faut fermer la bouche et se méfier des courants d'air. Je n'étais pas censée le savoir. En tout cas, croyez-moi, ces incidents m'ont servi de leçons.

– Il a aussi rassemblé tous les rapports de votre dernier voyage. Il y en a un nouveau qui est arrivé aujourd'hui. Il paraît que vous avez mangé de la main gauche lors d'un dîner avec l'éditeur d'un journal à...

– C'est ça, le type que j'ai offensé bat ses domestiques, avec les deux mains, et j'ai comme l'impression qu'il a bâti son empire avec de l'argent provenant d'un trafic d'héroïne. Par contre, je dois reconnaître qu'il se tient très bien à table.

– Il paraît aussi que pendant toute la soirée, vous avez parlé de l'une de ses femmes en l'appelant « sa charmante petite fille ».

– Elle a dix-sept ans ! Et il en a au moins soixante. Vu qu'il avait déjà une femme, que l'on m'a présentée comme telle, j'ai supposé que l'autre était sa fille. Tim, photocopiez tout ce qui concerne mes triomphes, qu'on ait quelque chose pour se battre.

Il est vrai que le dossier de mes triomphes n'est pas très épais, mais il contient des choses dont je suis assez fière. J'ai quand même sauvé le monde, résolu quelques affaires d'homicides et remporté quelques prix. Pourtant, on ne se souvient de moi que parce que j'ai malencontreusement fait boire la tasse au maire dans son assiette de potage, ou parce que j'ai posé une question portant sur le cannibalisme à la survivante d'une catastrophe aérienne… De toute façon, que valaient mes triomphes ? Dans un de mes rares moments de générosité, l'année précédente, au cours d'une interview que j'avais accordée à un journal, j'avais attribué tous mes exploits à d'autres personnes, ce qui dévalorisait quelque peu mes hauts faits. Dans la mesure où je n'avais pas accompli ces hauts faits toute seule, j'avais voulu être fair-play. Ma tante Mo m'a sauvé la vie, une bande d'activistes militant pour les droits des animaux m'ont sauvé la vie, des hommes, mon chat, m'ont sauvé la vie, et je voulais un peu éclaircir mon karma et leur rendre les hommages qu'ils méritaient. Maintenant, par contre, je ne peux plus revendiquer ma gloire.

– Je voulais juste vous prévenir, reprit Tim, que Solange et Jerry sont en train de vous poignarder dans le dos. Ils téléphonent tous les deux très souvent à Jack Jackson. Peut-être que vous devriez lui passer un coup de fil.

– Jack ne me mettra pas à la porte, faites-moi confiance. N'empêche, rassemblez quand même des trucs positifs sur moi. Et voyez si vous pouvez en savoir un peu plus à propos de ce qu'ils trament.

La cerise sur le sundae. Avais-je besoin de me soucier encore des machinations de l'Empire de la Femme Sacrée? Seigneur. Les doigts géants me serraient la poitrine de plus en plus fort, si fort que j'avais l'impression que j'allais sortir de ma peau.

Il me fallait un verre, une bonne dose de vodka du placard à alcools de Tamayo, plus une autre pour tenter de créer des liens avec le tourtereau, lequel s'était à nouveau enfermé dans la salle de bains avec un *Cosmopolitan*.

Pendant qu'il prenait un x-plus-unième bain, je préparai le repas, du riz brun sauté avec des fruits de mer et des mini-légumes verts. Ça faisait une éternité que je n'avais pas cuisiné pour quelqu'un, à part pour mon chat. Quand je suis seule, je cuisine rarement. J'étais assez contente du plat que j'avais mitonné, mais quand Rocky sortit de la salle de bains, il le regarda en faisant la grimace.

– Vous ne pouvez pas me rapporter la bouffe que je vous commande? me demanda-t-il.

– Mange et estime-toi heureux de ne pas crever la dalle dans un camp de réfugiés…, commençai-je.

Mais je m'arrêtai. Il avait une photo de Nadia à la main. Ses yeux étaient rouges. Il avait pleuré pour sa bien-aimée. Le pauvre. Pourquoi étais-je si garce avec lui?

– Je t'ai acheté de la bière et de la glace, lui dis-je. La bière est dans le frigo, ce gros appareil, là, dans le coin. Tu ne peux pas te tromper. Tu as juste à ouvrir la porte et à te servir.

Il me lança un regard noir.

Pendant qu'il mangeait, je me connectai à AOL pour vérifier l'alibi de Maggie Mason. Elle prétendait avoir participé à un chat sur la B.D. à l'heure du crime. À la rubrique « B.D. », je trouvai un listing des chats. Celui qui s'était tenu ce jour-là à cette heure-ci était contrôlé par un modérateur et portait sur la dessinatrice underground Martha Rodriguez. Il venait juste d'être archivé.

Je l'ouvris et parcourus son contenu.

Maggie Mason, alias Eire8, était entrée dans le chat juste après qu'il eut commencé, environ quize minutes avant la mort de Woznik. Au début de la discussion, elle avait soumis une question au modérateur. Après avoir obtenu sa réponse, elle n'avait plus « parlé ». Fairchild m'avait dit que les policiers avaient procédé à des vérifications sur le serveur et qu'elle était effectivement restée en ligne pendant toute la durée du chat. Ce qui ne constituait pas un alibi. Elle avait pu laisser son ordinateur branché, mais ne pas rester devant. Elle avait pu avoir recours à un logiciel antidéconnexion, se barrer et revenir n'importe quand.

D'ailleurs, si elle était chez elle, devant son ordinateur, pourquoi n'avait-elle pas ouvert quand les policiers avaient frappé à sa porte ? Pourquoi n'avaient-ils pas pu l'interroger le soir du meurtre ? Fairchild n'avait-elle pas dit qu'il y avait quelqu'un chez Maggie ce soir-là ? Quelqu'un qui pourrait la couvrir par exemple ? Son alibi n'était pas valable. Mais sans la coopération de Fairchild, les policiers ne me donneraient aucun renseignement sur Maggie ni sur personne d'autre.

J'entendis la porte de Maggie claquer. Sans réfléchir, je m'emparai du pistolet à crosse en nacre de M$^{me}$ Ramirez, le fourrai dans mon sac et sortis de chez Tamayo pour essayer de choper Maggie Mason avant qu'elle me file à nouveau entre les doigts.

# 9

Maggie Mason traînait dans le couloir un énorme sac-poubelle noir.

— Maggie ! l'appelai-je. Attendez !

— Oh, Robin, salut. Je suis hyper pressée…

— Il faut que je vous parle. J'ai vu Grace Rouse…

— Cette vieille harpie ? Vous savez qu'elle a été arrêtée ?

— Elle a été libérée sous caution. Je ne crois pas que ce soit elle qui ait tué Woznik.

— Qu'est-ce qu'elle vous a fait avaler comme salades ?

— Elle dit que ce n'est pas elle qui l'a tué. Elle dit que c'est vous.

— Elle est folle. J'ai un alibi.

— Vous étiez sur un chat AOL, c'est ça ? Eire8 ?

— Oui. Comment…

— J'ai des sources dans la police. Vous n'avez parlé qu'une fois sur le chat avant le meurtre de Woznik. Après, vous ne vous êtes plus manifestée. Et quand les policiers sont venus frapper à votre porte pour vous interroger, ce soir-là, vous n'avez pas répondu.

— J'écoutais de la musique avec un casque. Un ami était chez moi, il regardait des reproductions…

— Dans l'ascenseur, vous avez dit à Woznik que vous ne seriez pas chez vous de la soirée.

Elle me jeta un regard mauvais.

— Je n'ai pas tué Gerald. Il me devait de l'argent. Si j'avais eu l'intention de le tuer, j'aurais attendu qu'il me l'ait rendu. Écoutez, j'ai un rendez-vous dans exactement une demi-heure. Il faut que je me dépêche…

– Grace Rouse prétend que vous avez appelé Woznik pour lui parler d'un enfant…

– Un enfant ? Quel enfant ? Elle est complètement folle, encore plus que je ne le pensais. Vous êtes une amie de Tamayo, donc je suppose que je peux vous faire confiance. Vous voulez connaître mon vrai alibi ? Venez avec moi.

Elle se dirigea vers les portes battantes qui menaient à l'aile est. Elle avait piqué ma curiosité. Je la suivis.

– Vous avez des rollers ?

– Non.

Moi sur des roulettes ? Quelle drôle d'idée.

– Si vous n'en avez pas, on aura à marcher une fois qu'on sera sur place. Vous avez de l'argent sur vous ?

– Oui.

– Impec. On va prendre un taxi.

– On va où ?

– Central Park.

– Qu'y a-t-il dans ce sac ? lui demandai-je.

Il n'avait pas l'air trop lourd. Il y avait donc peu de chances pour que ce soit un cadavre. Elle me faisait peur, mais elle avait les mains occupées ; elle ne représentait donc pas une réelle menace. Qui plus est, j'avais l'arme de M$^{me}$ Ramirez. Ça me gêne un peu de l'avouer, moi qui suis normalement anti-armes, mais le fait d'avoir sur moi un vrai pistolet me donnait un nouveau sentiment de confiance, que je trouvais assez inquiétant.

– Vous verrez, répondit-elle. On va prendre l'ascenseur de service.

Elle me guida jusqu'à une porte sur laquelle il n'était rien marqué, près du local à ordures.

– On va sortir par-derrière, dit-elle. Je suis un peu en retard sur mon loyer. Quand je peux, je préfère éviter de passer par la réception.

– Je ne savais pas qu'il y avait un ascenseur ici.

– Les locataires ne sont pas censés l'utiliser. Nous le faisons tous, mais nous n'avons pas le droit. En sortant par là, je vous épargne une scène entre moi et la réception.

– Ça pue, constatai-je en montant dans l'ascenseur.

– C'est par là qu'ils descendent nos poubelles, me dit-elle en appuyant sur le bouton B du vieux tableau de commandes.

Alors que les portes étaient en train de se refermer, deux types en tenue d'ouvrier tentèrent de monter. Je tendis le bras vers le bouton d'ouverture des portes, mais l'atteignis trop tard.

– Merde. C'étaient des employés de l'hôtel, non ? J'espère qu'ils ne vont pas aller raconter à M. Bard que je recommence à prendre l'ascenseur de service. Putain de merde. Nadia est revenue ?

– Non. Elle n'a pas appelé non plus.

– Bizarre.

– Vous la connaissez bien ?

– Non. J'ai fait sa connaissance l'an dernier, quand elle logeait chez Tamayo. Elle était à New York pour faire du shopping, avec son chaperon. Je ne sais pas comment elle s'est débrouillée, mais elle a perdu son chaperon et elle est venue passer quelques jours chez Tamayo, au Chelsea. Je l'ai tout de suite trouvée sympathique.

– Sympathique ?

– Ouais, je la connais très peu, mais je l'aime bien. Tous les amis de Tamayo sont mes amis. Enfin, presque tous. Il y a quelques exceptions.

– Vous faites partie du réseau souterrain de Tamayo ?

– Oui, quand elle a besoin de moi.

– Savez-vous qui est le prochain maillon de ce réseau, après Tamayo ?

– Non. La personne chez qui je devais envoyer Nadia, mon contact, a dû quitter New York de toute urgence, parce que sa mère était malade. Je sais donc que Nadia n'est pas chez cette personne.

Maggie était relativement aimable, mais elle avait dans la voix une intonation malfaisante – malgré ce résidu d'accent irlandais qui fait généralement paraître charmants les gens les plus haineux – et le regard fuyant.

– Elle doit certainement se cacher quelque part, poursuivit-elle, en attendant que la situation s'éclaircisse, ou bien elle est partie chercher son fiancé là où il n'est pas. Apparemment, elle ne sait pas qu'il est chez Tamayo. Sinon, elle aurait téléphoné.

– J'espère que vous avez raison.

L'ascenseur de service était encore plus lent que les ascenseurs publics, qui étaient déjà eux-mêmes bien plus lents que la plupart des ascenseurs. Également très bruyant, il grinça tout le long de la descente, pour finir par s'immobiliser avec un soubresaut et un craquement métallique. Nous arrivâmes dans un genre de petit salon d'où partaient deux couloirs, l'un étroit et sombre, l'autre large, aux murs de plâtre blanc, éclairé par des lumières fluorescentes. Même ici, il y avait des œuvres d'art accrochées partout. Un instant, l'idée m'effleura que Maggie pouvait être l'assassin et qu'elle m'avait attirée là pour me tuer parce que j'en savais trop. J'entrebâillai mon sac, afin d'avoir accès au flingue.

– Le cœur non verni du Chelsea, annonça-t-elle. Le sous-sol. Là-bas, c'est la salle des femmes de ménage. Un jour, je suis descendue et j'ai entendu de gros éclats de rire qui venaient de cette pièce. Tamayo était avec les femmes de chambre…

À ce souvenir, Maggie rigola, et j'en fus désarmée.

– Elle était en pyjama et en pantoufles, poursuivit-elle, assise avec les femmes de ménage. Elles regardaient *Les Arpents verts* à la télé. Tamayo les aidait à plier des serviettes. Elles se marraient comme des baleines. Tamayo ne pliait pas les serviettes comme il faut. La femme de chambre qui était assise à côté d'elle les repliait derrière elle. Tamayo ne s'en rendait même pas compte.

– Elle a l'esprit à des choses plus nobles, dis-je. Où allons-nous ?

– À la sortie secrète. Ici, c'est le local des techniciens, et là, le local du téléphone. Le stock, stock encore, stock, et là, la salle des œuvres d'art, où M. Bard entrepose toutes les pièces que les locataires lui ont offertes et pour lesquelles il n'a pas encore trouvé une place. Ici, c'est le réfectoire, avec une entrée sur la rue, qui est parfois ouverte, pour que les ouvriers puissent aller et venir, et pour les livreurs qui apportent des marchandises à l'hôtel ou au El Quijote, le resto.

Nous passâmes sous un petit tunnel, puis franchîmes une porte grillagée et grimpâmes des escaliers qui donnaient sur la Vingt-Deuxième Rue, où nous prîmes un taxi.

– C'est drôle qu'on ne se soit jamais rencontrées, vous ne trouvez pas, Robin ? Alors qu'on est toutes les deux de bonnes amies de Tamayo.

– C'est vrai.

– Tamayo m'a parlé de vous, mais nos chemins ne s'étaient encore jamais croisés.

– Tamayo a beaucoup d'amis, partout dans le monde. J'ai rencontré des amis de Tamayo à des endroits où je ne m'y attendais pas du tout. Grace Rouse est aussi une amie de Tamayo.

– Je ne comprends pas ce que Tamayo lui trouve. Qu'est-ce que Grace vous a dit ?

– Que Gerald Woznik vous avait rendu l'argent qu'il vous devait, selon sa comptabilité. Elle prétend aussi que…

– Premièrement, Gerald tient une double comptabilité. Il déclare des prix de vente inférieurs aux prix auxquels il vend réellement les œuvres, et il traite avec tout un tas d'intermédiaires, qui ne tiennent pas forcément à révéler ce qu'ils dépensent ou ce qu'ils possèdent. C'est pour ça qu'ils s'accommodent des pratiques de Woznik. Mais il se trouve que je sais qu'il a vendu mes peintures pour 5 000 $, et il ne m'a reversé que 1 500 $. Je ne suis pas la seule dans ce cas. Je peux vous donner une liste d'artistes qu'il a volés de cette façon.

– Grace Rouse m'a dit qu'elle avait surpris une conversation téléphonique entre vous et Woznik, la veille de sa mort…

– Oui, il m'a téléphoné pour me dire qu'il passerait le lendemain me payer ce qu'il me devait. C'était pour me calmer. À l'heure dite, il n'était pas là, et il ne m'avait pas non plus rappelée. Voilà pourquoi j'étais furieuse dans l'ascenseur. Je croyais qu'il cherchait à m'éviter pour ne pas me payer. C'est bien son genre.

– Grace dit que vous étiez la maîtresse de Gerald.

– Oh, ça n'a pas duré longtemps. Il nous fréquentait elle et moi en même temps, mais il m'a laissée tomber pour elle, pour se mettre avec elle. Sans les formes. Il était tellement peureux qu'il a fait appeler son assistant pour m'annoncer que c'était fini.

Tandis que notre taxi remontait la Huitième Avenue, le soleil se couchait sur le New Jersey.

– Elle a aussi intercepté un courriel à propos d'un enfant…

– Je n'ai pas la moindre idée de ce que ça peut être. Je n'avais pas son adresse de courriel. Mais ça ne m'étonnerait pas qu'il en ait foutu quelques-unes enceintes. Vous connaissez Hamilton Rye ? Elle peint. Entre nous, j'ai toujours trouvé que sa plus jeune fille avait une ressemblance frappante avec Gerald.

– Ceci expliquerait cela. Que vous a dit Gerald quand vous l'avez coincé dans l'ascenseur ?

– Qu'il était venu au Chelsea pour arranger une affaire, qu'il passerait me payer dans la soirée ou au plus tard le lendemain. Manque de pot, ce dégueulasse s'est fait tuer alors qu'il se rendait sans doute chez moi. Tant pis pour moi[10].

– Les policiers n'ont pas trouvé d'argent sur lui.

– Je suppose que la personne qui l'a tué lui a fait les poches. C'est bien ma veine, juste quand j'allais récupérer mon argent, cet enculé tombe raide mort à quelques mètres de ma porte.

J'avais tendance à la croire, comme j'avais tendance à croire Grace Rouse. Au feeling, j'étais presque certaine que ni l'une ni l'autre n'était l'assassin, mais le feeling est à peu près aussi fiable que la méthode Ogino, ai-je eu l'occasion de m'apercevoir.

– Vous pensez vraiment que Nadia a quelque chose à voir dans ce meurtre ? me demanda Maggie.

---

10  En français dans le texte. (N.d.T.)

– Je ne sais pas. À part le Chelsea Hotel et Tamayo Scheinman, je ne vois pas d'autre rapport qui tienne la route.

– À qui avez-vous parlé, au Chelsea ?

– Le personnel, vous, Lucia, Carlos, le Maître du Zen, Miriam Grundy.

– Vous avez rencontré Miriam Grundy ?

– Oui.

– Elle connaît Nadia ?

– Ouais. Elle m'a dit que Nadia s'intéressait à son histoire d'amour avec Oliver Grundy. J'imagine que Nadia doit se trouver des points communs avec Miriam. Je soupçonne Miriam de faire partie du réseau clandestin de Tamayo, mais elle soutient le contraire. Et je n'arrive pas à communiquer avec le Maître du Zen. Ce gars me rend mal à l'aise.

– Il faut le comprendre, me dit Maggie. Il n'y a pas plus gentil que lui. On ne dirait pas, je sais. Il a un léger strabisme et les gens croient qu'il les regarde de travers. En plus, c'est vrai qu'il a une gueule qui fait peur. Pendant des années, il n'a pas arrêté de se faire casser la figure par des gars qui croyaient qu'il les branchait ou qu'il matait leur femme. Ce n'est pas de sa faute. Il louche, c'est tout.

Plusieurs femmes lui avaient brisé le cœur, en le prenant pour un con, m'apprit encore Maggie. Maintenant, il touchait une pension d'invalidité, il ne sortait plus de l'hôtel et se faisait livrer ses courses, afin d'éviter les ennuis. Sage politique.

– Laissez-nous ici, chauffeur, lança Maggie.

Je payai le taxi et descendis de la voiture derrière Maggie, à l'angle de la Soixante-Dixième Rue et de Central Park West.

– Votre sac est ouvert. Vous devriez le fermer, me conseilla Maggie. Ce n'est pas le moment d'attirer les pickpockets.

Mon sac était ouvert pour que je puisse avoir facilement accès au pistolet de M$^{me}$ Ramirez. Je le fermai.

– Où on va ? me renseignai-je.

– Au gros rocher dans le triangle entre le Ramble, le Boathouse et le Belvedere Castle. C'est là qu'on doit retrouver les autres.

– Les autres ?

– Les artistes guérilleros. Vous allez prendre part à une opération de guérilla-art. C'est cool que je sois tombée sur vous, parce que mon partenaire habituel, Tommy Mathis, s'est désisté à la dernière minute.

– Nous n'allons faire de mal à personne ?

– Non. Ça va vous plaire. Voilà ce que je faisais quand Gerald a été assassiné, une attaque de guérilla-art. Avant une opération, je me connecte toujours à un chat. Comme ça, si les policiers veulent me pincer pour une action, je peux dire que je n'y ai pas participé, que j'étais en ligne. Tout le monde fait ça, dans mon groupe, et nous nous servons mutuellement d'alibis les uns aux autres. Si on se fait prendre, c'est une nuit au poste.

– Pourquoi vous n'avez pas dit la vérité ? S'ils se rendent compte que votre alibi est bidon, mieux vaut une nuit au poste qu'une accusation de meurtre.

– Quand les policiers m'ont demandé où j'étais, ils ne m'avaient pas encore dit que Gerald s'était fait descendre. Je ne savais pas, alors je leur ai donné mon alibi habituel. Je pensais qu'ils voulaient m'arrêter pour une opération artistique anti-Giuliani.

– Donc vous n'êtes plus amoureuse de Gerald, et vous n'avez plus de haine passionnelle envers lui ?

– Non. Je voulais seulement mon argent. C'est tout. En fait, je crois que Woznik m'a guérie à tout jamais des hommes comme lui.

– Des hommes comment ? Des chiens ?

– C'est une façon polie de dire les choses. Des chiens. Elle me plaît bien, cette expression. Le gars avec qui je sortais avant Gerald, cet Irlandais à la masse, était un chien. Il m'a quittée pour se remettre avec son ex-femme.

Cet Irlandais à la masse était sans doute Mad Mike et je croyais moi aussi qu'il m'avait quittée pour se remettre avec son ex. Ce qui signifiait qu'il se tapait Maggie à l'époque où il était avec moi. Je me suis remise depuis longtemps de mon aventure avec Mike, n'empêche que ce que Maggie venait de dire me déprimait et me rendait rétrospectivement jalouse. Laquelle avait-il larguée en premier ?

– Attention ! s'écria Maggie en me tirant soudain à l'écart du sentier dallé.

Sur le chemin courait un énorme truc marron qui ressemblait à une merde soit de chien géant soit de dinosaure cloné.

– Ah non ! Art Break est dans le parc, ce soir.

– Art Break ?

– Un autre groupe de guérilleros. Ils sont vulgaires et scatos. Ils mélangent une espèce de mousse de plastique avec de la teinture marron et ils laissent partout des fausses merdes de chien géantes sur des cercles de papier sulfurisé.

– Des cercles de papier sulfurisé ?

– Quand c'est sec, les gars qui nettoient le parc peuvent les enlever facilement. On risque plus pour vandalisme et dégradation de biens publics que pour abandon de détritus. Art Break a les honneurs de la presse, mais mon groupe a plus d'imagination. Ne marchez surtout pas dans ce machin, au cas où ce ne serait pas encore sec. Quand ça prend, ça devient dur comme du bois. Vous n'arriveriez pas à le décoller de votre chaussure.

– On parlait justement de chiens, repris-je.

– Le terme «chien» implique pour moi un côté mignon et pataud. Mon ex était un chien. Gerald était pire qu'un chien, c'était un vampire. Le genre d'homme séduisant, éblouissant, intelligent, cruel, qui d'un regard fait tourner la tête des femmes, le genre de type que même les filles les plus raisonnables s'arrachent, comme dirait l'une de mes amies. Vous l'avez vu. Il vous a fait cet effet?

– Un peu, admis-je.

– Ces hommes regardent toutes les femmes de la même manière. Vous croyez qu'un courant spécial est passé entre vous, mais le sort qu'ils vous jettent n'a rien d'exceptionnel. Ils le jettent à tout le monde.

– Un peu comme une hypnose collective.

– Tout à fait. J'ai très vite oublié Gerald, et j'ai rencontré un gars qui n'est ni un chien ni un séducteur. Il n'est pas flashant, glamour, caractériel. Il est cérébral, pondéré, doux, attentionné. Gerald m'a au moins fait prendre conscience de ce que j'attendais d'un homme, et l'homme de mes rêves, je l'ai enfin trouvé, grâce au *Piège à hommes*.

– S'il est si doux et si attentionné, comment se fait-il que vous ayez eu besoin du *Piège à hommes*?

– Il est doux et attentionné... pour un homme. Mais il reste un homme.

– Il a l'air adorable. Il est artiste, lui aussi?

– Non.

– Il habite à l'hôtel? Il connaissait Gerald... ou Nadia?

– Non. Tant que notre relation n'est pas encore très stable, je préfère ne pas parler de lui. J'espère que ça ne vous vexe pas, mais chaque fois que je parle de mes hommes avec d'autres femmes, ça m'attire des ennuis.

– Comment ça se fait ?

– Votre amie la mieux intentionnée peut parfois alimenter vos doutes et vos incertitudes, et lentement empoisonner une relation. Quant aux pestes, elles feraient tout pour vous le piquer. Tout est dans *Le Piège à hommes*. Vous devriez le lire. Mon expérience confirme ce qu'il y a dans ce bouquin. J'ai trente-sept ans. En amour, j'en ai vu de toutes les couleurs. Croyez-moi, une histoire d'amour, ça ne regarde que vous et votre homme.

– Ce n'est pas idiot.

– Si je n'avais pas vécu ce cauchemar avec Gerald, j'aurais été incapable de reconnaître le véritable amour quand il a croisé mon chemin. Ah, voilà les Érisiens.

– Les Érisiens ?

– Mes amis. D'après Éris, la déesse semeuse de merde et d'hilarité.

Nous approchions d'un groupe de huit personnes assises derrière un gros rocher, dans l'ombre de grands arbres centenaires. Certains avaient un maquillage de camouflage. Maggie leur dit bonjour et me présenta comme « une amie de confiance » qui serait ce soir sa partenaire.

– Elle n'a pas de patins, on va y aller à pied, leur dit-elle.

– O.K., soyez prudentes, lui répondit le chef des « guérilleros ». Écoutez-moi bien, tous. Maggie a apporté les vêtements, Stan, le liquide inflammable et Missy, de vieux porte-monnaie. Et moi, j'ai les torches et les extincteurs d'incendie.

– Excusez-moi, l'interrompis-je. Des extincteurs ? Des torches ?

– Des mini-chalumeaux, précisa-t-il.

– J'espère que ce n'est pas dangereux. Qu'est-ce qu'on va...

Maggie me fit les gros yeux. Le chef distribua des plans indiquant les coins du parc à éviter, ceux où la police patrouillait fréquemment (au nord de la grande pelouse) et où étaient installés des dispositifs de sécurité. Sur chaque carte, un cercle représentait la zone attribuée à chaque couple de guérilleros.

– Si l'herbe est verte et grasse, il n'y a aucun risque, continua le chef. Si besoin est, n'hésitez pas à arroser le sol. N'allez pas foutre le feu à Central Park. Si vous avez l'impression que les flammes ne retombent pas, ou qu'elles s'étendent, utilisez immédiatement votre extincteur.

Ça m'avait l'air dangereux.

– Et faites gaffe à Art Break. Il paraît qu'ils font quelque chose dans le parc, ce soir, eux aussi.

– On a vu une de leurs merdes fraîches en venant, dit Maggie. Ils sont déjà là. On dirait qu'ils nous suivent. Ça fait la troisième fois qu'ils font une opération au même endroit que nous.

– Ouvrez l'œil, termina le chef. Regardez où vous mettez les pieds.

Après nous être munies de notre équipement, Maggie et moi partîmes en direction de l'obélisque, au nord de Turtle Pond. Il faisait sombre à présent. Les réverbères victoriens qui bordaient l'allée s'allumèrent en clignotant, produisant des halos brumeux et dorés. Central Park est très mal éclairé, et la nuit, le parc devient lugubre avec ses gros rochers, ses arbres et ses tunnels humides sous les ponts.

— Donc Nadia est allée voir Miriam pour quelle raison ? me demanda Maggie, reprenant notre conversation initiale.

— Pour avoir sa bénédiction, je suppose. Ce qui est bizarre, c'est qu'elle a quitté l'appartement de Tamayo en disant qu'elle allait retrouver son petit copain, et qu'elle s'est pointée toute seule chez Miriam.

— Étrange en effet. Vous m'avez dit que son copain s'était perdu dans les couloirs ?

— Il n'est pas très futé. C'est un enfant gâté.

— Et Nadia a disparu quand elle a appris qu'il y avait eu un meurtre dans l'hôtel ?

— Il semblerait. J'espère. Le type à la moumoute, celui avec lequel elle devait se marier, est à ses trousses. Il est venu chez Tamayo. Je lui ai fait peur, il s'est sauvé, et j'ai fait installer un système de sécurité dans l'appartement. Mais il vaudrait mieux que le gamin ne reste pas ici.

Arrivées à l'obélisque, nous fîmes un tour d'horizon pour nous assurer que personne ne nous épiait. Sur le chemin, nous étions suivies par deux silhouettes. Nous attendîmes qu'elles nous aient dépassées. Quand elles eurent disparu, Maggie versa le liquide inflammable au sol, sur un cercle d'environ deux mètres de diamètre.

— Qu'est-ce qu'on va faire ? l'interrogeai-je, comprenant tout à coup que j'aurais l'air maligne si l'on me surprenait, moi la respectable directrice de la programmation d'une chaîne de télé, en train de foutre le feu dans Central Park quelques jours après l'incendie de mon immeuble.

Avec le sort qui plane au-dessus de ma tête, je ne sais que trop bien combien les gens sont prompts à échafauder des théories complètement branlantes.

– Patience. Vous allez voir. Prenez l'extincteur et soyez prête à vous en servir, au cas où.

Maggie s'accroupit, s'empara du petit chalumeau et mit le feu au liquide, qui s'embrasa, se consuma rapidement et laissa par terre un cercle noir.

– Passez-moi les vêtements, les chaussures et les chaussettes en premier.

Je tirai une chaussure du sac-poubelle. Les lacets s'étaient emmêlés avec ceux des patins à roulettes. Il me fallut un moment pour défaire le nœud.

– Vite, s'impatienta Maggie.

Elle déposa d'abord les chaussures et les chaussettes au centre du cercle, puis un pantalon, avec un slip à l'intérieur, une chemise, une veste et un porte-monnaie vide, le tout en un tas méticuleusement désordonné. Quand elle eut fini, elle prit le temps d'admirer son œuvre, puis elle recula et effaça ses traces de pas dans l'herbe.

– C'est la première fois qu'on utilise le chalumeau, me dit-elle. D'habitude, on laisse juste des sapes devant un immeuble ou dans un ascenseur. Pas mal du tout, hein, le cercle carbonisé ?

– J'ai déjà vu des tas de vêtements sur le trottoir. Je n'aurais jamais pensé que c'était de l'art !

– Qu'est-ce que vous pensiez que c'était ?

– Que quelqu'un s'était fait enlever par un vaisseau spatial.

– Bien, donc ça marche. Mais tout le monde ne capte pas. Avec le cercle brûlé, ce sera plus évident.

Je la considérais désormais d'un autre œil. Si elle était capable de se donner autant de mal pour accomplir un truc aussi diabolique, aussi génial et aussi dingue, elle remontait de quelques crans dans mon estime.

– Vous ne faites ça que dans le parc ? lui demandai-je.

– Pour ce soir, oui. On a déjà fait des opérations similaires, cette année, à Flushing, dans le Queens, et à Madison Park, dans le Flatiron District. La prochaine fois, on envisage de frapper à Wall Street.

– Vous pourriez faire brûler les vêtements aussi, suggérai-je. Les gens croiraient que c'est un cas de combustion humaine spontanée.

– Hmmm. Votre façon de penser me plaît, répondit-elle sur un ton admiratif bien que quelque peu énervé. C'est vraiment bizarre que Tamayo ne nous ait jamais présentées.

– Ouais, vraiment, mais je suis souvent en voyage, et elle aussi. Ça fait une éternité que je ne l'ai pas vue à New York.

– Il me semble que j'ai entendu parler de vous. C'est vous, la briseuse de cœurs de la télévision ?

– Non, ça, c'est Claire Thibodeaux. Et ça lui a passé. Elle est presque casée maintenant.

– C'est vous, alors, qui avez préparé une tourte avec la chemise préférée de votre mari et la lui avez fait bouffer parce qu'il vous trompait ?

– Je ne la lui ai pas fait bouffer. J'étais hors de moi. C'était le jour où j'ai découvert qu'il avait une maîtresse.

– Excellente vengeance. Allez, on bouge. Il faut qu'on aille à la statue d'Alice au pays des merveilles, au niveau de la Soixante-Quinzième Rue.

Afin de ne pas nous faire repérer par les membres d'Art Break, nous empruntâmes de petits sentiers, ce qui n'est pas franchement recommandé, la nuit, à Central Park. Mais, eh, songeai-je, qui oserait s'en prendre à une femme munie d'un chalumeau accompagnée d'une autre femme armée d'un pistolet à crosse en nacre et d'un extincteur d'incendie ?

– Je suis tout à fait pour les vengeances, déclara Maggie.

– Les face-à-face non violents et non mortels sont les meilleures vengeances, vous ne trouvez pas ?

Au cas où elle s'apercevrait que j'étais sortie avec Michael, je voulais qu'elle envisage cette possibilité, plutôt que de m'inscrire au parti nazi américain ou de faire suivre tout mon courrier à une secte texane.

– Ce sont des vengeances honnêtes et inoffensives, ajoutai-je.

– Œil pour œil, moi je dis toujours.

– Un truc qui fait bien peur à la personne dont on veut se venger, et qui fait rire tous les autres, je trouve que karmiquement parlant, c'est vachement mieux. Le châtiment n'a pas besoin d'être aussi vache que le crime. Loin de là. Par exemple, vous pouvez faire circuler des mensonges vicieux ou…

– Qu'est-ce que vous pensez de faire brûler des sacs de merde de chien devant la porte de la personne ?

– C'est un classique. Il faut être fair-play et prendre la personne de haut. Prendre la personne de haut fait partie de la revanche.

– Intéressant, admit-elle. Mais pas aussi planant que mes vengeances à moi. Oh, regardez, Art Break est passé par là. Ça a l'air frais. Qu'est-ce qu'ils sont lourdingues. Vous savez ce que c'est, leur slogan ? «On vous emmerde.» Regardez où vous mettez les pieds.

Il faisait si sombre que je distinguais à peine la fausse crotte de chien. Subitement, je pris conscience que nous étions en train de traverser une zone du parc vraiment très noire, au bord de l'eau, à couvert sous les arbres.

Soudain, les fourrés tressaillirent. Je me retournai. Avant que Maggie ou moi ne réagissions, deux types bondirent sur le chemin et se postèrent l'un devant nous, l'autre derrière. Je crus tout d'abord que c'étaient des membres d'Art Break, mais ils portaient des cagoules de ski et des vêtements foncés, et ils étaient armés.

Pour ma part, j'avais mon flingue dans mon sac, et l'extincteur, et mon cri de guerre mortel. Quant à Maggie, elle avait son mini-chalumeau. Contre un homme armé, nous aurions pu nous en sortir. Contre deux, un devant et un derrière, nous étions foutues.

– Où est la fille ? demanda l'homme qui s'était campé devant nous.

Il avait le même accent que Rocky, Nadia et Moumoute. Il portait une grosse croix en pendentif.

– Quelle fille ? demandai-je.

– Nadia.

– Je ne sais pas. Je vous le jure.

– Où est l'enfant ?

– Quel enfant ? Je ne vois pas de quel enfant vous voulez parler. Je ne comprends rien à ce qui se passe, je vous le jure, répondis-je.

– Moi non plus, ajouta Maggie.

– Et le garçon, Raki ?

Il ne prononçait pas le prénom tout à fait de la même manière que le gamin, qui préférait sans doute la sonorité plus américaine de Rocky.

– Écoutez, nous ne pouvons pas vous aider. Nous ne savons rien, déclara Maggie.

Le gars qui était derrière nous se mit à parler dans une langue étrangère. Celui qui était devant nous le regardait, au-dessus de nos têtes. Du coin de l'œil, je vis que celui de derrière avait un pied dans la mousse marron d'Art Break. Au loin, quelqu'un cria :

– Eh, laissez sécher !

Le gars de devant se retourna pour voir d'où venait la voix. Je regardai Maggie, hochai discrètement la tête et dans le dixième de seconde qui suivit, nous passâmes à l'action. De son chalumeau, elle le frappa de derrière, tandis qu'avec le sac-poubelle contenant les rollers, je portai un coup à la tête de l'autre, puis lui balançai l'extincteur dans la poire. Il lâcha son revolver. Je le frappai encore, et encore, en pleine tronche. Celui de derrière se sauva en courant, traînant à l'un de ses pieds la mousse marron durcissante. Son acolyte lui emboîta le pas. Ils disparurent dans les taillis.

– Eh, où est passée notre merde ? s'enquit un grand maigre dégingandé en jean et t-shirt gris. Maggie Mason, ça alors !

– Kip ! J'aurais dû me douter que tu étais avec eux.

– Où est notre merde ?

– Des types armés l'ont embarquée.

Un autre jeune gars pâle et sous-alimenté apparut derrière le premier.

– Ils nous auraient fauché notre merde ? dit-il. Pour moi, c'est du sabotage, un coup des Érisiens.

– Je te jure qu'ils sont partis avec votre caca, répliqua Maggie.

– Merde.

Kip braqua sa lampe torche vers le sol. Le faisceau révéla un revolver. Il se baissa pour l'examiner.

– On dirait bien que c'est un vrai, constata-t-il.

Un autre objet brillait par terre. La croix. Du pied, je la poussai hors de leur vue.

– Oh, maudit qu'est-ce qu'on fait ? demanda Kip. Il faut qu'on aille remettre ce gun aux policiers.

– Et tu vas leur dire quoi ? rétorqua son copain. Que des gars armés nous ont volé notre merde ? Essuie les empreintes que t'as laissées sur ce gun et on va le déposer devant le commissariat, avec un mot, comme un bébé abandonné.

– Allez, nous, on y va, me souffla Maggie.

Avant que nous battions en retraite vers la Cinquième Avenue, je ramassai la croix et la mis dans ma poche.

Dans le taxi qui nous ramenait en ville, je la montrai à Maggie. Elle était en argent. En son centre, des lettres cyrilliques encadraient un visage sinistre.

– C'est quoi ? demanda Maggie.

– J'en sais rien. Je demanderai à Rocky, ou Raki. Ils ont encore parlé d'un enfant. Qu'est-ce que c'est que cet enfant qui revient sans cesse ?

– Aucune idée. Comment ces types nous ont-ils trouvées ?

– Ils ont dû nous filer depuis l'hôtel… Peut-être que c'étaient ces ouvriers qui voulaient prendre l'ascenseur…

– Il faut qu'on retrouve Nadia.

– Toi et Lucia, vous connaissez sans doute les amis de Tamayo mieux que moi. Je n'étais pas souvent à New York ces derniers temps. Vous pourriez peut-être dresser la liste de tous ses amis new-yorkais et essayer de les appeler. Il y en a sûrement qui font partie de son réseau.

– Tu devrais parler de cette histoire à Edna, la standardiste, qu'elle regarde si Nadia a passé des coups de fil de l'hôtel. Elle a peut-être aussi entendu des trucs, en écoutant les conversations téléphoniques du standard. Edna sait où la plupart des cadavres sont enterrés, si je puis dire.

– Elle m'a dit qu'elle emporterait ses secrets dans la tombe.

– Il faut savoir la prendre. Je m'en charge, déclara Maggie. Qu'est-ce que tu vas faire ?

– M'occuper de Rocky.

Système de sécurité ou pas, Rocky ne pouvait plus rester au Chelsea. Moi, je pouvais me défendre, mais lui, il n'était pas capable de réchauffer un chili au micro-ondes. Il fallait le caser ailleurs.

# 10

Sur trois arpents de terre bucolique bien gardés, le couvent des Sœurs des Âmes en peine se trouve dans l'un des anciens hameaux de Long Island, juste au sud des Hamptons, où les gâteaux et les biscuits confectionnés par les sœurs sont entreposés avant d'être livrés aux épiceries fines et aux salons de thé chics. Bien avant d'apercevoir le couvent, on sent les odeurs de sucre caramélisé, de vanille et de chocolat qui s'échappent de la pâtisserie. Seuls points noirs à ce tableau idyllique : les barbelés et la clôture électrifiée. Les barbelés ont été posés au sommet des hauts murs de l'abbaye en raison des vols de statues fréquemment perpétrés dans les jardins par des accros au crack. La clôture électrifiée a été installée à la suite de l'apparition sur les murs du couvent de graffitis obscènes, racistes, sataniques et anticléricaux. C'étaient Phil et des amis à lui, un an auparavant, qui avaient érigé cette clôture, et il nous avait assurés, à Rocky et à moi, que le couvent était l'un des endroits les plus sûrs de la région de New York.

Phil était venu nous chercher devant la sortie dérobée du Chelsea donnant sur la Vingt-Deuxième Rue, dans une voiture qu'il s'était fait prêter. Par prudence, afin d'éviter que l'on puisse retrouver trace de notre déplacement, nous avions préféré éviter de prendre un taxi ou de louer un véhicule. J'avais fait sortir Rocky par le sous-sol de l'hôtel, en pleine nuit. Comme je savais qu'il serait difficile à convaincre, malgré la menace qui pesait sur lui, je lui avais dit que Phil avait localisé Nadia à Long Island.

– Où est-elle ? m'avait-il questionnée.

– Je ne sais pas. C'est Phil qui l'a retrouvée. Il n'a pas voulu me dire où elle était exactement, par précaution.

L'expression angélique qui s'était peinte sur sa petite bouille immature lorsque je lui avais donné des nouvelles de Nadia m'avait presque fait culpabiliser de mon mensonge. Mais bon, je m'étais raisonnée en me disant que j'agissais ainsi pour une noble cause, pour protéger sa petite personne. Malgré cela, il ne m'avait pas facilité la tâche.

– J'ai peur de quitter l'appartement, avait-il geint. Peut-être que vous devriez ramener Nadia ici ?

– Non, il faut qu'on aille là-bas. Tous les deux.

– Je peux prévenir mes parents ? m'avait-il demandé en soulevant le combiné du téléphone d'une main experte, comme s'il avait utilisé cet appareil toute sa vie.

– Attends qu'on soit avec elle. Il n'est pas exclu que cette ligne soit sur écoute. Désormais, il faut que nous soyons hyper prudents.

Je ne lui avouai la vérité qu'une fois que nous eûmes franchi les grilles du couvent.

– Nadia n'est pas là, Rocky. Excuse-moi de t'avoir menti…

– Mais comment vais-je la retrouver ? Ramenez-moi chez moi.

– Chez toi ? Et où donc se trouve chez toi ?

– Je m'en vais.

– À pied ? lui demanda Phil.

Il y avait déjà une bonne trotte jusqu'au portail électrifié, puis environ deux kilomètres jusqu'à la route, et encore au moins trois kilomètres jusqu'au premier arrêt de bus.

– Mais…

– Tu seras en sécurité, ici, mon gars, le réconforta Phil. Et tu pourras manger autant de gâteaux que tu voudras.

– Rocky, j'ai été suivie et attaquée par des hommes masqués, hier soir. Ils m'ont posé des questions sur toi, sur Nadia et sur un enfant. Tu ne pouvais pas rester au Chelsea. C'était trop dangereux.

Je lui montrai la croix.

– Tu sais ce que c'est ?

– Oh, mon Tieu ! s'exclama-t-il, en prononçant «Dieu» avec le même accent que Nadia.

Son visage était devenu encore plus pâle qu'il ne l'était d'ordinaire.

– Qu'est-ce que c'est ? lui redemandai-je.

– Saint Michel le Martyr. Le saint patron d'un groupe terroriste de mon pays.

– De quel pays ?

– La Plotzonie.

– Donne-moi le vrai nom de cet endroit, Rocky.

– Tchétchénie, lâcha-t-il après hésitation.

– La Tchétchénie ? Tu es musulman ?

– Non.

– Tu appartiens à la minorité chrétienne ? Tu es animiste ? Quoi ?

– Chrétien. Les terroristes sont issus d'une autre communauté chrétienne.

– Que veulent-ils ?

– Exterminer ma famille, celle de Nadia et bien d'autres. Ils font des attentats à la bombe, ils enlèvent des gens, ils pillent, ils torturent les prêtres qui ne sont pas d'accord avec eux.

– Vachement chrétien, tout ça. Et qu'est-ce que c'est que cette histoire d'enfant ?

– Je sais pas.

– Tout le monde parle d'un enfant. Ça doit vouloir dire quelque chose.

– Je sais pas.

L'air à la fois renfrogné, effrayé, confus et furieux contre moi, il s'avachit contre le dossier de la banquette.

– O.K., je vais rester là, convint-il finalement. Mais quand vous saurez où est Nadia, vous viendrez me chercher pour que j'aille la voir avec vous. Promettez-moi de m'appeler avant même de l'appeler elle. Vous promettez ?

– Rocky, je te promets que dès que j'aurai retrouvé Nadia, tu en seras le premier avisé. J'ai des pistes. Tu peux m'appeler sur mon portable. Utilise un nom de code si tu veux. Je viendrai te voir dès que possible.

– Ils ont la télé, ici ? s'enquit-il.

– Oui, répondit Phil.

La Mère supérieure, par qui nous fûmes accueillis, était plus jeune que je ne m'y attendais. Peut-être était-elle toutefois plus âgée qu'elle ne le paraissait. La bonté et la sérénité qui se lisaient sur ses traits étaient peut-être trompeuses. Dans la vraie vie, rares sont les visages à exprimer une telle bienveillance. Sans vouloir manquer de respect à quiconque, il me semble qu'il doit être beaucoup plus facile d'être bon et serein lorsqu'on se retranche à l'écart de la folie et de la méchanceté du monde derrière des murs surmontés de fils de fer barbelés.

– Soyez les bienvenus, nous dit-elle chaleureusement. Puis, avec un peu moins de sérénité : vous n'avez pas été suivis, j'espère ?

– Non, répondit Phil.

– Tant mieux. Venez dans mon bureau.

Et elle nous précéda le long d'un couloir qui sentait le moisi, orné de photos en noir et blanc de nonnes et de papes depuis longtemps rappelés à Dieu.

– Dulcinia dort ? demanda Phil.

– C'est possible. Ou peut-être est-elle en prière à la chapelle, lui répondit la Mère supérieure en soupirant. Dulcinia et certaines sœurs se livrent une compétition de plus en plus acharnée dans le domaine de la prière et de la pénitence. Peut-être pourriez-vous en toucher un mot à Dulcinia, Phil. Au dîner, elle a fait remarquer à sœur Teresa et à sœur Marie qu'elle priait plus fort qu'elles. Du coup, sœur Teresa et sœur Marie se sont mises à prier plus fort, et Dulcinia à prier encore plus fort, etc. C'est un cercle vicieux. Aux vêpres, ce soir, j'ai cité l'exhortation de Notre Sauveur à ne pas prier fort en public, comme les hypocrites, mais je crois qu'elles n'ont pas saisi. Après l'office, Dulcinia m'a signalé que j'avais commis une petite erreur grammaticale dans ma citation. Il y a une heure environ, je suis allée à la chapelle. Elle était à genoux, les yeux levés vers le crucifix, à prier éperdument.

Nous entrâmes dans un vaste et somptueux parloir. Les murs étaient tendus d'opulentes tapisseries. Des fauteuils et des canapés bien rembourrés faisaient face à une grande cheminée. Dans l'âtre, un petit feu crépitait et réchauffait l'atmosphère de cette fraîche nuit de printemps. Près de l'un des fauteuils, un roman policier ouvert était retourné sur une table basse ancienne. Tandis que l'abbesse et Phil s'entretenaient des mesures à prendre dans le cas Dulcinia, je jetai un œil à la bibliothèque et m'enchantai d'y trouver, parmi les traités théologiques et les classiques (Platon, saint Augustin, etc.), plusieurs bons policiers et quelques titres d'Iris Murdoch. Comment ne pas aimer une bonne sœur qui lit des romans noirs et Iris Murdoch ?

Une nonne nous apporta du thé, du cacao et de délicieux petits gâteaux à la crème. (Nous n'étions pas dans un couvent ascétique.) Elle était suivie de sœur Señor, vêtue de son petit habit de religieuse.

– Merci sœur Marie, lui dit la Mère supérieure.

Quand sœur Marie se fut éclipsée, Señor sur ses talons, la Mère supérieure nous dit :

– Voilà encore quelque chose qui va bientôt poser problème. Señor s'est pris d'affection pour sœur Marie, et M$^{me}$ Ramirez en est très fâchée. Je crains que cela n'avive son instinct de compétition.

– J'essayerai de lui parler, répliqua Phil. Mais je vous préviens, elle a tendance à n'écouter que ce qu'elle veut entendre. Je vais voir si je la trouve à la chapelle. Je n'en ai pas pour longtemps.

La Mère supérieure se tourna vers moi et Rocky :

– Phil m'a dit qu'il s'agissait d'une mission romantique. Votre bien-aimée s'est sauvée pour échapper à un mariage arrangé et vous épouser librement ?

– Oui, répondit Rocky.

– Et ses parents et la famille de celui à qui elle a été promise cherchent à la récupérer et risquent de s'en prendre à vous ?

– Oui, acquiesça-t-il.

– Vous l'aimez beaucoup.

– Oui, fit Rocky, un léger trémolo dans la voix, comme Nadia lorsqu'elle m'avait parlé d'amour le soir de son arrivée.

Jusque-là, « romantique » ne me semblait pas du tout le terme approprié pour qualifier cette mission. Réunir deux amoureux immatures pour qu'ils puissent s'embarquer dans l'une des plus grosses âneries de leur vie n'avait pour moi rien de « romantique ». À présent, j'avais néanmoins envie de leur accorder le bénéfice du doute. Ils avaient l'air de s'aimer si tendrement. La force de leurs sentiments leur permettrait peut-être de surmonter les galères. Et puis je ne les avais pas encore vus tous les deux ensemble. Qu'ils se comportent différemment l'un envers l'autre que vis-à-vis de moi demeurait dans le domaine du plausible.

– Vous devez me promettre de ne rien faire qui puisse représenter un risque pour le couvent, dit la Mère supérieure à Rocky. Nous avons ici une longue tradition de secours aux réfugiés. Au siècle dernier, nous avons donné asile à des esclaves. Et pendant la Seconde Guerre mondiale, des enfants juifs ont été cachés dans notre couvent mère, en France.

Rocky hocha la tête. Je lui donnai un petit coup dans les côtes.

– Dis merci, lui soufflai-je.

– Merci, dit-il.

– Vous devrez vous conformer aux règles de la maison, poursuivit la Mère supérieure, et respecter les consignes des sœurs et des ouvrières laïques. Vous n'êtes pas obligé de venir à la chapelle, mais nous apprécierions votre assistance aux messes. Vous ne sortirez pas du couvent, et vous n'attirerez pas l'attention sur nous. Le bâtiment de derrière est le secteur privé des sœurs. Il va sans dire que vous n'y êtes pas autorisé.

– Oui, d'accord, fit Rocky.

– Sœur Marie va vous conduire à votre chambre et vous expliquer le fonctionnement du couvent.

Elle sonna sœur Marie, qui accourut, talonnée par son escorte le chihuahua Señor.

Quand Rocky fut parti, je suggérai à la Mère :

– Vous pourriez peut-être le faire travailler. À la cuisine, il n'est pas bon à grand-chose, mais je suis sûre qu'il saurait récurer les sols. Il a beaucoup à apprendre avant le mariage.

Si quelqu'un pouvait faire de lui un bon mari, c'était bien cette bande de religieuses.

– D'où est-il? demanda l'abbesse.

– De Tchétchénie.

– Il est musulman? Y a-t-il certaines choses qu'il ne mange pas? Auquel cas, il faudrait que je le signale à la cuisine.

– Non, il est chrétien. Je vous laisserai mon numéro de portable, au cas où vous auriez des problèmes. Ne le donnez surtout pas à M$^{me}$ Ramirez, et ne lui en dites pas trop au sujet de Rocky…

– Qu'est-ce qu'il ne faut pas dire à M$^{me}$ Ramirez? demanda M$^{me}$ Ramirez en entrant à petit pas dans la pièce au bras de Phil et en réglant le volume de son sonotone.

– Je disais, ne dites pas à M$^{me}$ Ramirez que Pie XII était le meilleur des papes. Le meilleur, c'était Pie IX, pas vrai, madame Ramirez?

Pour résumer, Pie IX s'est vaillamment imposé, au XIX$^e$ siècle, comme le défenseur de l'ordre et de la religion face à la révolution et à la laïcisation du gouvernement. C'est aussi lui qui a proclamé le dogme de l'Immaculée Conception. M$^{me}$ Ramirez avait un portrait de lui dans sa cuisine, avant l'incendie.

– Pie IX, tout à fait, approuva-t-elle en s'asseyant dans un grand fauteuil à la droite de la Mère supérieure, qui me décocha, pour me féliciter d'avoir lancé ce débat, un regard qui n'avait rien de serein.

– Peut-être M$^{me}$ Ramirez pourrait-elle dispenser quelques conseils spirituels à votre nouvel hôte, proposai-je.

– Quelle bonne idée, embraya l'abbesse. Je suis sûre que ce jeune homme bénéficiera grandement de votre sagesse, Dulcinia. Nous allons avoir un jeune garçon parmi nous pendant quelque temps. Il va bientôt se marier.

– Tout son apprentissage est à faire, dis-je. Il ne retient pas bien ce qu'on lui dit. Il faut lui répéter les choses cinq ou six fois pour qu'il les intègre. Parlez-lui fort aussi, pour qu'il comprenne bien.

La Mère supérieure me sourit. Je m'étais rachetée, au moyen d'un classique de la vengeance non violente, en utilisant une personne qui m'énervait contre une autre personne qui m'énervait. M^{me} Ramirez allait s'occuper de Rocky et, par la même occasion, elle cesserait de faire chier les nonnes. D'une pierre deux coups. J'adore quand tout marche aussi économiquement.

– Tu as eu une bonne idée, de coller Dulcinia avec le garçon, me dit Phil, tandis que nous roulions vers la ville.

– Ouais, je crois que j'ai quand même un peu exagéré en disant à M^{me} Ramirez de lui citer les Écritures et d'insister particulièrement sur le sujet de la continence sexuelle. Phil, je suis en train de devenir comme ces adultes rabat-joie qui m'ont tant enquiquinée quand j'étais gamine. Comment ça se fait ? Je pensais que le fait de ne pas pouvoir avoir d'enfant me protégerait de ça, que je resterais cool toute ma vie.

– Tu seras toujours cool, comme moi, comme Helen. Mais pas cool-jeune. C'est ça, la différence. Plus de grâce, moins de passion.

– La grâce et la passion sont si souvent incompatibles, tu ne trouves pas ? Pfff… Je ne sais plus où j'en suis. La fille a disparu, le garçon est un idiot, des hommes louches que je ne connais ni d'Ève ni d'Adam me menacent et mes voisins, tout aussi louches, et tout le monde, ne parlent que de cet enfant.

– Et tu oublies qu'un marchand d'art s'est écroulé raide mort à tes pieds.

– Je ne l'oublie pas, ne t'inquiète pas. Qui l'a tué, et pourquoi ?

– Chaque chose en son temps. La police enquête sur le meurtre. Toi, tu cherches la fille et tu la ramènes à son fiancé. Si je peux faire quelque chose pour t'aider, demande-moi.

– Merci, Phil.

– Tu n'auras pas peur au Chelsea ?

– Je suis armée, l'appartement est équipé d'une alarme et j'ai un téléphone portable.

– Si tu veux, je peux rester avec toi.

– Non, ça va aller.

Quand Phil me déposa au Chelsea, le soleil se levait. La main sur le pistolet à crosse en nacre, je descendis de la voiture et montai au septième en jetant des regards autour de moi chaque fois que j'entendais un bruit. J'étais en train de taper le code de sécurité lorsqu'une porte grinça. Flingue à la main, les yeux exorbités par la peur, je fis volte-face, pour me trouver face au visage complètement paniqué de l'adepte de Mary Sue.

– Désolée, excusez-moi, lui lançai-je tandis qu'elle rentrait dans sa chambre en claquant la porte. J'ai cru que vous étiez un assassin ! criai-je. Pardon, je me suis trompée.

Aucun des autres voisins ne se manifesta. Même la porte du Maître du Zen demeura close.

Louise Bryant m'attendait. Elle était en rogne. À peine avais-je poussé la porte qu'elle me planta ses griffes dans le mollet. Dans le branle-bas de combat de la veille, j'avais oublié de lui donner à manger. Avant toute chose, je lui servis un copieux petit-déjeuner.

Maggie m'avait laissé un message. Il fallait que je la rappelle « après dix heures du matin, s'il te plaît ». Je tombais de sommeil, mais je luttai, allumai mon ordinateur portable et me branchai à Internet. Pas de nouvelles de Tamayo. En revanche, j'avais un courriel de Pierre : « Débordé en ce moment. Espère que tu vas bien. Pierre. » C'était succinct, mais sur le coup, ce fut comme un rayon de soleil dans les ténèbres, si bien que je relus plusieurs fois ces quelques mots, avant de passer à des affaires plus urgentes.

Selon la liste des résultats d'une recherche sur saint Michel le Martyr, le gars représenté sur la croix, il existait plusieurs saints Michel, qui avaient tous été martyrisés. Il fallait donc que j'aille voir sur tous les sites, pour trouver celui qui avait la même tête que le saint Michel de la croix. Certaines pages Web n'avaient pas d'illustrations, seulement des listes de saints de diverses églises catholiques et orthodoxes.

Finalement, je trouvai un saint Michel martyrisé, du sud-ouest de la Russie, dont le portrait ressemblait à l'étrange visage de la croix. Il s'agissait de saint Michel de Mashnik, un saint du XVI$^e$ siècle, qui, malheureusement, n'avait de prime abord rien à voir avec la Tchétchénie. Je pris néanmoins la peine de lire son histoire.

Si saint Michel avait été un pneu, son slogan aurait été « Increvable ! » D'après la légende, il avait été chassé dans son jeune âge de son monastère, pour avoir émis des objections quant à « la cruauté et l'hérésie » de ses supérieurs. Avant de prendre la porte, il avait « libéré » des saintes reliques et des icônes, qu'il avait vendues une à une, sauf une icône de Jésus, pour financer un pèlerinage en Terre Sainte. En chemin, il s'était joint à une troupe de soldats chrétiens « à la pensée pure » mais malchanceux, qui étaient en train de se faire dérouiller par une bande de chrétiens plus forts.

Dans le vide politique laissé par le retrait des forces barbares païennes, ces rebelles connurent plusieurs années de petites victoires qui furent attribuées à Michel de Mashnik et à la sainte icône du Christ, emportée au combat. Hélas, au cours d'une bataille, Michel fut capturé par les chrétiens ennemis qui lui donnèrent le choix entre la conversion à leur foi « hérétique » et la mort. Il choisit la mort. Or quand le bourreau vint le chercher pour l'exécuter, il se débattit et s'enfuit à pied, en dépit des nombreuses blessures qui lui avaient été infligées. Les forces ennemies le rattrapèrent et le mirent sur le bûcher. Les flammes lui léchaient les genoux lorsqu'un gros orage éclata et éteignit le feu. Il s'échappa une deuxième fois, pour tomber aux mains d'une clique de bandits, lesquels, quand ils se rendirent compte que Michel ne possédait rien qui puisse lui être volé, l'empalèrent et le laissèrent pour mort. Des oiseaux lui arrachèrent les yeux, mais Michel de Mashnik était résistant. Après s'être reposé, il arracha le pieu qui lui transperçait le corps et reprit la route, clopin-clopant, sur ses pieds brûlés, aveugle, guidé par « la voix de Dieu ». Il retrouva les chrétiens rebelles et mourut parmi eux, les suppliant dans son dernier soupir de se battre jusqu'à la mort et de ne jamais se rendre.

Saint Michel, songeai-je, était un saint patron pour des gens comme moi, le protecteur des fous maudits. Encore mieux, il était le saint patron des fous confirmés (comme dans la mythologie celte, dans laquelle un fou confirmé était tué de trois manières, par strangulation, par noyade et par la lance).

Au fil de l'histoire, l'icône avait disparu et un mythe s'était forgé : celui qui posséderait cette icône finirait toujours par vaincre ses ennemis. L'icône était réapparue plusieurs fois, puis elle avait redisparu. Aux dernières nouvelles, elle avait été prise par les nazis pendant la Seconde Guerre mondiale. Ceux-ci, ignorant ses pouvoirs, l'avaient expédiée en Allemagne avec d'autres œuvres d'art et divers butins de guerre.

Mais le train dans lequel elle se trouvait avait été détourné par des résistants, lesquels s'étaient soi-disant approprié le butin. Depuis, plus personne n'avait revu l'icône.

Cette icône, une peinture a tempera sur bois de bouleau, avait été réalisée au XV<sup>e</sup> siècle, par un célèbre peintre religieux, Andrei Rublev. On l'appelait *L'Enfant*, car elle représentait l'Enfant Jésus dans les bras de sa mère.

À présent, j'avais de bonnes raisons de me faire du souci pour Nadia. Manifestement, elle était venue apporter l'icône de l'Enfant Jésus à Gerald, pour qu'il la vende. Il était mort, elle avait disparu et Dieu seul savait où était passée l'icône. Une à une, les pièces du puzzle s'assemblaient. Nadia devait rencontrer quelqu'un « pour affaire ». Comme elle ne pouvait attendre Rocky plus longtemps, elle était montée seule voir Gerald et Miriam Grundy, une collectionneuse d'art. Ce qui signifiait que la charmante dame âgée que j'admirais tant m'avait caché quelque chose.

Rocky affirmait ne rien savoir de « l'enfant ». Soit il me cachait quelque chose, lui aussi, soit Nadia traitait sans lui, ce qui paraissait tout à fait probable dans la mesure où ce garçon n'était franchement pas rusé. S'il était incapable de faire son lit, il ne risquait pas de négocier des affaires louches.

Gerald Woznik avait sans doute été assassiné à cause de *L'Enfant*. Je ne pouvais plus garder ça pour moi. Il fallait que je prévienne la police – anonyme-ment, d'un téléphone public, afin qu'on ne puisse pas remonter jusqu'à moi. Comme ça, si je me plantais, je ne mettais pas inutilement Nadia et Rocky en dan-ger. J'ignorais leurs noms de famille, je ne savais pas s'ils m'avaient donné leurs vrais prénoms. Dans tous les cas, je n'avais guère de renseignements à com-muniquer à la police qui puissent les trahir.

D'un téléphone public du hall de l'hôtel, j'appelai la police et leur dit que Gerald Woznik avait peut-être quelque chose à voir avec cette icône. Je leur signa-lai également que des cinglés d'origine étrangère étaient impliqués, sous l'appellation des «Martyrs de saint Michel». Je leur suggérai en outre d'interroger Miriam Grundy et leur indiquai qu'il se pouvait qu'une jeune fille étrangère en fugue soit au centre de l'affaire. L'agent que j'avais au bout du fil me réclama des détails. Quand je lui dis que je n'en savais pas plus, il me remercia, sur un ton sarcastique, me sembla-t-il, et raccrocha. Pour être sûre que l'on ne mettrait pas ma déclaration aux oubliettes, j'appelai ensuite June Fairchild et lui laissai un message sur sa boîte vocale. Cette fois encore, j'évitai de men-tionner Rocky. Je savais que Fairchild avait pris des congés pour s'occuper de sa fille. Je supposais néan-moins qu'elle interrogerait sa messagerie, qu'elle prendrait mon message au sérieux et le transmettrait à la personne chargée de l'enquête, laquelle pourrait entreprendre des recherches sur ces Martyrs.

Il faisait presque grand jour quand je me glissai enfin dans le lit avec Louise Bryant. Je n'avais que quelques heures à dormir. Dans la matinée, je voulais aller par-ler à Dame Grundy, puis à midi, aller chercher Maggie pour essayer de faire parler Edna la standardiste.

# 11

– Miriam n'est pas là, déclara Ben, son assistant, en affectant un ton blasé masquant toute émotion.

Il avait mis presque dix minutes à venir m'ouvrir et maintenant, il ne m'invitait pas à entrer, il me laissait plantée à la porte. Derrière lui, j'apercevais trois hommes de très grande taille, sans doute venus auditionner pour la réception de Miriam.

– Où est-elle ? lui demandai-je.

– Chez sa spiritualiste. Elle sera absente une bonne partie de la journée.

– Vous pouvez me donner l'adresse de sa spiritualiste ? Il faut absolument que je parle à M^{me} Grundy...

– Il ne faut surtout pas la déranger lorsqu'elle est avec Sylvia. C'est encore plus sacré que son rendez-vous chez le psychanalyste, me coupa-t-il sèchement.

Sur ce, il tenta de s'excuser, mais je n'avais pas l'intention de le laisser s'en tirer aussi facilement. Je voulais savoir ce que Nadia était venue faire chez Miriam, si elle était venue lui vendre une précieuse œuvre d'art et si cette pièce était à présent entre les mains de Miriam.

Nadia était venue les mains vides, insista Ben, et elle n'avait proposé aucune transaction.

– Si elle est venue pour affaire, elle a oublié d'en parler à Miriam, dit-il.

– Vous êtes sûr ? Parce que je crois que Gerald Woznik a été tué à cause d'une peinture que possédait Nadia.

– C'est Grace Rouse qui a assassiné Woznik. Parce qu'elle était d'une jalousie maladive, et terrifiée à l'idée qu'il risquait un jour de la plaquer. Elle est riche, gâtée, elle a l'habitude qu'on fasse ses quatre volontés et elle est folle. Imaginez ce que ça peut donner.

– Oui, mais cette peinture…

– La fille, Nadia, n'avait pas de peinture avec elle quand elle est venue rendre visite à Miriam. Vous l'avez vue, cette peinture ? Vous êtes sûre qu'elle existe ?

– Je ne l'ai pas vue, mais…

– Miriam est une femme fortunée et généreuse. C'est aussi une collectionneuse avide. Elle est sans cesse harcelée par des artistes qui essayent de lui extorquer de l'argent. Et quand je dis «artistes», ce ne sont souvent que des pique-assiettes.

– Vous pensez que Nadia cherchait à faire payer M$^{me}$ Grundy ?

Les grandes perches commençaient à manifester de l'impatience. Ben se tourna vers eux :

– Je suis à vous dans une minute. Promis.

Puis, se retournant vers moi :

– J'ignore ce que manigançait cette Nadia. Tout ce que je sais, c'est qu'elle ne m'a pas plu ; elle ne m'inspirait pas confiance. Elle est venue seule et les mains vides. Gerald aurait été assassiné à cause d'une peinture apocryphe ? Si vous voulez mon opinion, il s'est fait descendre parce qu'il a roulé dans la farine tous ceux qui ont essayé de lui apporter de l'aide ou de l'amour. Excusez-moi.

À ces mots, il referma la porte.

Selon Maggie, Edna, la standardiste, était la mieux placée pour savoir à peu près tout ce qui se passait au Chelsea. «J'emporterai mes secrets dans la tombe», m'avait-elle dit. Maggie semblait toutefois penser qu'en la caressant dans le sens du poil, nous pourrions obtenir d'elle des révélations. Ce qui impliquait la présence de Maggie. Edna connaissait Maggie, alors que moi, je n'étais qu'une étrangère.

– Il faudra d'abord la mettre en condition, me dit Maggie quand j'allai la chercher. Laisse-moi la chauffer. Je la connais depuis longtemps.

Edna était en repos, et ses jours de repos, d'après Maggie, elle les passait au cinéma ou au bar du El Quijote, sauf si son mari, qui travaillait dans la marine marchande, était à la maison.

Nous descendîmes au bar. Edna n'y était pas. Elle était cependant au restaurant, où la serveuse dit à Maggie qu'elle était aux toilettes. Nous nous assîmes au bar.

– Une sangria blanche, s'il te plaît, Antonio, commanda Maggie au barman, un Espagnol au port de tête hautain, comme tout le personnel du bar-resto, en chemise de lin amidonnée et spencer noir de serveur. Et toi, Robin, qu'est-ce que tu prends ?

– Une vodka, pure… non, une vodka-coke.

Il n'était que midi, et je n'avais pas assez dormi. Je voulais garder la tête sur les épaules.

– J'adore cet endroit, me dit Maggie en contemplant les centaines de figurines de Don Quichotte alignées sur une étagère au-dessus du bar. «Don Quichotte» : ça colle parfaitement avec le Chelsea. Si tu savais le nombre d'artistes donquichottesques qui vivent ici…

Le El Quijote, situé dans le Chelsea Hotel, est un resto de fruits de mer espagnol renommé, dont j'étais incapable de qualifier la déco. Les tapisseries rouges tendues sur les murs et les lampes à abat-jour à franges rouges lui donnaient un air de bordel ottoman. De chaque côté du bar, des vitraux représentant des homards, éclairés par-derrière, produisaient un halo bleu pâle. Les boiseries et les banquettes en skaï rouge de la salle à manger principale m'évoquaient un lounge jazz des années 1940 ou 1950. Le bar était abrité par un petit toit de style espagnol en briques rouges arrondies. Au-dessus de l'entrée de la salle Cervantès, les ailes d'un moulin à vent tournaient lentement. La salle Dulcinée s'ornait d'un gigantesque portrait d'une danseuse de flamenco que Maggie identifia comme « Carmen Amaya, légende du flamenco ». En musique de fond passait une reprise au piano jazz, style années 1960, de « Black Magic Woman ».

Le décor était éclectique, mais plaisant, surtout par comparaison avec les chaînes, les restos à thème et les établissements hyper design qui prolifèrent de nos jours. Contrairement à ce genre d'endroits, le El Quijote me semblait refléter les diverses passions de son propriétaire.

Quand Edna aperçut Maggie, en revenant des toilettes, elle lui fit un signe de la main et s'installa au bout du bar, devant un Manhattan ou un whisky sour – un verre contenant un liquide foncé dans lequel flottait une cerise – et un tabloïd déplié. Nous allâmes la rejoindre. Son journal était ouvert à une page sur laquelle s'étalait un article à propos de Gerald Woznik et de Grace Rouse, un papier que j'avais déjà lu, qui ne m'avait rien apporté de nouveau. À en croire le *News-Journal*, Grace Rouse avait déjà été jugée et condamnée.

– Salut, Edna, fit Maggie en lui plantant une bise sur la joue.

– Salut, Maggie, répondit Edna.

Son abondante chevelure grise était aujourd'hui détachée. Quand elle était de permanence au standard,

Edna se faisait généralement un énorme chignon sur le dessus du crâne.

– Tu connais Robin ? lui demanda Maggie.

– Robin, vous êtes une amie de Tamayo, c'est ça ?

– Oui.

– Comment va Tamayo ?

– Bien, aux dernières nouvelles, répondis-je.

– Raconte à Edna ce que tu m'as raconté, dit Maggie.

Il n'y a rien de tel que les histoires de Tamayo pour briser la glace. Je racontai donc à Edna que Tamayo avait écrit un livre, pour un éditeur japonais, sur ses aventures parmi les Ricains. L'éditeur l'avait logée à l'Okura, un palace cinq étoiles, et lui avait assigné un gardien, chargé de veiller à ce qu'elle ne quitte pas l'hôtel et termine son bouquin, pour lequel elle était déjà très en retard. Tamayo écrivait avec la musique à fond et les voisins n'arrêtaient pas de se plaindre de son singe, une réelle nuisance j'imagine. Si bien que la direction l'avait transférée, elle, son singe et son gardien (ce dernier à bout de nerfs), dans l'aile de l'hôtel réservée aux enfants, qui était en fait un zoo.

De passage à Tokyo, j'étais allée voir Tamayo à l'Okura. Très sagement, dans sa chambre de grand enfant, nous avions bu le thé et partagé un déjeuner léger avec son gardien, qui ne s'était pas rasé depuis plusieurs jours, avait l'air de manquer de sommeil et paraissait très nerveux. À la fin du repas, il avait dit à Tamayo qu'il était l'heure pour elle de se remettre au travail. Naturellement, nous l'avions enfermé dans la salle de bains et nous étions sorties boire. Il y avait un téléphone dans la salle de bains, mais le temps qu'il puisse joindre le concierge et qu'on lui envoie quelqu'un pour le libérer, nous étions parties, en lui laissant une liasse de yens et un mot signé de

Tamayo : « Pour l'amour de Dieu, allez prendre l'air et vous amuser. »

Tamayo m'avait emmenée dans les lieux bizarres de Tokyo qu'elle préférait, où nous avions trop bu et nous étions données en spectacle. Je devais dîner ce soir-là avec des cadres de la télé nippone. « Au Japon, ce n'est pas grave d'être bourré à un dîner d'affaires, m'avait rassurée Tamayo. C'est même presque obligatoire ! » Ce qui est un mythe, en réalité. Certes, les très sobres cadres de la télé avec qui j'avais mangé avaient semblé me trouver marrante. Jusqu'à ce que je sorte cette plaisanterie sur l'Empereur, éminent ichtyologiste, et son petit poisson. En règle générale, dans la plupart des pays, me suis-je rendu compte, on n'apprécie guère l'humour touchant à la famille royale.

J'avais hésité à rapporter à Edna ce détail de la soirée, mais il lui plut beaucoup.

— Cette Tamayo, alors ! s'exclama-t-elle en faisant claquer sa langue et en secouant la tête. Qu'est-ce qu'elle va encore nous faire ?

— Apparemment, elle s'occupe d'un réseau souterrain d'aide aux jeunes filles étrangères persécutées, dis-je.

Comme je m'y attendais, Edna était au courant.

— Oui, c'est merveilleux, n'est-ce pas ? répliqua-t-elle. La fille qui était chez Tamayo avec vous a-t-elle retrouvé son fiancé ?

— Nadia ? Non, pas encore.

— Oh, mince, c'est trop bête, fit Edna en levant son verre en direction du barman et en le tapotant du doigt pour indiquer qu'elle en désirait un autre.

— Tu es au courant de cette histoire ? lui demanda Maggie.

— Vous m'offrez à manger, les filles ? rétorqua Edna.

– Avec plaisir, répondit Maggie en me regardant, moi la femme au portefeuille.

J'acquiesçai d'un hochement de tête. Visiblement, Edna ne parlerait pas pour rien. Nous nous installâmes dans la salle de resto du Quijote et commandâmes une paella.

– Robin s'intéresse au Chelsea, dit Maggie. On était en train de discuter de l'hôtel, je lui ai raconté certaines anecdotes, et puis tout d'un coup, j'ai pensé qu'il fallait absolument qu'elle te rencontre.

– Tu sais que mes secrets, je les emporterai dans la tombe, objecta Edna.

– Je ne te demande pas de lui révéler tes secrets. Tu connais toutes les légendes de l'hôtel, raconte-lui. Edna a été la voisine de Bob Dylan.

– De Dylan Thomas, corrigea Edna. Mais j'ai connu Bob Dylan, aussi. Il a eu un bébé, ici. Je les ai tous connus. Jimmy Hendrix m'a un jour offert un gâteau et un café à l'automate Horn & Hardart qui se trouvait à l'angle de la Septième Avenue et de la Vingt-Troisième Rue.

– Le Chelsea est un endroit magique, commenta Maggie.

– Les temps ont bien changé, poursuivit Edna. Avant, il y avait des hôtels comme ça sur tout le circuit…

– Le circuit ?

– Le circuit des revues. J'étais danseuse de revue. Vous savez ce que c'est, les revues ? Ce n'était pas du striptease. On n'avait pas besoin de se foutre à poil. Tout l'art de la revue, c'est de titiller l'imagination.

Elle cligna de l'œil, fit claquer sa langue et avala une gorgée de sa boisson.

– On faisait le tour du pays. Dans chaque ville, il y avait un hôtel pour les gens du spectacle, à Chicago, à San Francisco, à Pittsburgh, partout. C'était là que logeaient les compagnies itinérantes, les comédiens, les danseurs, les musiciens, les orchestres de jazz. Les hôtels « bien » ne voulaient pas de nous. À New York, le Chelsea faisait partie des rares hôtels qui acceptaient les gens du spectacle. Aujourd'hui, maintenant que l'Hotel Vincent a été transformé en copropriété, il n'y a plus que le Chelsea qui existe encore.

– Edna est capable de réciter les noms de tous les artistes qui ont vécu au Chelsea, intervint Maggie. Vas-y, Edna, montre-lui.

Edna prit une profonde inspiration.

– Sherwood Anderson, Nelson Algren, Jake Baker, Jean-Michel Basquiat, Brendan Behan, Sarah Bernhardt, Richard Bernstein, William Burroughs, Gerald Busby, Henri Cartier-Bresson, Edward Caswell, Henri Chopin, Christo, Arthur C. Clarke, Leonard Cohen, Gregory Corso, Hart Crane, Quentin Crisp, Robert Crumb, Arthur B. Davies, Willem De Kooning, Benicio Del Toro, Bob Dylan, James T. Farrell, Jane Fonda, Milos Forman, Herbert Gentry, Eugenie Gershoy, Maurice Girodias, Oliver Grundy, Jim Hendrix, Gaby Hoffman, John Houseman…

Elle reprit sa respiration.

– … Herbert Huncke, Clifford Irving, Charles Jackson, Charles James, Jasper Johns, Janis Joplin, George Kleinsinger, Robert Mapplethorpe, Edgar Lee Masters, Joni Mitchell, Arthur Miller, Moondog, Vladimir Nabokov, R.K. Narayan, Nico, Ivan Passer, Édith Piaf, Deedee Ramone, René Ricard, Diego Rivera, Larry Rivers, Edie Sedgewick, Sam Shepard, John Sloan, Grace Slick et Jefferson Airplane, Julian Schnabel, Harry Smith, Patti Smith, Donald Sutherland, Philip Taafe, Dylan Thomas, Virgil Thomson, Mark Twain,

Arnold Weinstein, Tennessee Williams, Thomas Wolfe, Sid Vicious, Viva. Je n'ai oublié personne ?

Hors d'haleine, elle s'arrêta et reprit son souffle.

– Robert Flaherty, le réalisateur de *Nanouk l'esquimau*, compléta Maggie. Dennis Hopper, O. Henry, Claes Oldenburg et Robert Oppenheimer, père de la bombe A. Bien qu'il ne soit pas vraiment un artiste.

– Lily Langtry a aussi habité là, reprit Edna. On buvait le thé ensemble quand le hall de la réception était une salle à manger.

La majorité des personnes qu'elle venait de citer, précisa Edna, avaient fait du Chelsea leur adresse permanente. Certains, toutefois, n'y séjournaient que lorsqu'ils étaient à New York pour donner une série de spectacles, ou entre deux mariages, pour quelques jours ou quelques semaines. Quelques-uns habitaient ailleurs, mais leur vie amoureuse se déroulait au Chelsea. Parmi tous ces noms, certains ne me disaient pas grand-chose, quelques-uns m'étaient totalement inconnus.

– Les passagers de seconde classe qui ont survécu au naufrage du *Titanic* ont été logés au Chelsea, ajouta Edna. Et des réfugiés européens ont été hébergés ici, pendant et après la Deuxième Guerre mondiale, juste après le rachat de l'hôtel par le père de M. Bard, ses associés et leurs actionnaires.

– Impressionnant, la complimentai-je. Comment faites-vous pour retenir tout ça ?

– J'ai eu pas mal de problèmes de tuyauterie, une année, répondit Edna.

Maggie s'esclaffa. Je ne captais pas la plaisanterie.

– Chaque fois que je me plaignais à M. Bard, le patron, il me sortait la liste de tous les gens célèbres qui ont vécu ici, expliqua Edna.

– C'est sa façon de mettre nos réclamations en perspective, ajouta Maggie.

– Quand les revues ont commencé à passer de mode, reprit Edna, il nous a engagées comme standardistes, ma copine Bonnie Kendall et moi. Ça me rapportait de quoi payer le loyer, plus un peu d'argent de poche. Ouais, c'est un chouette endroit, ici. Pendant longtemps, je me suis demandé pourquoi il y avait tant d'artistes qui venaient ici. Vous savez pourquoi?

– Pourquoi? demandai-je.

– Pour l'intimité, la tolérance, la liberté, l'histoire et la magie du lieu. Au départ, pourtant, le Chelsea n'était pas destiné à être une maison d'artistes. Mais ça s'est trouvé comme ça.

– Comment?

– L'hôtel les attirait, ils y venaient spontanément, et puis il a attiré le vieux Bard, le père de Stanley, et ses associés, et tous les amoureux de l'art. Certains pensent que le Chelsea est construit sur un champ magnétique, ou sur un site funéraire sacré.

Entre bouchées de paella et parcimonieuses gorgées de son Manhattan, Edna continua à nous parler du Chelsea. George Kleinsinger, le compositeur, avait un alligator qu'il promenait dans les couloirs. Arthur Miller, quand il vivait ici, avait failli, un soir, se trouver au bar du Quijote en même temps que Joe DiMaggio; à l'époque, ils étaient cependant tous les deux post-Marilyn. Andy Warhol avait tourné un film au Chelsea, *Chelsea Girls*; il était si souvent fourré à l'hôtel, chez ses amis, que c'était presque comme s'il y habitait. Bob Dylan avait eu un bébé au Chelsea et c'était là qu'il avait écrit la chanson «Sad-eyed Lady of the Lowlands». Clifford Irving s'était fait arrêter au Chelsea à la suite de la fausse autobiogrphie de

Howard Hugues. Sid Vicious, des Sex Pistol, et Nancy Sprungen «n'étaient que des pauvres gosses accros l'un à l'autre et à l'héroïne, qu'ils reposent en paix». Leonard Cohen avait écrit «Chelsea Hotel #2» ici, pour Janis Joplin.

Elle nous raconta encore des anecdotes à propos de gens moins connus, notamment celle d'une fille qui s'était enfuie avec le pianiste de Tony Bennett et celle d'une riche héritière qui avait vécu là, s'était entichée d'un groom et l'avait épousé. Brendan Behan avait été logé ici par son éditeur, qui voulait le tirer de sa débine alcoolique et lui faire terminer un livre. Il avait écrit deux bouquins et conçu un enfant au Chelsea.

À la fin du repas, après avoir bien mangé et bien bu, Edna était devenue intarissable.

– Barry Coman, l'acteur, va revenir ici. Depuis qu'il est avec sa bonne amie, il ne se drogue plus! Le professeur du huitième? Fred. Il fréquente une femme mariée, une de ses étudiantes. Ils se sont tapés dans l'œil pendant ses cours de poésie d'amour en haut allemand. Depuis, ils n'arrêtent pas! Et ils font la chose comme des Apaches!

Maggie sourit.

– Ce n'est pas Fred. C'est Gunther, le prof d'allemand du quatrième.

– Tu as raison, Maggie, approuva Edna en claquant la langue. Vous allez aimer cet endroit, ajouta-t-elle à mon intention.

– Oh, je n'ai pas l'intention de rester là très longtemps.

Je coulai un regard à Maggie. Maintenant qu'Edna s'était enfilé quelques Manhattan, et que nous l'avions écoutée (avec le plus grand plaisir), quand allions-nous en venir à ce qui nous intéressait vraiment?

– Dis-nous ce que tu sais au sujet du meurtre, lui enjoignit Maggie.

– Mais que ça reste entre nous, les filles du Chelsea, hein ? Ce que je vais vous dire ne doit pas sortir d'ici.

– D'accord, acquiesça Maggie. Code du Chelsea, m'informa-t-elle. Nous pouvons parler entre nous, mais on ne dit rien aux étrangers, à moins d'y être obligé.

– Grace Rouse m'a appelée le jour où Gerald s'est fait tuer. Elle voulait savoir qui était la femme à qui Gerald venait rendre visite. Est-ce que c'était toi, Maggie, ou une autre ? Elle pensait que j'avais pu surprendre des conversations téléphoniques. Je lui ai dit…

– Que tu emporterais tes secrets dans la tombe.

– Exactement. Elle m'a paru nerveuse. Plus que nerveuse, même. Comme dans un état second.

– Vous l'avez dit à la police ? m'enquis-je.

– Bien sûr.

– J'ai rencontré Rouse, dis-je. Je ne crois pas que ce soit elle qui l'ait tué…

– Peut-être pas. Mais elle est complètement schizo, répliqua Edna.

– Vous savez où Nadia a pu aller ? l'interrogeai-je.

– Aucune idée, ma belle. Vous voulez un *cafe con leche* avec une goutte de cognac, les filles ?

– Non, mais ne te gêne pas, répondit Maggie. Vous tenez bien un registre de tous les appels téléphoniques sortant de l'hôtel ?

– Ouaip.

– Si tu pouvais nous filer la liste des appels passés de chez Tamayo le jour du meurtre, ça nous rendrait service.

– Je risque d'avoir des ennuis, Mary Margaret.

– Nous sommes investies d'une mission romantique, Edna. Il faut que nous réunissions Nadia et son amoureux. Fais-le pour eux, pour Tamayo, qui les a aidés jusque-là.

– Maggie…

– Comment va Ernie ? demanda Maggie.

Les yeux d'Edna s'embuèrent. Elle sourit et fit claquer sa langue.

– Il est à Panamá. Il a attrapé une mauvaise fièvre, là-bas, mais il va mieux, maintenant. Ernie, c'est mon mari, me dit-elle. Je l'ai rencontré ici, au Chelsea. Son navire faisait escale à New York et il logeait à l'hôtel. C'était en 1989. Nous nous sommes mariés en 1993.

– Ça, c'était un mariage, commenta Maggie. On a fait la bamboula sur le toit de l'hôtel.

– L'année prochaine, il arrête de naviguer. Vous voulez voir une photo ? Bel homme, hein ?

– Charmant, approuvai-je.

– Il est plus jeune que moi. Il n'a que soixante ans, me confia Edna, les yeux pétillants, les joues empourprées. O.K., Maggie, je vous ferai passer la liste des appels. Dès que j'aurai un moment de libre, j'irai jeter un œil dans les registres. Après sept heures, quand les Bard seront rentrés chez eux. Au fait, je vous ai dit qu'il y avait un type qui était venu me poser des questions sur Nadia ?

– Un type avec une affreuse moumoute ? demandai-je.

– Non, mais celui-là, je l'ai vu ici plusieurs fois, ces derniers jours. Il cherchait Nadia ?

– Oui. De quel type parliez-vous ?

– Un homme un peu plus âgé que moi, les cheveux gris, les yeux bleus. Il était là hier. Un étranger.

– Que lui avez-vous dit ?

– Rien.

J'avais réglé l'addition et nous nous apprêtions à partir quand Edna ajouta :

– Il y a autre chose que je ne vous ai pas dit. Ça vient juste de me revenir. À la fin de la conversation que j'ai eue avec Grace, elle m'a demandé de lui passer une ligne. J'avais complètement oublié, mais maintenant, je me rappelle. Je crois qu'elle m'a demandé de lui passer la 711. La chambre de Tamayo.

– Oui, c'est bien la chambre de Tamayo, confirma Maggie. Quelle heure était-il ?

– Dans l'après-midi.

– Le jour du meurtre, où étais-tu dans l'après-midi, Robin ?

– Au boulot.

– Merci pour le repas, me dit Edna en se levant. Il faut que j'aille faire une petite sieste.

Et elle prit congé. Maggie et moi restâmes attablées un moment, en silence, l'esprit sans doute préoccupé par les mêmes réflexions : Grace Rouse avait téléphoné à Nadia le jour du meurtre de Gerald. Or Grace Rouse m'avait affirmé qu'elle ne connaissait pas Nadia.

# 12

– Robin, je ne sais absolument pas qui est cette Nadia, me dit Roo au téléphone.

Grace Rouse n'était pas à son bureau et personne n'avait pu, ou voulu, me dire où la joindre, si bien que je craignais qu'elle ne soit partie pour un pays véreux, non lié aux États-Unis par un traité d'extradition. Elle avait craché deux millions de dollars pour sortir de prison. Elle avait les moyens de disparaître facilement.

– Mais non, elle s'est absentée pour régler une affaire avec un de ces jeunes peintres saugrenus, me certifia Roo. Je lui dirai de vous appeler.

J'étais tentée de lui révéler tout ce que je savais ou présumais, mais dans l'éventualité où Rouse était l'assassin, je ne voulais pas lui mettre la puce à l'oreille. La nouvelle théorie était que Rouse, pensant que Gerald avait rendez-vous avec une maîtresse, une femme enceinte ou mère d'un enfant dont il était le père, s'était rendue au Chelsea pour le tuer, voire pour la tuer elle aussi. Pour l'instant, rien ne prouvait que Nadia était morte, mais je n'étais pas tranquille. Si elle était en vie, pourquoi ne s'était-elle pas manifestée ? Nadia avait peut-être déguerpi aussitôt après le meurtre de Gerald. Rouse avait pu descendre par l'escalier de secours, la rattraper dans la rue, la suivre et la buter dans un coin sombre. Tant que je n'avais pas de nouvelles de Nadia, toutes les suppositions étaient permises.

– Je t'ai dit que Rouse était mytho, insista Maggie.

– Elle dit du bien de toi, répliquai-je.

– Ah bon ?

– Non, je déconne. En fait, elle prétend que tu as fait passer une annonce à son nom dans un magazine de fans de Star Trek.

– Moi[11] ? N'importe quoi.

Si je n'avais pas eu connaissance du passé et de la cruauté vengeresse de Maggie Mason, je l'aurais crue. Elle semblait tellement sincère… que c'en était effrayant. D'un autre côté cependant, je me disais que si Maggie savait tout ce que je savais d'elle, elle n'aurait même pas essayé de nier.

– C'est con qu'on sache pas qui est cet artiste saugrenu, dit-elle. On aurait pu aller chez lui.

– Je n'ai pas le souvenir d'avoir entendu Grace prononcer son nom, et Roo a été incapable de me le donner. Il a un petit copain, un médium et il a peur de sa mère.

– Autant chercher une aiguille dans une botte de foin.

Mon portable sonna. Maggie sursauta.

– Désolée, fis-je en décrochant.

C'était ma source qui bossait dans les taxis. Il m'avait dégoté le numéro de mobile du chauffeur de la voiture BF62 et avait prévenu le type que j'allais lui passer un coup de fil.

Celui-ci se rappelait très bien la vilaine moumoute. Par contre, il ne se souvenait pas de la physionomie de son porteur, à part de la couleur de ses yeux : marron. Effectivement, lors de la scène qui s'était déroulée chez Tamayo, j'avais moi aussi remarqué que Moumoute avait les yeux marron. Mais

---

11   En français dans le texte. (N.d.T.)

au restaurant thaï, je le revoyais avec les yeux bleus. Pourquoi ? L'éclairage du resto était-il trompeur ? Ou ma mémoire me jouait-elle des tours ? Avec l'âge, la surcharge de données que je lui impose, les expérimentations sur les substances hallucinogènes et les événements traumatiques que j'ai vécus, ma mémoire, comme celle du toréador, a peut-être fini par en prendre un coup.

BF62, Jean-Michel de son prénom, avait conduit Moumoute à l'angle de Park Avenue et de la Trentième Rue. Après avoir payé la course, Moumoute avait enlevé sa perruque. Il était descendu de voiture, avait traversé la rue et cherché, en vain, à héler un autre taxi. BF62 avait fait demi-tour et repris à son bord ce mystérieux personnage. D'après Jean-Michel, Moumoute ne s'était pas rendu compte qu'il était remonté dans le même taxi. Selon toute évidence, il voulait faire son trajet dans deux voitures différentes, afin de n'être pas pistable.

Mais oui ! Je comprenais maintenant pourquoi la perruque et les yeux marron/bleus. En y repensant, je me rappelai que le gars que j'avais fait fuir de chez Tamayo était légèrement moins baraqué que celui que j'avais vu au resto thaï. La moumoute était un accessoire destiné à attirer le regard. On ne voyait qu'elle et, en conséquence, on ne prêtait pas attention aux traits de celui qui la portait. Une vieille ruse, employée par les malfaiteurs de tous temps. Pour ne citer qu'un exemple récent, dans les années 1980, à Westchester, plusieurs cambriolages avaient été commis par un gang de Noires aux cheveux poil de carotte se faisant passer pour des femmes de ménage. Les préjugés raciaux des mémères blanches nourries au Slimfast qui s'étaient fait voler avaient joué en faveur des truandes. Lorsque les victimes allaient porter plainte, elles étaient incapables de donner un signalement plus précis que : « C'était une Noire avec les cheveux teints en roux. »

De Park Avenue, le mystérieux passager s'était fait emmener à Bowery, un tout petit peu plus loin que Bleecker Street. BF62 l'avait déposé devant un bar du nom de Bus Stop Bar & Grill. En descendant de voiture, Moumoute avait remis sa moumoute.

Je résumai la situation à Maggie :

– Le type à la moumoute est allé à ce bar dont j'ai trouvé une pochette d'allumettes dans *Le Piège à hommes*, le Bus Stop Bar & Grill. J'y retourne.

– Je viens avec toi, déclara Maggie.

– Ce n'est pas nécessaire.

– Grace Rouse m'accuse d'avoir tué Gerald. Je veux tirer cette histoire au clair, siffla Maggie de sa voix malfaisante. Puis, se radoucissant : et je veux voir les amoureux réunis.

– Ouais, moi aussi, bien que nous sachions pertinemment, toi comme moi, qu'ils courent à l'échec. Ce petit prince est gâté jusqu'à l'os, et en pleine puberté ! Ses hormones le travaillent. Il n'y en a pas pour longtemps avant qu'il aille chercher en dehors du mariage. Et elle, ce n'est qu'une petite ingrate, exigeante et...

– Ce n'est pas le moment de jouer les cyniques.

Nous sortîmes du Chelsea par le sous-sol, aussi prudentes que des agents du Mossad, plaquées contre les murs, braquant notre lampe torche dans chaque recoin et couloir. Dans la Vingt-Deuxième Rue, nous prîmes un taxi. Nous avions toutes deux des manteaux réversibles et des foulards, déguisement économique et permettant un travestissement rapide. J'étais armée du flingue de M^{me} Ramirez. Maggie s'était munie d'un atomiseur au poivre.

– Il faut que je te prévienne, dis-je à Maggie, le patron du bar où nous allons, Le Puant, il sent mauvais.

– Génial, le surnom.

– Sa femme, Irene, a perdu l'odorat.

– Il sent et elle sent pas ?

– Il sent assez pour deux. Et c'est un gros dragueur. Quant à elle, elle m'a l'air d'une jalousie terrible.

– À ton avis, elle est jalouse parce qu'il est dragueur ou il est dragueur parce qu'elle est jalouse ?

– J'en sais rien.

– Il s'est mis à puer quand elle a perdu l'odorat ?

– Je dirais que oui.

– Sans sa femme pour lui dire de se laver, il est devenu un gros porc, c'est ça ? C'est marqué dans *Le Piège à hommes* : les hommes sont des animaux dotés d'une intelligence limitée qu'il faut éduquer et surveiller.

– Ah ouais ? C'est aussi ce qu'en pense Grace Rouse.

– C'est là ? Le Bus Stop Bar & Grill ?

– Ouais, on y est.

Par chance, Le Puant n'était pas là. Il était chez son frère, qui tenait un garage au coin de la rue.

– Enfin, c'est ce qu'il m'a dit, ajouta Irene sur un ton suspicieux.

Elle semblait intriguée par ces deux femmes qui voulaient absolument parler à son mari, d'autant plus que moi, ce n'était pas la première fois qu'elle me voyait. Je lui rappelai que j'étais une amie de Tamayo. Comme Miriam et Edna, elle me posa tout un tas de questions à propos de Tamayo.

– Vous êtes sûres que c'est pas un prétexte pour venir voir Le Puant ? nous demanda-t-elle.

– Je vous jure que non, la rassurai-je.

– Pourquoi ? Qu'est-ce qu'il a qui cloche ?

Elle avait à présent une voix accusatrice. Sans doute serait-elle tout aussi contrariée si nous n'étions pas intéressée par Le Puant que si nous l'étions.

– Il n'est pas notre type d'homme. Nous ne sortons qu'avec des Noirs et des Coréens, dis-je.

Ma réponse parut la satisfaire. Je lui réexpliquai que je cherchais Nadia et mentionnai l'homme à la moumoute qui était venu en taxi à son resto.

– Ils étaient deux, avec ces horribles moumoutes, m'informa-t-elle. Ils sont arrivés l'un après l'autre. Ils cherchaient la fille, elle était pas là, alors ils sont restés pour l'attendre. Ils ont bu du rouge en discutant dans une langue étrangère.

– Portaient-ils des croix qui ressemblaient à celle-ci ? lui demandai-je en lui montrant la croix de saint Michel.

– Je crois pas. Attendez, laissez-moi réfléchir… Je sais pas, tout ce que je me rappelle, c'est qu'ils avaient tous les deux ces atroces perruques et qu'y en avait un qui avait les yeux bleus et l'autre, les yeux marron.

– C'était bien cette fille qu'ils cherchaient ? lui demandai-je en lui remontrant la photo.

– P't'être bien.

– Vous ne l'avez pas vue ?

J'avais l'impression qu'elle ne nous disait pas tout : à part quand elle nous jetait des œillades mauvaises, elle n'avait pas le regard franc.

– Non.

– Comment se fait-il que ces deux types soient venus chercher Nadia chez vous ? L'un d'eux avait dû la suivre jusqu'ici… Écoutez, si vous savez quelque chose, dites-le-moi. C'est important, et urgent. Faites-le pour Tamayo.

Après m'avoir longuement dévisagée, elle finit par admettre :

– Nadia a passé deux jours chez nous. J'ai accepté de l'héberger parce que c'était une amie de Tamayo.

– Pourquoi me l'avoir caché ?

– Elle et Tamayo m'ont dit de me la boucler, que c'était la vie de la fille qui en dépendait. Je l'aimais pas, cette fille, mais je veux pas avoir sa mort sur la conscience.

– Donc elle a passé deux jours ici. Et après ?

– Je l'ai foutue dehors. Elle faisait du gringue au Puant. Je la loge sous mon toit et elle fait des avances à mon homme… Vous parlez d'un remerciement !

– Il y a beaucoup de femmes qui font du charme à votre mari ? s'enquit Maggie.

– Ouais. Il les fait toutes craquer.

– Où Nadia est-elle allée en partant de chez vous ? repris-je.

– Je l'ai mise dans un taxi et je l'ai envoyée chez ma sœur, dans le Queens. Elle est veuve, ma frangine. Un peu de compagnie, ça lui fait plaisir. Et depuis qu'elle a la goutte, elle a bien besoin d'aide. Nadia est restée chez elle jusqu'à hier. Je sais pas où elle est allée.

– Où dormait-elle quand elle était chez vous ? Elle n'a rien laissé ?

– Suivez-moi.

Irene nous fit passer sous une couverture qui masquait une porte, puis nous traversâmes un couloir éclairé par une ampoule nue, menant au vestiaire des employés. Un robinet gouttait bruyamment. Les murs blancs et fissurés étaient couverts de posters à moitié décollés des services sanitaires et sociaux.

– Le Puant et moi, on vit en haut, nous dit Irene. Je voulais pas d'elle à l'étage, alors je l'ai casée ici, dans la réserve.

Elle ouvrit la porte d'un réduit où étaient entreposés de grandes jarres d'œufs au vinaigre, des boîtes de ketchup géantes, des torchons et des tonneaux de vin. Un maigre matelas était étendu au milieu. Entre la paillasse et les murs, il y avait à peine dix centimètres.

– Elle était un peu à l'étroit, mais au moins, elle risquait rien ici. La porte de la réserve ferme à clé. Et la nuit, on met des barres et une alarme à l'avant. En plus, quand on ferme la boutique, on fait descendre les deux dobermans dans le resto. C'est pour ça que Tamayo nous a choisis, je suppose.

– Nadia a-t-elle passé des coups de téléphone de chez vous ? A-t-elle mentionné des noms ? Parlé de ce qu'elle faisait à New York ?

– Elle a dit qu'elle restait chez nous jusqu'à ce que les choses se calment à l'endroit où elle était avant et qu'elle puisse y retourner chercher un truc. J'en sais pas plus.

Avant de partir, je demandai encore à Irene :

– D'où connaissez-vous Tamayo ?

– On est allés voir son spectacle à Atlantic City, dans un grand hôtel, avec Le Puant. À la fin, on est allés bavarder avec elle et son jules, l'ancien, celui d'avant Buzzer.

– Tamayo draguait Le Puant ? me renseignai-je.

– Non, par miracle, elle lui a jamais fait du rentre-dedans. Elle le taquinait, elle disait que son surnom, c'était parce qu'il cocottait. Ça nous faisait bien marrer.

– D'où lui vient son surnom ?

– C'est ses potes du poker qui lui ont donné, parce qu'aux cartes, c'est un vrai puant. Et maintenant, c'est pas la peine d'aller le voir au garage.

– D'accord, Irene, on n'ira pas, lui dit Maggie.

– Vous promettez ?

– Promis.

Irene nous fit sortir par la porte de derrière. Nous retournâmes nos manteaux et hélâmes un taxi.

– Elle est jalouse comme une tigresse mais je la trouve sympathique, commenta Maggie. Elle se fait carrément des films sur son mari, non ?

– Ouais, j'avais presque envie de lui dire : Irene, votre homme n'est pas si séduisant que ça, ne vous faites pas de souci, il ne risque pas de vous faire cocue, tant qu'il ne tombe pas sur des femmes qui ont perdu l'odorat dans un accident industriel. Le problème, c'est que personne ne le lui dit. Les gens sont trop polis.

– Ou trop salauds. D'où elle les sort, toutes ces rivales imaginaires ?

– Ma théorie, c'est que les femmes sont flattées par le manège de ce gros cochon. Elle sont gentilles avec lui parce qu'elles sont bien élevées et parce qu'il n'est pas méchant. Et Irene prend leur condescendance pour de la drague.

– C'est dommage, j'aurais bien aimé le rencontrer. Pourquoi tu ne lui as pas dit la vérité sur son mari ?

– J'sais pas. Je les trouve romantiques, dans leur genre. Il pue et elle ne sent rien. Il se trouve irrésistible, et elle le trouve irrésistible. Ils sont faits l'un pour l'autre.

– À ton avis, ils sont heureux ?

– D'après le peu que j'ai vu d'eux, il me semble que oui, bizarrement…

– Bien sûr qu'ils sont heureux.

– Je me demande s'il est vraiment séducteur dans l'âme ou s'il joue les tombeurs pour qu'Irene continue à s'intéresser à lui. Tu ne vas pas me dire qu'il y a des femmes avec qui ça marche ?

– L'amour est si mystérieux, soupira Maggie. Peut-être que Nadia et Rocky sont heureux, eux aussi, à leur façon.

Maggie s'était mise dans la tête que les tourtereaux étaient romantiques et elle n'en démordrait pas. Elle me paraissait si gentille, si humaine, que je me demandai un instant si Mike n'avait pas un peu grossi le trait en me la décrivant comme la pire des vicieuses. Puis je me souvins de ce qu'il m'avait raconté de ses accès de rage intempestifs : elle pouvait être douce comme un agneau, réfléchie, humaine, et tout d'un coup, souffler des flammes par les naseaux. Moi aussi, ça m'arrive de sortir subitement de mes gonds, mais chez Maggie, d'après Mike, c'était chronique, aussi régulier que le tic-tac d'une horloge.

Daisy, la sœur d'Irene, habitait à Corona, dans le Queens, dans une maison mitoyenne de briques jaunes avec une petite cour envahie par les mauvaises herbes. Elle mit un moment à venir nous ouvrir, « à cause de sa goutte », dont elle s'excusa en boitillant vers un gros fauteuil inclinable en vinyle vert, rafistolé plusieurs endroits avec du scotch marron.

De l'extérieur, sa maison donnait l'impression d'être occupée par une personne tout à fait normale. À l'intérieur, tout était aussi très banal : les meubles en contreplaqué imitation chêne, les napperons en dentelle sur les tables, la couverture au crochet rouge et blanche sur le canapé beige pied-de-poule. Rien que de très ordinaire, si ce n'étaient les nains, une centaine de nains en céramique, joufflus et joviaux, qui nous observaient de leurs étagères, du sommet de la télé, de la tablette de la cheminée, des tables basses et des guéridons d'angle. Flippant. Ces nains confirmaient ma théorie que les gens normaux et ordinaires n'existent pas. Grattez le vernis, franchissez leurs portes closes et vous verrez que les gens sont tous fous.

— Vous avez de jolis nains, dis-je.

— Merci. J'en ai plus de 700. J'ai commencé ma collection il y a trois ans. Alors, comme ça, vous êtes venues me voir pour me poser des questions sur la fille ?

– Oui. Elle…

– Je l'ai prise chez moi parce qu'Irene m'a dit qu'elle me donnerait un coup de main, qu'elle irait me faire mes commissions. C'est que je ne peux plus marcher comme avant, moi, et j'ai besoin de quelqu'un pour m'aider à faire mes bandages, parce que je ne peux plus me baisser jusqu'à ma cheville. L'infirmière ne vient pas tous les jours et…

– Combien de temps est-elle restée chez vous ?

– Juste un jour, et puis elle a disparu. Je lui ai demandé d'aller me chercher mes pansements dans la salle de bains et de me réchauffer une serviette dans le sèche-linge. Elle s'est levée, elle est sortie de la pièce et je ne l'ai qu'entendue claquer la porte d'entrée. Elle n'est pas revenue. C'était hier soir.

– Vous savez où elle a pu aller ?

– Aucune idée, Robin. Elle n'avait pas beaucoup de sous, répondit Daisy.

– Vous êtes sûre ? intervint Maggie.

– C'est ce qu'elle m'a dit.

– Est-ce qu'elle vous a parlé de son pays natal, ou des amis qu'elle avait en Amérique ?

– Elle n'arrêtait pas de se plaindre. Le lit était trop dur, elle n'aimait pas mon soda, je regardais des niaiseries à la télé, les nains lui faisaient peur. Les nains lui faisaient peur ! Ils sont pas mignons, mes nains ?

– Où dormait-elle ?

– Dans la chambre de derrière.

– Est-ce qu'elle a laissé quelque chose ?

– Un sac en toile. Elle a dû mettre toutes ses affaires dans la valise. C'est plus pratique. Allez donc voir.

La chambre était encore plus sinistre que le salon. La pièce était beaucoup plus petite et contenait dix fois plus de nains. Le sac en toile noire de Nadia gisait sur le lit.

– Merde, il est vide, constata Maggie.

– Prends-le quand même.

– Tant que vous y êtes, nous lança Daisy, vous pouvez me rapporter un soda au céleri de la cuisine ? Ça m'évitera un voyage.

– D'accord, lui répondis-je.

– Je vais voir si Nadia n'a rien oublié dans la salle de bains, me dit Maggie.

Dans la cuisine, des nains étaient juchés sur le plan de travail et sur le frigo. J'en découvris même dans un placard, entre des bocaux.

– Merci de nous avoir reçues, dis-je à Daisy en lui tendant son soda au céleri. Vous n'avez personne pour vous aider ?

– L'infirmière vient quatre jours par semaine, mais les autres jours, et le soir, je suis toute seule. J'ai demandé aux gamins du quartier de m'aider à faire mes bandages. Je leur ai proposé vingt-cinq cents pour ce petit boulot, mais ils ne veulent pas.

– Vous leur avez offert vingt-cinq cents et ils ont refusé ?

– Ouais. Je crois qu'ils ne comprennent pas l'anglais, ces mômes.

– Sûrement. Quelle honte. De quel cabinet dépend l'infirmière qui s'occupe de vous ?

– C'est une nonne du couvent de la Visitation du Queens. Elles dépendent du diocèse Sainte-Anne.

– Vous êtes contente de votre infirmière ?

– Consuela ? Oh, oui. Regardez, elle est en photo, là, avec son mari Rene et leurs enfants. Des gosses adorables.

– Vous n'avez pas d'enfants, Daisy ?

– Non. Je me suis mariée tard, et puis on a eu cet accident, avec ma sœur, à l'usine de pesticides où on travaillait, toutes les deux. On n'a pas pu avoir d'enfants.

– Moi non plus je ne peux pas avoir d'enfant.

– Vous voulez un nain ? me demanda-t-elle, soudain radieuse. Prenez un nain. Il vous portera bonheur.

Ces centaines de nains n'avaient pas apporté beaucoup de bonheur à la pauvre Daisy, pensai-je. Mais qui sait ? Les malheurs dont la vie l'avait accablée l'avaient peut-être préservée d'un plus grand désastre.

Elle offrit aussi un nain à Maggie. Un nain portebonheur.

Dès que nous fûmes sorties de chez Daisy, je téléphonai à mon assistant Tim.

– Vous pouvez faire le nécessaire pour qu'une infirmière vienne trois jours par semaine chez cette dame ? lui demandai-je.

Parfois, c'est bien d'avoir du pouvoir. Je lui indiquai le nom de Daisy, son adresse et les problèmes de santé dont elle souffrait.

– Vous ferez passer ça dans les frais de promotion divers, ajoutai-je.

– Je ne sais pas si c'est une bonne idée, objecta Tim. Il y a un complot qui couve, ici. À votre place, je ne ferais rien qui puisse…

– Relaxez-vous, Tim ! Je vous ai dit que Jack Jackson ne me virerait pas. Je vous assure. Et je vous promets que vous ne vous ferez pas engueuler à cause de moi.

– O.K., dit-il. À propos, que s'est-il passé quand vous étiez en Russie ? Jerry a fait une allusion…

– Tim, personne ne m'avait prévenue que lorsqu'on offre des fleurs à quelqu'un, en Russie, le bouquet doit toujours être composé d'un nombre impair de tiges. La femme d'une grosse huile de la télé russe m'a invitée à dîner. J'ai acheté une douzaine de roses. Or, en Russie, il n'y a qu'aux enterrements que l'on apporte un nombre pair de fleurs. Cette femme était très superstitieuse. Elle a pris ça pour un mauvais présage. Le Protocole avait omis ce détail sur la liste qu'ils m'ont faxée. Ce n'était pas de ma faute.

– Peut-être que je devrais envoyer un panier de mets fins à cette femme, suggéra Tim. Et une lettre d'excuses.

– Tim, vous êtes le meilleur.

– On cherche Nadia où, maintenant ? me demanda Maggie quand j'eus raccroché.

– J'en sais rien. Irene a dit qu'elle allait se cacher jusqu'à ce qu'elle puisse retourner à l'endroit où elle était avant, au Chelsea, je présume, pour aller chercher Rocky.

– Nadia vit vraiment une aventure romantique, tu ne trouves pas ? Le type qui devait vendre son icône a été assassiné, elle a perdu son fiancé, elle a dormi au milieu des œufs au vinaigre et des nains et elle a pansé la jambe d'une veuve atteinte de la goutte.

– Rocky aussi s'éclate bien. Il est au couvent, à frotter les sols, et une vieille grincheuse plus catho que le pape lui fait son éducation religieuse.

– Ces expériences les préparent au mariage. Tu as été mariée ? Mais oui, que je suis bête, c'est toi qui as fait bouffer sa chemise préférée à ton mari.

– Je ne la lui ai pas fait bouffer. À l'époque, j'étais une autre personne. Et toi, tu as été mariée ?

– Non, mais j'ai failli, avec mon Irlandais.

– Mike ?

– Ouais. Je t'ai dit son nom ? Ou c'est Tamayo qui t'en a parlé ?

– Tu m'as dit son nom.

– Jusqu'au gars avec qui je suis en ce moment, Mike était le grand amour de ma vie. Il a bossé à la télé. Tu connais le All News Network ?

– Oui.

– Il travaillait pour cette chaîne. Et toi, t'es à quelle chaîne ?

– Worldwide Women's Network, WWN.

– Michael, Michael, Michael… Je pense encore à lui. Mais si nous étions restés ensemble, je n'aurais jamais rencontré l'homme de ma vie. Oh, j'allais oublier, il faut que je l'appelle. Je peux t'emprunter ton portable ?

– Bien sûr. Tiens.

– Ça risque de coûter cher…

– C'est ma boîte qui paye.

– Je téléphone à l'étranger. Tu es sûre que ça ne va pas apparaître sur la facture et te causer des ennuis ?

– Je téléphone très souvent à l'étranger pour mon boulot. Vas-y.

J'appréciais sa considération. Sans Mad Mike, nous serions certainement devenues amies. Mais voilà, deux personnes qui ont un truc à se reprocher, surtout lorsque l'une des deux est plus rancunière qu'un Hutu, ne peuvent que rarement devenir de vraies amies. Quand nous aurions retrouvé Nadia, il faudrait que nous poursuivions notre route chacune de notre côté.

Maggie me tourna le dos et composa un numéro.

– Merci, me dit-elle en attendant d'avoir la ligne. Allo ? C'est Maggie[12].

Elle débita toute une série de phrases en français. Je ne saisis que quelques mots et quelques expressions – dont « je t'aime aussi » et « sexe » –, mais je sentis mon estomac se nouer.

– Il est Français, ton homme ? lui demandai-je quand elle eut terminé.

– Oui, répondit-elle rêveusement.

– Il habite à Paris ?

---

12  En français dans le texte. (N.d.T.)

– Oui. Quel cliché guimauve, hein ? Tomber amoureuse à Paris. Mais c'est comme ça que ça s'est passé. Je n'y peux rien.

– C'est aussi un ami de Tamayo ?

– Bien sûr.

À chacune de ses réponses, mon estomac se contractait un peu plus.

– Je ne veux pas parler de lui, tu te souviens ? Je ne parle pas de lui à mes copines et je ne lui parle pas de mes copines. C'est un conseil du *Piège à hommes*, un bon conseil. Alors ne me tends pas la perche, s'il te plaît.

Je continuai néanmoins à lui tendre la perche.

– Allez, tu as envie de parler de lui. Il te manque. Comment il s'appelle ?

Il s'appelle Pierre ? étais-je tentée de lui demander. C'est un génie ? Il est physicien ? Il habite dans un studio près de la rue du Chat-qui-Pêche ? Il t'a emmenée au Café Nous près de la rue Jacob, ce bistrot tenu par une vieille femme qui a du poil au menton, qui s'appelle Madeline et qui a travaillé entre-les-deux-guerres dans l'un des plus célèbres bordels de la ville ? Il te réveille le matin avec des bisous et du café fumant ? Il t'envoie des mots d'amour parlant de «trucs cochons à distance» entre «photons emphatiques» et de «partenaires quark exotisme et charme» en te demandant : «De nous deux, qui est quoi ?»

Mais si je posais ces questions, ça voulait dire que je le connaissais. Oh, nom de Dieu ! Et si j'avais eu une aventure avec son homme ? Non, ce n'était pas possible. Maggie n'était pas le genre de Pierre, et Tamayo connaissait sûrement plein d'autres Français.

– Non, vraiment, je ne veux pas parler de lui. Et je sais que j'ai raison de ne pas vouloir en parler. Ce serait violer l'intimité de notre relation naissante. Ça va ? Tu es toute pâle.

– Ouais, ouais, ça va.

– Alors, où on va ?

– Je sais pas.

– Laisse-moi réfléchir. Grace est allée passer de la pommade à un artiste gay…

– Qui est suivi pour problèmes de drogue et qui a un médium…

– Certainement quelqu'un qui va bientôt exposer à sa galerie…

– Il boit du D$^r$ Pepper, me rappelai-je.

– Ruck Urkfisk !

– Il est homo ?

– Bi, à voile et à vapeur. Il a des phases gars et des phases filles. Jamais les deux à la fois. Chauffeur, conduisez-nous à Ludlow Street.

Et elle se mit à fredonner une chanson populaire française. Je ne me souvenais pas du nom du chanteur, mais je reconnaissais l'air, la chanson préférée de Pierre.

# 13

Quand nous arrivâmes à Ludlow, Grace Rouse et Ruck Urkfisk étaient en train de monter dans un taxi, ce qui nous donna l'occasion de dire à notre chauffeur : « Suivez ce taxi. » Nous le filâmes jusqu'au Kafka's, dans le Meat Rack, le quartier des abattoirs, dans le Lower East Side. Il y avait un « performance-arthaton » au Kafka's, une collecte de fonds pour les arts, et l'entrée était de cent dollars par tête. Je payai avec ma carte de crédit professionnelle. Les bénéfices étaient soi-disant reversés à une campagne d'éveil à l'art destinée aux enfants défavorisés.

Le Kafka's n'était éclairé que par des piliers de néon bleu et il y faisait très sombre, à part au centre de la salle où, sur une scène ronde surélevée, illuminée par des projecteurs, un performer coupait les cheveux d'un gars sur fond de punk rock, un morceau de Richard Hell and the Voidoids me semblait-il. Un rasoir électrique dans une main, plongeant l'autre tour à tour dans différents pots de gels fluo, « l'artiste » improvisait sur la tête de trois modèles, enlevant par-ci des touffes entières d'un revers de poignet enlevé, façonnant par-là des formes colorées.

– Où sont passés Grace et Urkfisk ? chuchotai-je à Maggie.

– J'en sais rien.

– Allons nous chercher un verre, proposai-je. Je crève de soif. Ensuite, on se séparera pour essayer de les trouver.

Au bar, c'était la bousculade, et il nous fallut jouer des coudes pour obtenir notre consommation gratuite, un soda, une bière ou un cocktail à base de Blavod, une vodka noire teintée par une herbe insipide. Cette vodka noire n'était pas mauvaise du tout, et elle cachait la blatte morte enchâssée dans le pied des verres en Lucite du Kafka's. La vodka ne me réussissant pas, cependant, je commandai un Seven Up et, mon verre à la main, me frayai un passage dans la foule.

Une fois que mes yeux se furent accommodés à la pénombre, je reconnus des visages familiers : des gens que j'avais croisés à l'hôtel, des amis d'amis, mais surtout des têtes que j'avais vues dans les pages People de la presse. J'évitai consciencieusement Howard Gollis, ce comique incroyablement sexy et complètement cinglé avec qui j'ai eu une brève aventure après m'être remise de mon divorce et après que mon chum transitionnel eut transité, et me laissai éviter par Gus, un acteur avec lequel je n'ai pas été très gentille. À l'époque, j'étais empêtrée jusqu'au cou dans une affaire de meurtre et j'avais été vraiment infecte avec lui, mais c'était pour une noble cause : tenter de sauver le monde. Le fait de le revoir fit déferler sur moi une vague de regrets.

Le décor du Kafka's, les performances des artistes, mes ex… J'étais en plein univers fellinien.

Le coiffeur avait terminé son show. Lui succéda un homme qui enfonçait un clou dans le sol à coups de marteau. Son numéro fut bref et provoqua le rire général, pour une raison que je ne saisis pas. Entra ensuite en scène la Boule à Facettes Humaine, dans un costume couvert de petits miroirs, un peu comme la table basse de Tamayo. D'autres personnes tenaient des lampes de poche ou des plaques d'aluminium réfléchissantes qui produisaient des rais et des circonvolutions de lumière lorsque le gars bougeait. Grâce à ces éclairs lumineux, je repérai Grace Rouse au fond de la salle, au milieu d'un groupe de spectateurs.

À ses côtés se tenait un grand gaillard à l'air bizarre qui devait être Ruck Urkfisk. Il avait la peau très pâle et les joues roses. Ses cheveux blond roux étaient auréolés d'un halo lavande créé par les néons bleus. Les cheveux auburn flamboyant de Rouse diffusaient une aura violet foncé. Elle discutait avec Miriam Grundy. Tandis que je me rapprochais d'eux, la Boule à Facettes Humaine salua et Howard Gollis s'avança sous les feux des projecteurs. Son numéro du jour consistait à déblatérer des obscénités en imitant successivement les voix de Donald Duck et de Rudy Giuliani. Il gueulait comme un putois et tant qu'il n'aurait pas fini, il était inutile que j'aille essayer de parler à Rouse ou à Grundy. Je me retirai donc dans l'ombre pour attendre qu'il ait terminé. Quand il fut descendu du podium, la maîtresse de cérémonie, une petite femme aux allures de lesbienne avec de grosses lunettes rondes, annonça un entracte de quinze minutes avant la deuxième partie du show. Pendant ce temps, l'artiste suivant allait installer ses accessoires et moi, j'allais pouvoir parler à Grace Rouse et à Miriam Grundy.

Manque de bol, Miriam Grundy se dirigeait vers la sortie et Grace Rouse partait vers un coin de la salle. Elle se retourna et me vit. Il me fallait choisir entre Grundy et Rouse. Je décidai de suivre Rouse et Urkfisk. Ils prenaient l'escalier qui montait au salon des V.I.P.

Au pied des marches, un videur m'intercepta.

– Il faut que je parle à Grace Rouse. J'ai un message important de la part de Miriam Grundy à lui transmettre.

Il était hésitant.

– Je vous assure. Il faut absolument que je lui parle…

– Je vous connais de quelque part, me dit-il. Vous êtes une amie de Tamayo Scheinman ?

– Oui !

– Robin, c'est ça ?

– Ouais !

– Allez-y.

Je n'ai pas eu souvent l'occasion de fréquenter les salons V.I.P. et les rares fois où j'ai pu jouir de ce privilège, c'était parce que j'étais avec des amies célèbres, soit Tamayo, soit Claire. Tous les clubs branchés de New York ont un salon V.I.P., paraît-il, un endroit où les célébrités peuvent se retrouver entre elles sans se faire emmerder par le citoyen ordinaire.

Parfois, j'ai l'impression que la seule chose qui unit les célébrités, c'est la célébrité. Un jour, je suis allée dans un salon V.I.P. avec Claire, où nous nous sommes retrouvées avec un rappeur du nom de Sugar, une top-modèle maigre comme un roseau avec un nom scandinave à coucher dehors, et Salman Rushdie (qui, figurez-vous, sort beaucoup plus que moi).

Le salon V.I.P. était éclairé par les mêmes piliers de néon bleu que la salle du bas et l'on n'y voyait pas grand-chose. La pièce était presque vide. Dans un coin, une jeune femme qui ressemblait vaguement à la fille qui joue dans cette série télé pour ados avec cinq orphelins embrassait à pleine bouche un gars qui joue dans *American Pie*. Ou dans l'un des Scream ? Sur un canapé, un type bien mis disait dans un téléphone portable qu'il fallait « enfermer ce metteur en scène ». Je n'avais pas la moindre idée de qui il était.

Rouse n'était pas là, pas plus que celui que je supposais être Urkfisk. Puis je distinguai un autre escalier, une sortie dérobée permettant aux célébrités de filer à l'anglaise. Je l'empruntai et arrivai à une porte donnant sur un terre-plein de ciment abrité par un auvent de tôle noire. Cinq marches métalliques menaient à la rue, où flottaient des relents de viande avariée s'échappant de la boucherie de gros voisine.

Je regardai de chaque côté de la sombre ruelle pavée. Rouse et son peintre déjanté avaient déjà disparu. Maggie sortit par la porte principale et me vit.

– Où tu étais passée ? Où est Grace Rouse ?

– Elle est partie avec Urkfisk.

– Ils ne sont pas restés longtemps.

– Elle m'a vue. Peut-être qu'elle s'est sauvée justement parce qu'elle m'a vue et qu'elle ne tenait pas à me voir, dis-je. Miriam Grundy n'est pas restée longtemps non plus.

– Elle ne reste jamais longtemps dans ces trucs-là. Elle fait juste une apparition pour que la presse parle d'elle. Elle aime qu'on s'intéresse à elle, et les bonnes œuvres n'en demandent pas plus : que Miriam attire l'attention sur leurs activités.

– Où Grace et Urkfisk ont-ils pu aller ?

– À l'atelier d'Urkfisk, pour qu'il peigne.

– La nuit ?

– C'est la nuit qu'il a le plus d'inspiration.

Nous prîmes un taxi jusqu'à l'atelier d'Urkfisk. Maggie attendit dans la voiture tandis que j'allais sonner au grand portail d'acier. Une caméra vidéo pivota vers moi mais rien ne se passa : l'interphone demeura muet et la porte, close. J'appuyai encore trois fois sur la sonnette, avec insistance. S'il y avait quelqu'un, on ne voulait pas m'ouvrir.

– Je suis sûre qu'ils sont là, dis-je en remontant dans le taxi. La caméra vidéo s'est braquée sur moi...

– C'est automatique. Quand quelqu'un sonne, la caméra se tourne vers lui.

– S'ils ne sont pas là, ils sont où ?

– Ils sont peut-être allés à une autre soirée. De toute façon, tôt ou tard, ils finiront pas revenir ici. On n'a qu'à les attendre.

Il commençait à pleuvoir. Il était hors de question que nous poireautions dans la rue. Heureusement, Sunil, notre chauffeur de taxi, déclara qu'il se ferait un plaisir d'attendre avec nous, moteur coupé et compteur en marche. Il profita de l'occasion pour lire un chapitre de son manuel de mécanique et piquer un roupillon.

– Ça t'a plu, le performance-arthaton ? me demanda Maggie.

– Y avait des trucs intéressants et provocants. Y en avait d'autres, par contre... C'était quoi, ce gars qui tapait sur un clou ?

– Il faut faire partie du milieu artistique pour comprendre. Il parodiait Mark Kostabi qui a un jour rassemblé deux cents personnes dans une galerie pour qu'ils le regardent enfoncer un clou dans le parquet.

– Pourquoi il a fait ça, Mark Kostabi, à l'origine ?

– Tout l'art du truc, c'était que deux cents pèlerins le regardent et prennent ça pour de l'art.

Elle se colla contre la vitre pour observer la rue à travers le rideau de pluie et rigola.

– Pourquoi tu ris ?

– La première fois que j'ai vu le type à la moumoute, j'ai cru que c'était une performance. Un défi aux préjugés esthétiques.

– Ça devient dur de faire la différence entre ce qui est de l'art et ce qui n'en est pas.

– Je me souviens de toi, maintenant. C'est toi, l'amie de Tamayo qui a été mêlée à des affaires de meurtre ?

– Euh, euh, fis-je.

– Elle ne t'appelle jamais par ton prénom. Elle dit toujours : « Ma copine qui a été mêlée à des affaires de meurtre. » Tu as bossé dans les news aussi ?

– Je suis à WWN maintenant, lui rappelai-je, ne tenant pas à ce qu'elle fasse le rapprochement entre moi, Mad Mike et le All News Network, la chaîne pour laquelle je travaillais avant de passer à WWN.

– Je croyais que c'étaient deux personnes différentes. Faut dire que je ne regarde pas souvent les actualités. Je n'ai même plus de télé chez moi.

– Tu n'as pas la télé ?

– Je l'ai donnée.

– Pourquoi ?

– Quand j'ai rompu avec cet Irlandais à la masse, Mike, j'ai fait une dépression. Je picolais trop, je passais mes journées scotchée devant la télé. Un jour, j'ai entendu un commentateur dire : « Ce Brady Bunch Marathon vous était présenté par Cortaid et Rice-A-Roni. » Ça m'a fait comme un déclic. J'ai pris conscience que je n'avais pas envie de gaspiller mon temps devant la télé.

– Ça, c'est de la volonté.

Pierre aussi était anti-télévision.

– On s'en passe très bien. Tu es féministe, si je ne m'abuse ?

– Définis-moi le féminisme et je te dirai si je rentre dans le cadre de ta définition.

– Pourquoi es-tu féministe ? me demanda-t-elle sans rien définir du tout.

– Parce que je n'oublie pas par où nous en sommes passées avant le féminisme, répondis-je, sans la ferveur qui m'animait quand j'étais plus jeune.

De nos jours, «féminisme» veut dire tellement de choses qu'il est difficile de se revendiquer féministe sans mentir involontairement. Et je ne parle pas de tous les stéréotypes que les féministes font peser sur vous.

– Le féminisme a fait perdre beaucoup aux femmes, poursuivit Maggie. Le féminisme a mis à nu nos combines et nos avantages, les trucs dont nous avions besoin pour jouer en terrain d'inégalité.

– Ça s'appelle l'égalité, justement.

– Ne sois pas si naïve. Il n'y aura jamais d'égalité entre les hommes et les femmes, Robin. Voilà encore un mythe perpétré par le féminisme, le mythe de la solidarité féminine.

Maintenant qu'elle m'avait donné son opinion, elle mit un terme à la discussion en se remettant à fredonner cette chanson française. J'aurais pourtant aimé lui dire que c'était difficile de ne pas être féministe quand on est allée dans des pays où les femmes se vendent comme des marchandises, où elle se font lyncher à mort pour adultère, ou tuer par les membres de leur propre famille pour avoir apporté le déshonneur sur leur clan, comme c'était sûrement le cas de Nadia. Non pas que les hommes de ces pays soient mieux lotis… Franchement, il faudrait que le féminisme évolue vers un mouvement plus large, qu'il s'intègre dans le combat pour les droits de l'homme et patati et patata.

Mais quand Maggie se mit à fredonner cet air, j'oubliai instantanément la Grande Cause de la Suffragette. C'en était trop pour une simple coïncidence. Son chéri et Pierre ne faisaient qu'un, ça crevait les yeux. Comment Pierre pouvait-il préférer Maggie à moi ? J'avais été adorable avec lui, tout le temps… Eh oui, il me faisait cet effet. J'avais eu l'impression que nous étions compatibles, qu'il y avait quelque chose qui passait entre nous…

Or voilà, la différence entre Maggie et moi, c'était qu'elle, elle pouvait communiquer avec Pierre. Elle avait fait les Beaux-Arts et été modèle à Paris, elle connaissait la ville et elle parlait français.

Soudain, je me sentis plus féministe que jamais. Maggie, ma sœur, devait savoir que j'étais sortie avec Pierre à Paris. C'était à LUI, merde, qu'il fallait s'en prendre. Mais lorsque nos tendres petits cœurs sont épris, nous ne sommes plus très objectives. J'étais en colère contre lui, en colère contre Tamayo qui avait involontairement joué les entremetteuses, en colère contre moi, pauvre gourde que j'étais, et encore plus en colère contre Maggie, qui s'était amourachée d'un homme duquel j'avais à présent l'impression d'être moi aussi amoureuse et qu'elle avait réussi, avec cette abomination anti-féministe de *Piège à hommes*, à faire tomber amoureux d'elle. J'étais dégoûtée de la vie, emmerdée de me retrouver dans cette situation gênante, et surtout, j'avais très peur du courroux de Maggie si jamais elle découvrait le pot aux roses.

Pierre était un salaud, un faux cul. Quoique… Ne m'avait-il pas parlé d'elle, d'entrée de jeu ? Je n'ai qu'une maîtrise très approximative de la langue française, mais il m'avait semblé comprendre un truc dans ce goût-là… En français, ou dans son anglais d'inspecteur Clouseau, il m'avait tout de suite mise au parfum. Et moi, j'avais répondu en anglais. Peut-être avait-il cru que j'acceptais.

Maggie continuait à fredonner cette chanson à la noix, si bien que je finis par lui dire :

– Tu ne connais pas d'autres chansons ?

Elle se la ferma.

Nous attendîmes longtemps. Maggie s'endormit. Je m'assoupis. Au petit matin, Sunil le chauffeur de taxi se réveilla le premier et nous réveilla. Il ne pleuvait plus. Si Rouse et Urkfisk étaient rentrés ou sortis, c'était pendant que nous dormions à poings fermés. Le montant de la course devait s'élever à une somme largement supérieure aux revenus par tête des habitants du village de Sunil. Encore des frais de promotion divers.

– Elle nous évite, déclara Maggie.

– Pourquoi ? Remarque, c'est peut-être elle qui a tué Gerald, après tout.

– Bravo ! Tu as trouvé.

– Ce qui ne nous dit pas où est Nadia. Ni pourquoi Grace lui a téléphoné.

– À moins que… à moins qu'elle n'ait cru que Nadia était la maîtresse de Gerald, celle à qui il avait fait un gosse. Elle s'est pointée à l'hôtel pour le buter et elle a descendu Nadia par erreur. Et elle a inventé cette histoire abracadabrante, dans laquelle elle m'a mêlée, pour aiguiller les policiers et toi sur une fausse piste.

– Il faut qu'on la retrouve. D'ici une heure, je téléphonerai à Roo. Maintenant, comment on va faire pour mettre le grappin sur Miriam Grundy ?

– On va passer par Ben. Il me doit une faveur. Je me la gardais pour une situation désespérée mais…

– Je dois rentrer chez moi, intervint Sunil. Vous voulez que je vous laisse ici ?

– Laissez-moi là, dis-je. Ramenez Maggie à l'hôtel.

Tandis que la voiture s'éloignait, je m'assis sur le porche du bâtiment voisin de l'immeuble d'Urkfisk. Dix minutes plus tard, Sunil et Maggie étaient de retour. Elle sauta du taxi, me jeta un sac et remonta à la hâte dans le taxi, qui redémarra en trombe.

Dans le sac, il y avait un café et un gâteau au fromage à la framboise.

J'appréciais ses égards. Mes sentiments vis-à-vis de Maggie étaient confus. J'avais peur d'elle à cause de tout ce que Mike m'avait raconté, j'étais jalouse d'elle à cause de Pierre, mais dans l'affaire Nadia, elle était vraiment une chic fille.

Un vent marin avait soufflé et l'air était chargé d'une saveur salée et amère. Il était six heures. La rue commençait à s'animer. Assise sur les marches, je bus mon café sans quitter des yeux l'entrée de l'immeuble d'Urkfisk. J'étais sur le point d'abandonner et de regagner l'hôtel lorsque la porte s'ouvrit. Je bondis sur mes pieds.

Ce n'était ni Urkfisk ni Rouse, mais un jeune Asiatique pas mal du tout.

– Grace Rouse est là ? lui demandai-je.

– Malheureusement, oui, répondit-il. Elle va rendre Ruck cinglé.

– Qui êtes-vous ?

– Le copain de Ruck Urkfisk, Daniel.

– Il faut absolument que je parle à Grace Rouse…

– Montez, dit-il en me tenant la porte. Deuxième étage.

Grace Rouse était assise dans un fauteuil, la tête appuyée sur une main. Elle regardait Ruck Urkfisk peindre, ou plutôt contempler une toile rouge d'un œil morne, un pinceau entre les doigts. La chaîne stéréo, volume à fond, crachait une sorte d'opéra médiéval interprété par un soprano et un chœur de moines. Ni Rouse ni Urkfisk ne m'entendirent entrer. Des tubes de couleurs, des toiles et autres ustensiles étaient éparpillés sur des tables en bois brut. La pièce sentait la peinture, l'huile de lin et les solvants dans lesquels trempaient des pinceaux, dans des bocaux en verre ou des pots de yogourt. Assaillie par l'odeur, je me demandai si ces vapeurs n'étaient pas pour autant que le génie dans la réputation de fous qu'ont les artistes.

– Grace, fis-je.

Elle pionçait.

– Grace, répétai-je.

Elle ne broncha pas, mais quand Urkfisk fit un pas pour s'écarter de sa toile, elle se redressa en sursaut.

– Continue ! lui hurla-t-elle.

Puis elle me vit.

– Robin, comment avez-vous…

– Il faut que je vous parle, en privé, criai-je.

Elle se leva et alla baisser le volume.

– Ruck, je vous accorde une pause de quinze minutes.

Nous allâmes dans la cuisine. Rouse resta sur le pas de la porte pour veiller à ce qu'Urkfisk ne se sauve pas.

– Que voulez-vous, Robin ? me demanda-t-elle sans me regarder.

– Je sais que vous avez téléphoné à Nadia le jour où Gerald a été assassiné. Or quand je vous ai parlé de Nadia, vous avez prétendu ne pas la connaître.

– Quelle Nadia ?

– Nadia, l'amie de Tamayo.

– Je ne connais pas de…

– Je sais que vous l'avez appelée, Grace. Inutile de nier.

– Ah.

– Pourquoi lui avez-vous téléphoné ?

– Apparemment, Tamayo, ou une de ses amies, lui avait donné le numéro de mon domicile, pour qu'elle m'appelle au cas où elle aurait besoin d'aide.

– Vous faites partie du réseau souterrain de Tamayo ?

– Oui.

– Pourquoi ne pas me l'avoir dit plus tôt ?

– Elle m'avait dit qu'elle ne vous faisait pas confiance. C'est pour ça qu'elle m'a appelée. Elle ne vous faisait pas confiance et elle voulait que je lui trouve un endroit plus sûr où loger en attendant qu'elle puisse quitter New York avec son fiancé. À moi non plus, vous ne m'inspiriez pas confiance, me dit Rouse en se tournant vers moi et en me regardant droit dans les yeux.

– C'est drôle, répliquai-je. Parce que je suis sans doute bien plus digne de confiance que toutes les personnes à qui j'ai eu affaire depuis que je cherche Nadia. Où est cet endroit plus sûr ?

Rouse hésitait encore à me parler.

– Écoutez, je n'ai aucun intérêt personnel dans cette histoire. Je veux seulement réunir Nadia et son fiancé et ne plus entendre parler d'eux.

– Je lui ai dit d'aller chez ma tante. Mais elle n'y est pas allée. Et franchement, elle m'était complètement sortie de l'esprit. J'ai eu d'autres chats à fouetter : le décès de Gerald, mon arrestation, ce fainéant de peintre…

– Pourquoi n'est-elle pas allée chez votre tante ?

– Comment voulez-vous que je sache ? Nous n'avons eu qu'une conversation très brève. Je lui ai donné l'adresse de ma tante et je lui ai dit que Gerald et moi irions les voir, elle et son fiancé, pour nous assurer qu'ils n'avaient besoin de rien. Et puis j'ai dû prendre un autre appel. C'est tout.

À ces mots, elle se mit à pleurer en hoquetant silencieusement. La langue me brûlait de lui dire que Gerald n'était pas allé au Chelsea pour rendre visite à une maîtresse enceinte mais pour vendre une peinture intitulée *L'Enfant*. Je me retins, cependant, au cas où ce serait elle qui l'aurait tué. Très rapidement, elle retrouva sa contenance et cessa de sangloter.

– Vous avez vérifié l'alibi de Maggie Mason ? me demanda-t-elle.

– Oui.

– Elle participait à un chat sur Internet. Ce n'est pas vérifiable.

– Elle a un meilleur alibi. Elle était avec quelqu'un.

– Un ami qui ment pour la couvrir ? Maggie voulait que Gerald…

– Maggie est amoureuse d'un autre.

– Vous en êtes sûre ?

– Certaine.

Je m'abstins de préciser que Maggie était amoureuse de l'homme dont je pensais à présent être moi aussi amoureuse.

# 14

Au Chelsea, le Maître du Zen était sur le seuil de sa chambre, à soulever ses poids, les yeux perdus dans le couloir. Je me postai en face de lui. Impossible de capter son regard. Comment faisait-on pour susciter l'attention de ce type, si tant est qu'il y voyait quelque chose ?

Maggie avait scotché un mot sur la porte de Tamayo : « Edna m'a filé la liste des appels téléphoniques. Je l'épluche avec Lucia. Ben doit me rappeler. Repose-toi un peu. Je te passerai un coup de fil si nous trouvons quelque chose. »

Elle continuait à être sympa et attentionnée, à m'empêcher de la détester.

Si je me couchais, je risquais de dormir pendant une semaine. Parfois, il faut savoir serrer les dents et tenir le coup. Je frappai chez Maggie.

– Qui est-ce ? roucoula Lucia.

– Robin.

Elle mit un bon moment à venir m'ouvrir.

– Tu veux un café ? me demanda-t-elle.

– Volontiers, un grand.

Je la suivis dans la cuisine, où elle me servit une tasse de café.

– Où est Maggie ?

– Il a fallu qu'elle rappelle son chéri.

Du plafond rose de la cuisine pendaient des couverts en argent tordus. Le réfrigérateur était couvert de photos, dont une que je connaissais : un panneau de signalisation routière sur la grand-route de Kara-koram, au nord du Pakistan, disant simplement : « Relax ». Mad Mike m'avait donné la même photo quelques années auparavant, alors que nous traversions une période tendue. Ma photo à moi était partie en fumée dans l'incendie.

Sur la porte de la cuisine était affiché un poster d'Angelica Huston en Morticia Addams, avec la devise : « *Sic gorgiamus allos subjectatos nunc* – nous nous régalons de ceux qui veulent nous dominer. Et ce ne sont pas que des mots… » Par masochisme, je cherchai des signes de Pierre, mais n'en trouvai aucun, à part un plan du métro parisien punaisé sur un tableau d'affichage.

Maggie, toujours au téléphone, passa la tête dans la cuisine et nous fit signe de nous installer dans le salon-atelier, où des toiles étaient accrochées aux murs. La peinture de Maggie était une fusion surréaliste entre le dessin style comics et le figuratif classique : beaucoup de détails réalistes mais des têtes et des muscles disproportionnés, des visages aux yeux exorbités.

– Oui, je sais[13], dit-elle dans le combiné.

– Maggie a un amoureux, me dit Lucia en me tendant un listing informatique, une liste de numéros de téléphone.

Les appels n'étaient pas répertoriés par numéro de chambre, ce qui obligeait à examiner un à un tous les coups de téléphone passés de l'hôtel ce jour-là.

– Tu le connais ? demandai-je à Lucia.

– Elle ne veut pas me parler de lui. Je crois qu'il est Français.

Je souris poliment à cette remarquable démonstration de raisonnement déductif et essayai d'écouter ce

---

13    En français dans le texte. (N.d.T.)

que disait Maggie, dans l'espoir de l'entendre appeler l'homme «Luc» ou «Michel», ou par n'importe quel prénom autre que «Pierre». Une fois de plus, je me maudis d'avoir choisi le suédois au lycée, au lieu du français.

Quand je l'entendis prononcer le mot «Sorbonne», je fus fixée.

J'avais couché avec son homme. Tout était de la faute de Tamayo, bien sûr. Pierre était un ami de Tamayo, et elle avait tout fait pour pousser Maggie dans ses bras, tout comme moi, tout comme Claire avant moi.

— Il faut que tu regardes le numéro de la chambre, me dit Lucia, voyant que je ne m'intéressais pas au listing. Pour l'instant, je n'ai repéré qu'un seul appel passé de l'appartement de Tamayo. Le numéro de téléphone est celui du traiteur.

— O.K. Voyons voir, fis-je.

Mais j'étais incapable de me concentrer sur la liste. Après plusieurs «je t'aime», Maggie raccrocha en soupirant.

— Vous avez trouvé quelque chose? s'enquit-elle.

À cet instant précis, je la haïssais.

— Pas encore, répondit Lucia.

— Du nouveau dans la presse à propos de Woznik? demandai-je.

— Grace Rouse est toujours le suspect numéro un, m'informa Maggie, c'est tout. Tous les journaux parlent des merdes d'Art Break, par contre. Mais rien de rien sur les enlèvements perpétrés par les extraterrestres.

— Et Nadia, rien de neuf?

— J'allais juste appeler Ben, l'assistant de Miriam. J'ai déjà essayé, mais la ligne était occupée. Je tombe chaque fois sur la messagerie.

– Qu'est-ce que Miriam a à voir là-dedans? demanda Lucia.

– Apparemment, Nadia avait une œuvre de valeur à vendre, pour financer sa nouvelle vie, dis-je.

– Et Gerald servait d'intermédiaire dans la transaction, précisa Maggie, le combiné du téléphone contre l'oreille. Il faisait toutes sortes de business louches dans ce genre. Miriam est une collectionneuse. Nadia avait rendez-vous avec Gerald. Nous pensons qu'ils devaient aller voir Miriam ensemble, pour lui fourguer la peinture, mais Gerald s'est fait descendre avant de rejoindre Nadia… Ben! Enfin! Je t'ai appelé je ne sais combien de fois… Oui, je sais que tu es très occupé. Miriam est là?

Manifestement, elle n'était pas là, car Maggie nous regarda en secouant la tête.

– Il faut absolument que je la joigne. C'est urgent, poursuivit Maggie. Arrête, pas à moi, s'il te plaît. Tu sais très bien où elle est. Tu me dois une faveur. Tu as son emploi du temps de la journée. Ben, je sais que tu as du boulot avec la soirée qui approche…

Elle posa une main sur le combiné et nous chuchota:

– C'est pas son jour. L'un des Swinging Miriams est malade et il n'a toujours pas trouvé de femme très grande pour la bringue de Miriam.

– Miriam donne des fêtes magnifiques, me dit Lucia.

– Dis-moi, Ben, comment va ton amant, l'homme marié, tu sais? reprit Maggie. Non, je n'ébruiterai pas tes petits secrets, Ben, mais la confiance, ça marche dans les deux sens. Hum, hum. Je crois. Merci, Ben.

– Elle est chez l'esthéticienne. Elle se fait belle; elle organise un dîner de charité, ce soir, à son atelier, nous dit Maggie en raccrochant. Lucia, tu peux continuer à éplucher la liste des appels pendant qu'on va voir Miriam ?

— Je peux faire ça, répondit Lucia.

— Si jamais tu téléphones à des gens que Nadia a appelés, sois discrète. Précise bien que tu es une amie de Tamayo…

— … et que je cherche une autre amie de Tamayo, dont je ne dois pas dire le nom. Si je trouve quelque chose, je te passerai un coup de fil. Je préfère que tu appelles toi-même.

— Tu connais le code pour frapper à la porte ? lui demanda Maggie.

Lucia tapa sur la table les premières mesures de l'ouverture de *Guillaume Tell*.

— Bien. Ne laisse entrer personne qui ne connaisse pas le code. Si quelqu'un frappe autrement, tu n'ouvres pas. Tu ne fais pas de bruit et tu appelles Victor, de la sécurité.

— Oui, Maggie.

— Tu as le numéro du portable de Robin. Dès que tu trouves quelque chose, passe-nous un coup de fil.

Nous dûmes nous faire annoncer au centre de soins Esther Fine. Une fois Miriam localisée, une esthéticienne en uniforme impeccable nous accompagna jusqu'à elle au long de couloirs rose bonbon.

L'établissement était chic, le genre d'endroits où les vieilles bourgeoises vont se faire ravaler la façade. Pas n'importe quelles vieilles peaux, toutefois. La clientèle était habillée à la dernière mode, très stylée. En 1981, m'apprit Maggie, Miriam Grundy s'était fait faire une mèche rose dans ses cheveux blancs. En 1989, elle avait eu la tête rasée, bien que normalement, elle fût plus originale. Je fis remarquer à Maggie que le centre de soins Esther Fine me paraissait bien huppé pour la bohème Miriam Grundy. Maggie m'expliqua que les riches et les artistes marchaient main dans la main. Au niveau, élevé, de Miriam dans le Monde de l'Art, elle se devait d'être aussi à l'aise parmi les banquiers conservateurs qu'au milieu des artistes anarchistes. Et à son âge, il aurait été ridicule de se priver de confort dans le seul but de se la jouer prolo.

M^{me} Grundy était confortablement installée dans un fauteuil inclinable, le visage couvert d'un épais emplâtre bleu, les cheveux ramenés en arrière sous une serviette, une grande bavette en plastique nouée autour du cou.

— Maggie, mademoiselle Hudson, nous salua-t-elle.

— Ne parlez pas, s'il vous plaît, lui conseilla l'esthéticienne.

— Miriam, il semblerait que vous soyez impliquée dans une sombre affaire, dis-je en jetant un œil à l'esthéticienne.

— Vous voulez bien nous laisser, Vera? pria Miriam.

— Il faut que ça sèche. Ne parlez pas pendant dix minutes, lui dit Vera avant de s'éclipser.

— En quoi puis-je vous être utile, les filles? nous demanda Miriam en essayant de ne pas remuer les lèvres.

Je voulais tenter la tactique de la finesse, voir si Miriam laisserait échapper quelque chose par mégarde, mais Maggie cracha d'emblée le morceau :

— Nadia vous a vendu une icône le jour où elle est venue chez vous. Un célèbre Rublev, *L'Enfant*.

— Non, fit Miriam.

— Nous savons tout, Miriam. Gerald vous a mis en relation avec Nadia. Vous avez dit à Robin que Nadia était seule, alors qu'elle est venue vous voir avec Gerald. Il descendait chez moi quand il s'est fait tuer...

— NON !

– Non ? fis-je.

– La fille n'est pas venue avec Gerald. Elle était seule. (Quand elle parlait, le masque bleu se fendillait.) Je ne sais pas de quelle icône vous parlez.

– Vous direz cela à la police, rétorqua Maggie. Avec tout le respect que je vous dois, je vous conseille de tout me dire à moi. Je suis de votre côté. La vie de la fille en dépend.

À travers le masque bleu, les yeux marron de Miriam nous étudiaient.

– Vous n'avez pas de micros sur vous ? Ni l'une ni l'autre ?

– Non, répondîmes-nous de concert.

– Il s'agit d'une affaire délicate, déclara Miriam Grundy, d'un légendaire Rublev, en effet. Le gouvernement russe, l'Église orthodoxe de Russie et un certain nombre de petites républiques donneraient cher pour l'avoir. Mieux vaut que tout cela demeure confidentiel.

– Où est ce Rublev, actuellement ?

– Je ne sais pas.

Sans se soucier des copeaux de plâtre bleu qui tombaient sur sa bavette en plastique, Miriam nous expliqua que l'icône était demeurée pendant des générations dans la maison d'une famille hongroise fortunée, des collectionneurs d'art. Ces gens-là ignoraient les pouvoirs mystiques de l'icône. Pour eux, elle n'était qu'une pièce majeure de l'œuvre de Rublev. Quand les nazis avaient envahi la Hongrie, cette famille avait été arrêtée et déportée dans un camp de travail, où le père était mort. La mère et les enfants avaient survécu. Après la guerre, ils avaient émigré aux États-Unis.

Les nazis, qui ne se doutaient pas non plus que l'icône possédait un miraculeux pouvoir de protection, l'avaient expédiée en Allemagne, par le rail, avec d'autres butins de guerre. En route, le convoi avait été détourné vers l'est par des partisans hongrois. Pour Miriam, la légende de *L'Enfant* s'arrêtait là, jusqu'à ce que Nadia vienne combler les blancs. Nadia avait raconté à Miriam que le train, après avoir été détourné par les partisans, avait une nouvelle fois été détourné, par des communistes – dont le chef n'était autre que son grand-père – lesquels s'étaient accaparé le butin de guerre des Allemands. Le grand-père de Nadia s'était approprié *L'Enfant* et depuis, l'icône était toujours restée dans sa famille.

– Lorsque Nadia s'est enfuie de chez elle pour se marier librement, elle a emporté *L'Enfant* avec elle, termina Miriam Grundy.

– Vous êtes sûre que cette peinture existe vraiment ? qu'elle n'est pas seulement un mythe ?

– Je sais que cette peinture existe. Je connaissais la famille hongroise à qui elle appartenait. Quand j'ai fui la Hongrie avec mes parents, ces gens-là nous ont aidés à gagner l'Amérique, comme ils ont aidé beaucoup de réfugiés juifs. Voilà, je vous ai dit tout ce que je sais sur Nadia. Dans ce genre de transactions, mieux vaut en savoir le moins possible.

– Où est Nadia, maintenant ?

– Je ne sais pas. La dernière fois que je l'ai vue, c'était peu avant que nous apprenions le décès de Gerald.

– Et où est *L'Enfant* ?

– En sécurité. Nous recherchons, dans la plus grande discrétion, les descendants de cette famille hongroise à qui il appartenait. Nous souhaitons le leur rendre. On se bat, et l'on n'hésite pas à tuer, pour des pièces comme celle-ci. Il est préférable que cette œuvre retourne à une collection privée, à quelqu'un qui l'aime vraiment, pour ce qu'elle est.

– Êtes-vous sûre que vous ne savez pas où est Nadia ?

– Absolument certaine.

L'esthéticienne passa la tête par la porte et grimaça en voyant que l'onéreux masque de boue de Miriam était tombé en miettes.

– Voulez-vous me réappliquer un masque, Vera ? lui demanda Miriam en se laissant aller contre le dossier de son siège, nous signifiant par là que nous étions congédiées.

– Merde, dis-je à Maggie dans le premier des deux taxis que nous avions prévu prendre pour rentrer au Chelsea. On n'arrivera jamais à les réunir, ces deux mômes. Dieu sait pendant combien de temps Rocky va devoir rester cloîtré au couvent. Nous avons des terroristes à nos trousses et l'assassin de Gerald Woznik court toujours.

– Et ton appart a brûlé, compléta Maggie. Tu sais, quand Tamayo reviendra, tu pourras squatter chez moi, si tu veux.

– Pourquoi ? Tu pars ?

– Je vais passer un mois à Paris.

Paris. Ce mot me hérissait.

– Comme ça ? Tu le connais depuis quand ce… Comment il s'appelle, déjà ?

Elle sourit.

– Depuis suffisamment longtemps.

– Tu as mon âge. Tu as de l'expérience, n'est-ce pas ? Comment peux-tu croire encore en l'amour après tout ce que tu as vécu ? la piquai-je par pure méchanceté. L'amour n'est qu'un état de folie induit par les hormones. C'est ton horloge biologique qui fait tic-tac.

– Je ne crois pas. D'ailleurs, quoi que ce soit, ça me convient parfaitement.

– Ouais, jusqu'au jour où tu vas te réveiller et t'apercevoir que ce gars n'est qu'un nul, ou un salaud, ou qu'il s'en tape d'autres derrière ton dos et qu'il n'en a rien à foutre de toi.

– Excuse-moi, mais de quoi je me mêle ? me rembarra-t-elle. Voilà pourquoi je ne veux pas parler de lui. Hé, tu as un sacré culot. Ton dernier chum t'a traumatisée ? C'est pour ça que tu détestes les hommes ?

Dans l'absolu, mon dernier homme était Pierre et il ne m'avait pas encore traumatisée. Avant lui, j'étais sortie avec un acteur, Gus, qui ne m'avait pas non plus traumatisée. C'était plutôt moi qui l'avais traumatisé. Quant à celui d'avant, Mad Mike, nous nous étions mutuellement traumatisés.

– Ne t'énerve pas. On est toutes les deux célibataires et aucune de nous n'a encore trouvé l'homme de sa vie, pas vrai ? persistai-je. Qu'est-ce qui te fait penser que celui-là sera différent ? Si je te demande ça, c'est simplement par curiosité.

– Oh, mais on t'a mis des orties dans la culotte ou quoi ? Qu'est-ce que tu peux être aigrie ! Tu fais tout pour décourager Nadia et Rocky, et maintenant, tu me pourris…

– Nadia et Rocky sont inconscients, et leur histoire d'amour, que tu trouves si romantique, nous a tous mis dans de beaux draps. En ce qui te concerne, tu n'es pas tombée de la dernière pluie. Ouvre un peu les yeux, bon sang. Ce gars que tu as crocheté grâce aux supercheries du *Piège à hommes* te manipule sans doute lui aussi, et il se leurre sûrement lui-même.

– Tu me fais de la peine. Tu es amère, dit-elle en se tournant pour regarder par la vitre.

Amère. S'entendre dire ça par Maggie Mason.

Le pesant silence qui planait entre nous fut rompu par la sonnerie de mon portable. C'était Lucia, qui avait à nous dire que Nadia, le jour de son arrivée, avait passé deux coups de fil de chez Tamayo : un à Grace Rouse et un à l'étranger. Je notai le numéro à l'étranger puis le composai, sans la moindre idée du pays où j'appelais.

Au bout de quelques sonneries, une femme répondit dans une langue que je ne connaissais pas.

– Parlez-vous anglais ? lui demandai-je. Robin Hudson à l'appareil. Je suis une amie de Tamayo…

– Robin ? fit la femme. C'est Eva, la copine de Tamayo !

– Eva ?

– Oui, Eva et Joe. Tu ne te souviens pas de nous ? On s'est vus il n'y a pas si longtemps, quand tu étais à Prague.

– Eva !

Au début de mon périple de deux mois, j'étais passée voir Eva, son mari et leur fille, à la super petite auberge qu'ils tiennent dans la vieille ville de Prague.

– Qu'est-ce que je peux faire pour toi, Robin ?

– J'habite chez Tamayo, en ce moment. Il y a une fille qui est venue…

– Ah, d'accord. Juliette.

– Non, elle ne s'appelle pas Juliette.

– Si, si, c'est elle. Nous l'avons logée. C'est moi qui lui ai donné le surnom de Juliette.

– Tu parles de Nadia ?

– Ta ligne n'est pas sur écoute ?

– Je ne crois pas.

– Oui, Nadia. Elle a retrouvé son amoureux ?

– Non, et elle a disparu. Tu as eu de ses nouvelles depuis qu'elle est partie de chez toi ?

– Oui, deux fois… Elle m'a appelée pour me dire qu'elle était bien arrivée chez Tamayo.

– Qu'est-ce qu'elle t'a dit, exactement ?

– Qu'elle avait un petit problème, mais elle n'a pas précisé lequel. Elle m'a paru nerveuse. Elle m'a rappelée il y a un jour ou deux, pour me dire qu'elle ne se plaisait pas du tout chez la veuve qui l'hébergeait. Je lui ai donné le nom de quelqu'un d'autre.

– Qui ?

– Excuse-moi, mais je dois être très prudente. Nadia m'a dit qu'elle était en danger. Je l'ai envoyée chez les gens qui tiennent le lieu où Tamayo a projeté le court métrage de la pièce de monnaie collée sur le trottoir devant la Bourse de New York. Tu vois ?

Je ne voyais pas. Je répétai les propos d'Eva à Maggie. Elle voyait.

– Ça doit être Caroline David et Arnold Scott, me dit-elle, des amis de Tamayo qui ont monté un espace multimédia, The Town of Wahoo.

– Merci, Eva.

– Tiens-moi au courant.

Lorsque Maggie téléphona au Town of Wahoo, Arnold lui dit qu'il ne savait pas où était Nadia mais que Caroline, sa femme, devait savoir. Malheureusement, Caroline s'était absentée pour aller voir un bienfaiteur qui devait lui filer de l'argent. Il suggéra à Maggie de rappeler dans une heure.

– Enfin, soupira Maggie. On y est presque. On la tient, notre Nadia.

– Presque, mais pas encore. Tant que je ne l'aurai pas vue en chair et en os, je ne serai pas tranquille. Allons au Town of Wahoo attendre cette Caroline David.

Mon téléphone sonna à nouveau. C'était Phil.

– Je suis en chemin pour aller rendre visite à Dulcinia Ramirez. Tu veux que j'apporte ou que je dise quelque chose au petit ?

– Par quel moyen tu y vas ?

– Je suis en voiture…

– Tu tombes pile-poil, Phil. Tu peux passer nous prendre ?

Phil nous attendait à l'endroit où nous demandâmes au taxi de nous déposer, devant la gare routière de Port Authority, sur la Huitième Avenue, où il y a toujours beaucoup de monde et où nous aurions pu nous fondre dans la foule dans l'éventualité où nous aurions été suivies. Bien que nous nous fussions donné beaucoup de mal pour ne pas l'être. Mieux vaut prévenir que guérir.

Maggie monta à l'avant. Je m'installai à l'arrière. Tandis que nous roulions vers le Town of Wahoo, à Brooklyn, je téléphonai au couvent et demandai à parler à Rocky.

Dès qu'il reconnut ma voix, il se lança dans une litanie de récriminations.

– Il faut que vous me sortiez d'ici. M$^{me}$ Ramirez me rend fou. Et je ne suis pas le seul…

– Rocky, je crois que nous avons trouvé la trace de qui tu sais. Nous sommes sur la route, nous allons chez quelqu'un qui doit nous emmener là où elle est. Ensuite, on vient te chercher.

– Venez d'abord me chercher !

– Ce n'est pas possible, Rocky. Seigneur… Tu n'es qu'un égoïste. De toute façon, pour l'instant, nous ne savons pas encore où elle est. Nous allons voir quelqu'un qui est censé nous emmener là où elle est.

– Venez me chercher.

Nous traversions un tunnel. La communication fut brouillée, puis coupée. À peine la voiture fut-elle ressortie du tunnel que le téléphone sonna.

– Venez me chercher !

– Nous viendrons te chercher en temps voulu. Patience, intimai-je à Rocky. Quel braillard, celui-là, dis-je aux autres en raccrochant. Si on l'écoutait, il faudrait qu'on se tape toute la route jusqu'au couvent pour aller le chercher et qu'on refasse tout le chemin en sens inverse pour aller chercher Nadia. Il a le feu aux fesses.

– Il a hâte de la revoir, m'apaisa Phil.

– Raison de plus pour le laisser se calmer un peu, déclara Maggie. On est trop près du but. Ce n'est pas le moment qu'il nous crée des complications.

Le téléphone sonna à nouveau. En entendant la voix de Rocky, je raccrochai. Le téléphone sonna à nouveau. En entendant la voix de Rocky, je raccrochai et éteignis mon portable.

– Les tourtereaux vont bientôt être réunis, j'en suis tout excité, dit Phil, rayonnant.

Phil adore rendre service et contrairement aux gens qui aiment rendre service, en général, il vous dépanne vraiment, au lieu de vous plonger encore plus dans les problèmes.

– C'est beau, l'amour, hein ? enchaîna Maggie. Vous avez quelqu'un dans votre vie, n'est-ce pas, Phil ?

– Oui, mon Helen. Ça fait plus de deux ans, maintenant. Et vous ?

– Moi aussi, répondit-elle.

– C'est un artiste ?

– Non, il est professeur.

Pour quelqu'un qui ne voulait pas parler de son amoureux, il revenait souvent sur le tapis.

– Oh, Robin a rencontré… commença Phil.

Mais je captai son regard dans le rétroviseur et secouai la tête.

– Robin quoi ?

– J'ai oublié ce que je voulais dire, dit-il.

Merci, Phil. C'était déjà assez difficile que nous soyons amoureuses du même. Je ne tenais pas à pâtir de ses vengeances pendant les cinq années à venir.

Maggie et Phil discutèrent tous les deux jusqu'à Brooklyn. N'ayant guère envie de parler, je ne me mêlai pas à la conversation. Tout ce beau discours à propos de « l'amour »… Quelle rigolade ! Je ne pouvais pas m'empêcher de penser à Pierre, et à cette salope de Maggie qui s'était débrouillée pour le prendre dans ses filets. Et putain de merde, je le voulais pour moi ! Même si je savais que ce n'était pas possible, à cause des barrières linguistiques, culturelles, sociales et de ce petit obstacle que j'aime appeler « l'océan Atlantique », je ne pouvais pas renoncer à lui, et je nourrissais toujours l'espoir que, d'une façon ou d'une autre, quelque chose de grand jaillisse de notre folle petite aventure. Comme dit Nora Ephron, au fond, tous les cyniques sont en secret d'incorrigibles sentimentaux.

Avant de rencontrer Pierre, je ne me faisais quasiment plus d'illusions : la passion romantique, ce n'était plus pour moi. Et je m'en passais fort bien. Jeanne Moreau a dit au cours d'une interview pour *Sixty Minutes*, je paraphrase, que la passion romantique de ses jeunes années ne lui manquait pas, que c'était au contraire un grand soulagement que d'en être libérée. Je te suis tout à fait, Sister, avais-je pensé à l'époque. Soulagée, libre, voilà comment je me sentais : je n'avais plus de rôle actif à jouer dans cette sarabande infernale. Je n'étais plus qu'un vieux singe perché dans un arbre, à l'écart de l'agitation, qui se grattait la tête en s'interrogeant sur les mœurs bizarres des êtres humains mâles et femelles.

Puis Pierre était entré dans ma vie et youpla ! Avant que j'aie eu le temps de dire ouf, je me retrouvais à l'embrasser sous l'Arc de triomphe… et dans les jardins du Luxembourg… et devant un carrousel près de la tour Eiffel… et dans le caveau d'un receveur des postes du XIXe siècle au Père-Lachaise. Waouh ! Tout à coup, j'étais redevenue une femme hétérosexuelle.

Maggie, pour sa part, avait sans aucun doute adopté la méthode machiavélique du *Piège à hommes* : elle avait dû se faire désirer, lui imposer la tyrannie de « la bonne copine » tempérée par une occasionnelle indulgence chaque fois qu'il était sur le point de laisser tomber, lui refuser son corps jusqu'à ce qu'il soit « prêt à tuer pour elle », et puis ne pas manifester trop d'émoi lors de leurs premiers ébats sous les draps, de manière à ce qu'il se sente médiocre et en position d'infériorité. (Lorsqu'il s'agit de passer à la consommation, voyez-vous, sur un conseil du *Piège à hommes*, l'acte ne doit pas laisser penser à l'homme qu'il vous a conquise, mais au contraire qu'il a été capturé par la femme. Et surtout, vous n'omettrez pas de le convaincre de votre relative vertu, synonyme, chez la femme, d'absence de plaisir sexuel.)

En revanche, Maggie avait l'avantage d'être un peu plus jeune que moi, d'être une artiste glamour, d'avoir été modèle à Paris. Et ce qui me faisait le plus chier, c'était qu'elle, il l'appelait. Alors que moi, je n'avais eu droit qu'à un message laissé à un collègue de boulot et à un courriel laconique m'expliquant qu'il était très pris par ses expériences.

Ce n'était pas la faute de Maggie, pourtant. Elle n'était pas responsable. Elle n'était pour rien non plus dans le fiasco qu'avait été ma relation avec Mad

Mike, puisque, visiblement, elle ne savait pas que j'étais sortie avec lui. Quel cliché de se battre bec et ongles pour un gars ! Je me sentais minable.

Oh, de toute façon, qui voulais-je abuser ? Mon cas était désespéré. Quel genre de relation deux personnes peuvent-elles avoir lorsque l'écrit est le seul moyen qu'elles ont de communiquer clairement ? Et je vous passe tous les autres domaines dans lesquels Pierre et moi étions carrément incompatibles. Si la vie ne m'a pas appris grand-chose, elle m'a au moins appris que certains d'entre nous sont trop fous pour l'amour. Mieux valait que je fasse une croix sur cette IMBÉCILLITÉ qu'est l'amour et que je concentre mes efforts à devenir une grande dame, le modèle des futures drag-queens, comme Miriam Grundy.

– Ça va, cocotte ? me demanda Phil.

– Hein ? Ouais, ouais.

– On est arrivés.

– Ah. Super.

Le Town of Wahoo était un « espace » situé à l'angle de Water Street et d'Adams Street, à DUMBO – Down Under Manhattan Bridge Overpass –, un ancien quartier industriel sur la rive de l'East River, côté Brooklyn, entre Manhattan Bridge et Brooklyn Bridge, un coin empreint d'une atmosphère « expressionnisme allemand », où les silhouettes des usines et des pylônes électriques, noires de suie, se découpent dans le ciel et projettent d'étranges ombres, un secteur très convoité par les artistes, en raison de ses immenses locaux loués à des prix modérés.

En face de « l'espace », sur le mur de briques décrépit d'un entrepôt condamné par des planches, quelqu'un avait peint une grosse bulle de B.D. posant la question : « Sommes-nous célèbres maintenant ? »

Phil se gara. Il n'y avait aucune autre voiture dans la rue. Nous n'avions pas été suivis. Tant mieux.

Nous nous présentâmes à l'interphone. Arnold Scott nous invita à prendre l'ascenseur jusqu'au deuxième étage et nous ouvrit la porte de l'usine désaffectée.

L'ascenseur s'ouvrit sur un loft. Dans un couloir en arc de cercle, une grosse branche et une partie de tronc d'arbre émergeaient d'une fausse fissure dans un mur rouge vif, comme si l'arbre s'était frayé un passage à travers le mur pour se développer dans l'appartement.

– C'est joli, cet arbre, fit Maggie.

– Nous nous en servons de porte-chapeaux. Pour le préserver, nous l'avons enduit d'une laque mate spéciale qui donne un fini proche de la texture naturelle du bois, expliqua Arnold. Les enfants voulaient une maison dans les arbres. Nous avons deux enfants, Lynn et Ray.

Une branche plus petite, qui semblait appartenir au même arbre, traversait le mur de la cuisine. Des casseroles et un filet à oignons rouge y étaient suspendus. Dans le salon, où Arnold nous fit asseoir, une autre grosse branche sortait du haut du mur et serpentait contre le plafond.

– Je dois finir d'assembler le déguisement de canard que Lynn va porter pour son spectacle de printemps à la garderie. Ça ne vous dérange pas si je couds pendant que nous parlons ? nous demanda Arnold.

– Pas du tout, répondis-je. Où sont vos enfants ?

– À la garderie.

Nadia devait s'occuper des enfants, quelques heures tous les soirs, pendant les performances, nous dit-il. (Elle prétendait adorer les enfants.)

– Mais il s'est avéré qu'elle ne sait pas du tout s'y prendre avec les petits, ajouta-t-il en épinglant un bec sur le costume de canard en peluche jaune.

– Que s'est-il passé ?

– Hier soir, nous lui avons laissé les petits pour deux heures. Quand nous sommes revenus, elle était en train de regarder une connerie à la télé. Les enfants s'étaient enfermés dans leur chambre et avaient poussé un coffre à jouets contre la porte pour qu'elle ne puisse pas entrer. Ils étaient terrorisés !

– Que s'était-il passé ? demanda Maggie.

– Ils voulaient regarder la vidéo des Razmokets – ils sont encore petits, tous les deux – et Nadia voulait regarder le câble. Ils se sont disputés. Nadia leur a dit que s'ils ne lui obéissaient pas, elle les étoufferait sous des oreillers, pendant qu'ils dormiraient, et qu'elle les jetterait au vide-ordures. Elle leur a fait une telle peur qu'ils se sont barricadés dans leur chambre. Évidemment, nous l'avons aussitôt renvoyée.

– Caroline sait-elle où Nadia est allée ?

– Je crois que oui.

– Nadia vous a-t-elle parlé de son fiancé, de ses problèmes ou…

– Non, elle n'était pas très bavarde. Elle n'arrêtait pas de râler. Elle a un peu pleuré en arrivant ici, mais elle n'a pas voulu nous dire pourquoi. Nous avons déjà aidé une jeune fille et un jeune couple que Tamayo avait pris sous son aile et tout s'est très bien passé. Ils étaient formidables. Alors qu'elle…

– Ouais, je sais. Et vous ne connaissez pas son petit copain, dis-je. Il est encore pire. Mais nous devons les réunir.

– Je comprends, fit Arnold.

Le verrou cliqueta et une grande blonde aux cheveux courts entra dans le loft.

– Caroline, Maggie et des amis de Tamayo sont là. Ils cherchent Nadia. Tu sais où elle est ? lui demanda Arnold.

– Oui. Salut, Maggie. Nadia est à Red Hook. Je vais vous donner l'adresse.

# 15

À l'ouest du pont de Brooklyn, formant une avancée dans la mer, Red Hook était il n'y a pas si longtemps l'un des quartiers les plus miséreux de New York. Grâce à la réhabilitation de Gowanus Canal, ce coin de Brooklyn, que l'on connaissait surtout pour ses cités tentaculaires et ses jetées, a toutefois meilleure presse depuis quelques années, et commence même à légèrement s'embourgeoiser. En ce qui concernait Nadia, Red Hook était « sûr » pour plusieurs raisons. D'abord, entouré par la flotte et une voie rapide, le quartier était isolé de tout ; ensuite, il était habité majoritairement par des Noirs et des Hispaniques : des Plotzoniens n'y passeraient pas inaperçus.

Phil nous attendit dans la voiture tandis que je pénétrais avec Maggie dans un immeuble situé au bord d'un quai où étaient amarrées des barges chargées de montagnes de déchets alimentaires pourrissants, de couches et de gros sacs-poubelles noirs, au sommet desquelles des mouettes picoraient. L'odeur était suffocante.

L'« immeuble » n'était en fait pas un immeuble, mais un ancien entrepôt de la Brooklyn Secure Shippers Inc. reconverti par le New York Council for Artists' Housing en ateliers et appartements pour artistes sans le sou. Le monte-charge que nous empruntâmes était plus grand que mon bureau à WWN. Kyra, la femme qui hébergeait Nadia, habitait un vaste studio très peu meublé. Entre les pièces de tissu, les étoffes matelassées et les tapisseries qu'elle travaillait, il y avait au moins trois douzaines de désodorisants.

— Excusez-moi pour l'odeur, nous dit-elle. Ça vient des barges à ordures. Ils doivent fermer ce quai le mois prochain. Encore un mois. C'est l'horreur.

De la tête, elle désigna une porte à sa gauche.

— Nadia est dans cette chambre. Elle s'en va, cette fois, c'est sûr?

— Oui.

— Bon débarras. Elle est insupportable. Tout le temps à rouspéter ou à pleurnicher. Et on dirait qu'elle me prend pour sa boniche.

Kyra se dirigea vers le coin cuisine. Maggie et moi entrâmes dans la chambre sans frapper.

Nadia était en train de pleurnicher. Au milieu d'un amas de mouchoirs en papier, de barres chocolatées, de canettes de soda vides, de désodorisants et de journaux, assise sur un futon, emmitouflée dans une couette, elle offrait un tableau pathétique. Un vieux poste de télé surmonté d'une antenne en V diffusait un téléroman.

— Nadia, nous avons retrouvé Rocky, lui dis-je.

— Rocky? fit-elle en levant la tête.

— Ouais. Il est revenu au Chelsea. Nous l'avons mis en lieu sûr. Prends tes affaires. On t'emmène. Tu vas pouvoir tout nous raconter sur *L'Enfant* et la Plotzonie.

— Je ne veux pas aller voir Rocky.

Elle avait l'air horrifié.

— Pourquoi? lui demanda Maggie.

— Est-ce qu'il sait que je suis là? Oh, mon Tieu.

— Non, mais il sait que nous sommes venues te chercher.

— Espèce d'idiote! hurla-t-elle. Rocky est le gars que je fuis! C'est à lui que mes parents veulent me marier. C'est à cause de lui que je ne suis pas retournée au Chelsea. J'ai vu un de ses acolytes rôder dans les couloirs, et quand j'ai téléphoné à l'appart de Tamayo, c'est Rocky qui a répondu. Les amis de Tamayo sont-ils tous aussi IDIOTS les uns que les autres ?

– Rocky est celui que tu fuis ? Ce n'est pas le garçon que tu veux épouser ? lui demanda Maggie, ignorant son insolence.

– Non !

Le visage de Nadia s'empourpra. De rage, elle en postillonnait.

– Je suis venue ici pour épouser Gerald. Ce sale menteur !

– D'où connais-tu Gerald ? lui demandai-je.

– C'est Tamayo qui me l'a présenté, l'an dernier quand j'étais chez elle.

– Tu ne savais pas qu'il vivait avec Grace Rouse ?

– Pas avant que je l'appelle pour qu'elle m'indique une adresse sûre. C'est là qu'elle m'a parlé de lui. L'enculé ! Comment Rocky a su où j'étais ? Il n'a pas pu trouver tout seul. Il n'est pas assez malin. J'ai été très prudente, et Tamayo aussi.

Soudain, une sombre pensée sembla s'abattre sur elle.

– Ça doit être Irina, dit-elle. J'ai été trahie par ma propre sœur. Elle était la seule du palais à être au courant. Ma propre sœur.

– Le palais ? relevai-je.

– Qui sont les deux types avec les horribles moumoutes ? demanda Maggie. Ce n'est pas avec l'un d'eux que tu devais te marier ?

– Non, espèce d'andouille. Ce sont les gardes du corps de Rocky.

– À propos d'andouille… Tu pensais vraiment que Gerald allait se marier avec toi ? lui demanda Maggie très calmement.

– Il avait promis de m'épouser. J'ai apporté l'icône, comme ç'avait été prévu. Il devait s'enfuir avec moi quand nous aurions l'argent, pour se marier avec moi.

– Cet homme aurait dit n'importe quoi pour s'envoyer en l'air ou se faire de l'argent, commenta Maggie. Tu sais que depuis que tu l'as rencontré, il vivait toujours avec Rouse, et qu'il a couché avec moi, et avec quelques autres ?

Nadia parut terriblement chagrinée par cette révélation. Elle me faisait presque de la peine, puis elle déclara :

– Il méritait la mort.

– Qui l'a tué ? l'interrogeai-je.

– Je ne sais pas. Ma famille, la famille de Rocky, sa cinglée de bonne femme…

– Ou les terroristes de saint Michel le Martyr ? avançai-je.

– Vous connaissez les Chevaliers de saint Michel ?

– On a eu affaire à eux, l'autre soir, avec Maggie. Ils te cherchaient, ainsi que Rocky et une icône du nom de *L'Enfant*. Tu nous dois des explications…

– Vous avez été suivies ?

– Non. Pourquoi…

– Où est Rocky ?

– Dans un couvent, chez les bonnes sœurs. Merde. À l'heure qu'il est, il doit savoir que nous savons que tu ne veux pas te marier avec lui. Je crois que je devrais appeler la Mère supérieure pour lui dire qu'il y a un problème.

Je rallumai mon téléphone portable, qui se mit aussitôt à sonner. C'était Rocky.

– Amenez Nadia ici. Pas un mot à qui que ce soit. Si vous refusez de m'obéir, je bute les bonnes sœurs, à commencer par M^{me} Ramirez. Je n'ai rien à perdre, ajouta-t-il sur un ton très solennel.

Et il raccrocha.

– Je préviens les policiers, dis-je après avoir répété ses propos à Maggie et à Nadia.

– Si vous appelez la police, vous allez me causer tout un tas d'ennuis. Ça va dégénérer en incident diplomatique et les bonnes sœurs vont mourir, déclara Nadia.

– Où est l'icône ? s'enquit Maggie.

– Demandez à Miriam Grundy.

– Elle nous a dit qu'elle ne l'avait pas. Son assistant m'a affirmé que tu n'avais rien…

– Il ne l'a pas vue. Je l'avais cachée sous mon sweat. Elle n'est pas très grande. Il faut que je retourne au Chelsea…

– Non. D'abord, nous devons aller libérer les religieuses, la coupai-je. Seigneur, Nadia, tu iras au Chelsea plus tard.

– Très bien, aboya-t-elle. Je vais aller parler à Rocky. Je vais lui dire de libérer les nonnes.

– Et ensuite, on prévient la police et on le leur livre, d'accord ?

– D'accord.

– Tu es sûre que tu arriveras à le convaincre ?

– Oui. Il est fou de moi. Je… Comment je vais faire ? demanda-t-elle à Maggie.

– Bonne question, fis-je. Que recommanderait *Le Piège à hommes* ? Je doute qu'il traite de ce genre de situations.

– Non, en effet. Mais à mon avis, Rocky aimerait que tu reconnaisses tes erreurs, que tu lui dises que tu t'es rendu compte que tu l'aimes encore.

– Il est très amoureux de toi, renchéris-je.

– À vomir, rétorqua Nadia. Comment avez-vous pu croire que c'était avec lui que je voulais m'enfuir ?

– C'est lui qui a frappé chez Tamayo avant que tu arrives. C'est lui que j'ai envoyé chier. Il avait des photos de vous deux ensemble. Comment aurais-je pu deviner ? Si tu avais été un peu plus loquace, j'aurais peut-être compris. Mais tu m'as seulement dit que tu voulais échapper à un mariage arrangé et t'enfuir avec un garçon de rêve. Maintenant, à toi de réparer les dégâts.

– Bon, je vais lui faire croire que je l'aime, concéda-t-elle en prenant une mine amoureuse et contrite.

Elle était bonne comédienne.

– Prends tes affaires, Nadia, lui dis-je, et on descend rejoindre Phil.

– Quand on arrivera au couvent, vous me laisserez à l'extérieur de la clôture électrifiée et vous continuerez seules, déclara Phil. Moi, je m'introduirai…

– C'est trop risqué, Phil, objectai-je.

– Rappelle-toi, cocotte, j'ai participé à l'installation du système de sécurité. Je sais comment le désactiver et je connais le couvent. Qui plus est, j'ai mon flingue.

– J'ai le pistolet de Dulcinia.

– C'est bon, on est plus armés que Rocky. On arrivera à le maîtriser, dit Phil en négociant un virage. Robin, tu le connais, donc tu iras lui parler avec Nadia, mais tu laisseras ton portable à Maggie. Maggie, tu feras le guet devant l'entrée principale.

Phil nous exposa la suite de son plan. Une fois qu'il aurait débranché l'alarme, il entrerait dans le couvent par-derrière, où il y avait une petite colline qui permettait d'escalader le mur facilement. Nadia et moi irions parler à Rocky, très fort, afin que Phil puisse se repérer à nos voix dans le labyrinthe du couvent et venir jusqu'à nous. Il essayerait de surprendre Rocky par-derrière et de le désarmer.

Maggie était assise à l'arrière de la voiture, avec Nadia, qui serrait sa valise contre sa poitrine.

– Bon, allez Nadia, aux aveux, dis-je. D'abord, où se trouve la Plotzonie ? Rocky a dit qu'il s'agissait de la Tchétchénie, mais je suppose que ça non plus, ce n'est pas vrai…

– C'est…

(Elle nous révéla le nom de son pays. Ce n'était pas la Tchétchénie – évidemment, ce merdeux de Rocky m'avait menti – mais une toute petite république voisine. Ayant déjà vexé suffisamment de citoyens du monde, pour éviter de froisser encore quelques suscep-tibilités, je conserverai néanmoins le surnom donné à ce pays par Nadia, la Plotzonie. Car je suis sûre qu'il y a parmi les Plotzoniens et les Plotzono-Américains quantité de gens très bien, des libres-penseurs au cœur pur qui simplement se sentent impuissants face à leur gouvernement dictatorial. La plupart des Américains n'ont d'ailleurs probablement jamais entendu parler de ce pays et seraient incapables de le situer sur une carte. Bon, allez, un petit indice : c'est la Plotzonie qui a produit la Vlada, cette minuscule voiture en vogue aux États-Unis dans les années 1980, dont le succès n'a duré que jusqu'à ce que l'on se rende compte que la bagnole ne roulait pas sous la pluie.)

– D'où connais-tu Rocky ?

– Nous nous connaissons depuis toujours.

Nadia admit que si elle n'était plus amoureuse de Rocky, elle l'avait été. Quand ils étaient enfants, leurs pères étaient tous deux membres de la délégation de Plotzonie aux Nations Unies, et Nadia et Rocky se promenaient main dans la main et se faisaient des bisous dans le cou. En ce temps-là, la Plotzonie n'était pas encore une nation indépendante. Puis les Soviétiques lui avaient accordé sa souveraineté, dans le but d'obtenir une voix supplémentaire à l'Assemblée générale des Nations Unies. Après le démantèlement de l'URSS, la Plotzonie avait acquis une réelle autonomie et le fantoche communiste au pouvoir, le grand-père de Nadia, s'était assuré, par le truchement de l'armée, une ferme mainmise sur le pays, lequel avait alors embrassé le «capitalisme sauvage», mais pas la démocratie. Jusqu'à la mort de grand-papa, la situation était demeurée relativement calme dans cette région du monde. Le père de Nadia et celui de Rocky étaient revenus au pays, où ils avaient commencé à se battre pour accéder au pouvoir. Le père de Nadia était le chef d'une tribu du Nord de la Plotzonie ; celui de Rocky était le chef d'une tribu du Sud.

S'était ensuivie une année de guerre civile, qui avait sérieusement affaibli l'économie plotzonienne, basée pour une large part sur le commerce du vice, de la drogue, des armes et autres marchandises de contrebande. La guerre civile avait séparé Nadia et Rocky. Une troisième faction, les Chevaliers de saint Michel le Martyr, qui s'étaient désolidarisés des forces de la Plotzonie du Nord, était entrée dans le conflit. Rendre à la nation sa Seule et Unique Église : tel était le credo des Chevaliers, qui étaient venus brouiller les cartes au moment où les Plotzoniens du Sud (le clan de Rocky) étaient en train de prendre le dessus.

Pour combattre les Chevaliers de saint Michel, le Nord et le Sud avaient décidé de faire la paix. Le mariage de Nadia et de Rocky devait officiellement sceller l'alliance des deux clans et la réunification du pays. Or Nadia avait réfléchi, elle n'aimait plus Rocky, et elle détestait la Plotzonie, mais elle était résignée à son sort d'épouse surmédicamentée d'un dictateur en puissance. En échange de sa main, elle avait demandé qu'on lui offre un voyage à New York, pour qu'elle achète sa robe de mariée et rende visite à des amis, dont Tamayo.

– C'était il y a environ six mois, précisa-t-elle.

Son chaperon l'avait accompagnée, mais Nadia l'avait semée et s'était fait loger par Tamayo, au Chelsea. Là, elle avait fait la connaissance de Gerald Woznik, qui l'avait envoûtée. Ils avaient discuté art et Nadia lui avait dit que sa famille possédait de nombreuses œuvres, dont une icône légendaire que l'on pensait peinte par Andrei Rublev.

– Tu es tombée amoureuse de Gerald, dit Maggie en secouant la tête. Tu as couché avec lui ?

– Non, je suis vierge, répondit fièrement Nadia. Mais nous nous sommes embrassés.

– Et quand tu es rentrée en Plotzonie ?

– Nous avons correspondu par courriel. Je lui ai déclaré ma flamme et je lui ai dit que je voulais venir le rejoindre à New York. Il m'a proposé de me sauver de chez moi en emportant l'icône, que nous devions vendre. Avec cet argent, nous aurions commencé une nouvelle vie en Amérique du Sud.

– Il t'a abusée, déclara Maggie. Il t'aurait plaquée dès qu'il aurait eu sa part de l'argent. Gerald n'aurait jamais quitté New York.

– Je ne savais pas. Il m'a dit de ne parler de nous à personne. C'était une aventure clandestine, jusqu'à ce que la police secrète de nos pères n'intercepte nos courriels. Nous avons dû adopter des codes.

L'adresse de Nadia était chelgal@hotmail.com.

En redescendant de l'appartement de Miriam Grundy, Nadia avait appris que Gerald s'était fait tuer. Elle avait immédiatement gagné le sous-sol et était sortie de l'hôtel par la Vingt-Deuxième Rue. Puis elle avait pris un taxi jusqu'au Bus Stop Bar & Grill, où elle était arrivée en pleurs. Ce n'était que le lendemain, en lisant les journaux, qu'elle avait découvert quel genre d'ordure était Gerald Woznik.

– Il m'a bien eue, conclut-elle amèrement.

– Ce n'est pas grave, cocotte, la réconforta Phil. On se fait tous avoir, dans la vie.

Jusqu'à présent, il n'avait encore rien dit et avait eu l'air de réfléchir.

– La prochaine fois, tu auras plus de discernement, ajouta-t-il.

– Ouais, la prochaine fois, regarde par-dessus l'épaule du pourri, conseilla Maggie, tu apercevras peut-être un homme bien. Je suis passée par là.

– Tamayo ne savait pas que c'était avec Gerald que tu voulais t'enfuir ? Elle n'était pas non plus au courant pour l'icône ? demandai-je.

– Non, elle savait juste que je voulais m'enfuir avec celui que j'aimais. Je l'ai vue environ une semaine avant de me casser de chez moi. Elle est venue me voir en Plotzonie, avec son copain Buzzer, avant d'aller au Kazakhstan.

– Si tu as vendu l'icône à Miriam Grundy, comment se fait-il que tu ne te sois pas barrée avec le fric ?

– Je n'ai pas l'argent ! Miriam a insisté pour faire expertiser l'icône avant de me payer et Gerald m'a assuré que je pouvais lui faire confiance. Je n'avais pas le choix : j'ai été obligée de lui laisser l'icône et de rester un jour de plus au Chelsea. Je devais aller chercher l'argent le lendemain, avec Gerald.

– Je ne suis jamais allé en Plotzonie, dit Phil. C'est comment, la Plotzonie ?

– C'est l'endroit le plus chiant de la planète, répondit Nadia. Les Plotzoniens sont tous des crétins.

Dans les dix minutes qui suivirent, nous en apprîmes plus sur la Plotzonie que ce que nous aurions voulu savoir. Nadia nous assomma avec des tonnes de trucs qui sans doute vinrent prendre la place dans nos cerveaux de choses aussi importantes que la poésie ou les souvenirs agréables. La Plotzonie avait une population de sept millions d'habitants (moins que New York) dont un peu plus de la moitié était concentrée au sud du fleuve Malo, en Plotzonie du Nord. Pour la petite histoire, certains des premiers préservatifs ont été fabriqués avec la vessie d'un gros poisson d'eau douce, la carpe à points bleus, qui vivait dans ce fleuve. Hélas, la carpe à points bleus est une espèce depuis longtemps disparue.

L'industrie plotzonienne produisait principalement des tracteurs et la Vlada. Les pommes de terre, les navets et le porc constituaient l'essentiel de la production agricole. Les principales ressources naturelles de la Plotzonie étaient le minerai de fer et le sel. Mais depuis la dissolution de l'Union soviétique, du fait de sa situation géographique, au carrefour de l'Asie centrale, du Moyen-Orient et de l'Europe de l'Est, la Plotzonie était devenue une plaque tournante dans le trafic des armes, de la drogue et des esclaves blancs, et par là, une source de revenus conséquente pour la région. D'un point de vue ethnique, les Plotzoniens du Sud et les Plotzoniens du Nord n'étaient guère différents : des Caucasiens chrétiens orthodoxes. Mais depuis le Grand Schisme plotzonien de 1304, ils étaient divisés au sein de l'Église orthodoxe en deux sectes. Ils n'arrêtaient pas de se chercher des noises et n'avaient connu la paix que sous la poigne de fer des étrangers : les Ottomans, Napoléon, les tsars et, après la Seconde Guerre mondiale, l'URSS.

– Notre chanteuse la plus connue, c'est Irina Illyishum, la Céline Dion plotzonienne. Elle mélange de la pop avec de la balalaïka et un instrument à vent local, le fimpin. Sa musique, c'est de la torture mentale. Ils passent ses disques partout : dans les maisons de thé, dans les bazars, dans les fêtes, à la télé ! Ah, la télé ! Le gouvernement, mon père, contrôle la télé et la radio. On n'a que deux émissions américaines : *Les Routes du paradis* et *La Petite Maison dans la prairie*. Michael Landon est un dieu dans mon pays. La série préférée des Plotzoniens s'appelle *Nation et destinée*…

– Un feuilleton moralisateur retraçant la saga dramatique d'une famille d'ouvriers qui travaillent dans un haut fourneau, dis-je.

– Vous connaissez ?

– Plotzonia TV a essayé de le fourguer à ma chaîne et c'est en ces termes qu'ils nous l'ont vanté : « Un feuilleton moralisateur retraçant la saga dramatique d'une famille d'ouvriers qui travaillent dans un haut fourneau. » C'est l'un des feuilletons les plus déprimants que j'aie jamais vus de ma vie.

C'est con, pour savoir d'où étaient Nadia et Rocky, je n'aurais eu qu'à leur demander : Quelle est la série télé la plus regardée dans votre pays ? Une question toute bête, à laquelle je n'avais pas pensé.

– Moi, j'avais le satellite, mais la plupart des Plotzoniens ne l'ont pas et ils sont complètement benêts.

On sentait à présent l'odeur du couvent. Phil coupa le moteur et insista pour que nous mettions son plan à exécution. Il nous fit répéter à chacune notre rôle, puis je pris le volant et le déposai, ainsi que Maggie, hors du champ des caméras vidéo de l'entrée principale. Nadia mit sa valise dans le coffre et nous nous dirigeâmes toutes deux vers le portail.

La voix de Rocky nous accueillit à l'interphone.

– Nadia ?

– Oui, c'est moi, Rocky, cria-t-elle par la vitre.

– Tu es avec qui ?

– Robin, c'est tout.

Le portait s'ouvrit et nous roulâmes lentement le long de l'allée en lacet qui menait devant le couvent. Avant de descendre de la voiture, je débloquai la sécurité du flingue à crosse en nacre de M^{me} Ramirez et le glissai dans la poche de mon blazer.

Rocky nous attendait sur le pas de la porte, accompagnée de M^{me} Ramirez, bâillonnée avec du ruban adhésif, un revolver sur la tempe.

– Nadia, susurra-t-il quand il la vit.

Mais la douceur ne dura pas.

– Allez dans le parloir. Par là. Plus vite !

Dans le parloir, des sœurs étaient appuyées contre un mur, les bras ligotés, les mains menottées dans le dos, attachées les unes aux autres. Où avait-il trouvé des menottes ? Toutes étaient bâillonnées avec du ruban adhésif, comme M^{me} Ramirez, et elles avaient les jambes liées. Au pied des nonnes, Señor était ficelé comme un rôti de veau avec du ruban rouge pour les boîtes à gâteaux, la truffe muselée par un élastique, ce qui ne l'empêchait pas de grogner. Rocky avait cependant eu la miséricorde de lui rendre un minimum de dignité en lui enlevant son petit habit de religieuse, lequel était jeté sur un fauteuil.

– Où sont les autres sœurs ? demandai-je.

– Je les ai enfermées dans la chapelle, répondit-il non sans fierté. Jetez votre arme.

– Quelle arme ?

– Le flingue à crosse en nacre.

– Je ne l'ai pas sur moi.

– Jetez ce flingue ou je descends Ramirez.

Dans une telle situation, il faut savoir prendre le temps de réfléchir comme un général de l'OTAN, soupeser les dommages de guerre potentiels et les bienfaits concomitants. M$^{me}$ Ramirez était très âgée, elle avait vécu sa vie et elle aspirait à rejoindre Jésus. Si sa mort pouvait sauver la vie de cinq religieuses, d'une princesse plotzonienne, d'un chihuahua et la mienne…

Non, je ne pouvais pas faire ça. Je sortis le flingue de ma poche et le posai par terre.

– Donnez un coup de pied dedans.

Je m'exécutai.

– Nadia, menotte-la avec les nonnes.

– Rocky, ça ne servira à rien, protesta Nadia. Laisse tomber.

– Attache-la, femme !

Il ajouta quelque chose en plotzonien, elle répondit dans la même langue, puis se plia à ses ordres et me menotta. Je me retrouvai enchaînée aux bonnes sœurs, bras dessus bras dessous avec la Mère supérieure. Rocky supervisait les opérations.

– Bâillonne-la, ordonna-t-il à Nadia en lui lançant un rouleau de ruban adhésif argenté.

Elle obéit, un peu trop promptement à mon goût.

Bien, toi qui es si rusée, songeai-je, comment vas-tu faire pour te sortir de là ? J'étais attachée à cinq nonnes, les mains ligotées, et M$^{me}$ Ramirez avait un flingue sur la tempe. Mes chevilles étaient entravées aussi, si bien que je ne pouvais pas foutre un coup de pied à Rocky, de façon à le distraire et à ce que Nadia puisse s'emparer de son revolver. La seule chose à portée de mon pied était le pauvre Señor saucissonné.

– O.K., Rocky, on y va, maintenant, dit Nadia.

– Pas avant que tu te sois mise à genoux pour implorer mon pardon.

– À genoux ? répéta-t-elle avec un ricanement méprisant.

– À genoux, femme.

La voix de Rocky trembla légèrement, ce qui sembla l'énerver encore plus qu'il ne l'était déjà.

Où était Phil ? me demandai-je en essayant de lui envoyer un message télépathique (« Dépêche-toi ! ») et d'en envoyer un plus long à Nadia : « Utilise tes atouts et ruses féminines, bon sang ! Fais-lui les yeux doux, passe-toi la langue sur la lèvre inférieure, demande-lui de t'embrasser, et quand il te prend dans ses bras, pique-lui son flingue et fous-lui un coup de genou dans les couilles ! Si ça ne marche pas, ouvre les vannes et fais-lui le coup des larmes ! » Malheureusement, elle ne recevait pas mes signaux.

– Tu as eu des rapports sexuels avec cet homme ? lui demanda Rocky tandis qu'elle s'agenouillait.

– Rocky, c'est débile…

– Oui ou non ? insista-t-il en enfonçant le canon de son revolver dans la tempe de M^{me} Ramirez.

Nadia hésita, puis une lueur de défi s'alluma sur son visage.

– Non, répondit-elle cependant.

– Pourquoi ?

– Parce que je t'aime, Rocky. Au fond de mon cœur, je n'ai jamais cessé de t'aimer.

– Tu le jures ?

– Je le jure. Je n'ai pas eu le temps de faire quoi que ce soit avec lui. Je me suis rendu compte à temps qu'il était un démon. Il m'avait jeté un sort.

Elle ajouta quelque chose en plotzonien, puis ils échangèrent quelques reparties moitié en anglais, moitié en plotzonien, sans doute la façon dont ils avaient l'habitude de dialoguer. Difficile de deviner ce qu'ils tramaient.

– Demande-moi pardon.

– Pardon, Rocky. Pardonne-moi. Pardon.

Il dit quelque chose en plotzonien : vizhee co tebya, meuschmeuleumeuleuk.

Le regard de Nadia croisa le mien, puis elle se retourna vers Rocky et lui dit en anglais :

– Je ne sais pas comment on va récupérer *L'Enfant*. Je l'ai vendu.

– Tu l'as vendu ? À qui ?

– À une femme.

– Où est-elle ?

– Je ne sais pas.

Il s'approcha de moi en tirant M$^{me}$ Ramirez par le col de sa robe.

– Et vous, vous savez ?

Je secouai la tête.

Derrière Rocky, Phil apparut dans l'encadrement de la porte et mon moral remonta au beau fixe, jusqu'à ce que Phil s'avance en titubant. Je vis alors qu'il avait les mains menottées dans le dos et qu'il était escorté par Moumoute aux yeux marron, sans sa moumoute. Derrière eux, suivait un homme plus baraqué, aux yeux bleus, qui poussait Maggie devant lui.

Moumoute se mit à parler en plotzonien et à faire de grands gestes, révolver à la main, en direction de ses prisonniers. Rocky gueula quelque chose et les deux types emmenèrent Phil et Maggie au bout de leurs canons.

– Tu veux les enfermer dans la chapelle ? demanda Nadia. Tu ne vas pas leur faire de mal, hein ?

– Non, fit Rocky, mentant sans doute. Pas si on ne nous cause plus d'ennuis.

Ils se disputèrent en plotzonien à propos de *L'Enfant*.

– D'accord, d'accord, bredouilla finalement Nadia en anglais. Je l'ai vendu à Miriam Grundy. C'est elle qui l'a. Va lui parler.

– Il faut qu'on récupère l'icône, déclara Rocky. Si elle ne veut pas nous la rendre, nous emploierons les grands moyens. Où est-elle ?

– Au Chelsea Hotel, répondit Nadia.

# 16

Chaque fois que je me retrouve dans une embrouille, arrive un moment où cette voix généralement en veilleuse au fond de mon cerveau se réveille pour me dire : « Bon, Robin, qu'est-ce que c'est que ça et comment on a fait pour s'y mettre ? »

Vous devez la connaître, cette voix : c'est la voix de la raison. Parfois, on se laisse emporter par les événements et dans le bruit et la furie, on ne l'entend que lorsqu'il est presque trop tard.

« Robin, pourquoi on est en train d'assommer cette bonne femme avec sa propre grand-mère comateuse ? », « Pourquoi on est enfermées dans une cage comme des souris de laboratoire ? », « Qu'est-ce qu'on fout dans ces combinaisons en cuir d'esclaves et pourquoi on est poursuivies par un gars avec un canapé collé dans le dos ? » Voilà le genre d'interrogations soulevées par ma voix de la raison dans certaines situations épiques que j'ai vécues.

« Robin, pourquoi on est enchaînées avec une bande de bonnes sœurs à l'arrière d'une camionnette de livraison de gâteaux qui file vers Manhattan pour aller récupérer une sainte icône et comment on s'est foutues dans cette galère ? » me demandait-elle à présent.

Rocky et ses deux gorilles plotzoniens avaient eu cette lumineuse idée : ils nous avaient attachées en cercle, moi et les cinq religieuses, autour de Nadia et de Rocky. De façon à ce que nous puissions marcher, telle une seule femme, en un gros paquet maladroit, ils nous avaient détaché les jambes. Mis à part que nous nous tournions le dos, au lieu de nous faire face, nous devions faire penser à la scène d'embrassade générale du dernier épisode du *Mary Tyler Moore Show*.

Nous formions un bouclier humain autour de Rocky et de Nadia. Nous étions l'assurance-vie de Rocky. Moumoute – alias Pavli, d'après ce que j'avais entendu – conduisait la camionnette. Son acolyte aux yeux bleus était resté au couvent pour surveiller Phil, Maggie, M^{me} Ramirez et les nonnes, enfermés dans la chapelle. J'avais réussi à dissuader Rocky d'emmener M^{me} Ramirez, en lui faisant remarquer qu'en raison de son grand âge et de sa fragilité (ha !), elle ne ferait que le retarder. Nadia avait ajouté qu'avec cinq sœurs, moi et les armes à feu qu'ils avaient, ils étaient suffisamment protégés.

Donc j'étais dans la merde et la question était de savoir comment j'allais m'en tirer avec un minimum de dégâts. Nous en savions trop, c'était clair, et il y avait de fortes chances pour que l'on nous tue tous une fois que l'on n'aurait plus besoin de nous. Tous, sauf Nadia, qui devrait soit repartir en cavale, soit retourner contre son gré en Plotzonie et épouser Rocky. La Plotzonie avait-elle signé un pacte d'extradition avec les États-Unis ? me demandai-je. Vu que le pays était le havre des criminels et des trafiquants d'armes, j'en doutais fort. S'ils nous liquidaient tous, qui pourrait témoigner, accuser le futur dictateur de Plotzonie et se battre pour que justice soit rendue ? Lucia ? Elle ne connaissait pas toute l'histoire, et en tant qu'exilée scandaleuse qui se nourrissait de cocktails, elle n'était guère crédible. Miriam Grundy ne s'était intéressée qu'à l'icône, elle ne savait même pas d'où était Nadia. Le Maître du Zen ne se mouillerait pas. Carlos le toréador, pour s'être pris un coup de corne dans la tête, ne se souvenait pas du passé récent. Quant aux autres personnes qui avaient eu des contacts avec Nadia, elles n'étaient en possession que de minuscules éléments du puzzle. S'il ne restait pas de témoin, que penseraient les policiers lorsqu'ils découvriraient les cadavres des sœurs, de Maggie et de Phil dans un couvent de Long Island ? Comment expliqueraient-ils la tuerie des nonnes pâtissières ? Y verraient-ils un rapport avec les graffitis profanes et sataniques apparus l'année précédente sur les murs du couvent ?

Je voyais de là comment l'enquête allait tourner. L'opinion publique serait outrée et la police serait obligée d'agir. Sans témoins ni indices, les autorités lanceraient la chasse aux sorcières contre les satanistes, les Wiccans et les allumés du New Age, jusqu'à ce qu'on finisse par arrêter un malade mental relâché depuis peu de l'hôpital psychiatrique, qu'on forcerait à avouer un crime qu'il n'avait pas commis. Un crime qu'on ne pouvait pas se permettre de laisser traîner dans les affaires non classées.

Six mois plus tard, quelqu'un trouverait un chien en train de rogner mon fémur dans les dunes de Brooklyn et la police enverrait ses chiens renifler les restes menottés des bonnes sœurs. Le malade mental reconnaîtrait aussi ces meurtres-là et publierait un manifeste relatant les visites qu'il avait régulièrement reçues, avant le massacre, de l'archange Gabriel sous la forme d'un vendeur de quincaillerie de disposition très douce s'exprimant en langage codé.

Pavli de la Moumoute cria quelque chose en plotzonien.

– Tu crois qu'on est suivis ? Par qui ? répliqua Nadia, traduisant aimablement en anglais pour que nous comprenions de quoi il retournait.

Il lui répondit en plotzonien.

– Quoi ? Les Chevaliers de saint Michel le Martyr ! s'exclama Nadia. Comment nous ont-ils trouvés ?

« Long Island Expressway », captai-je dans les explications de Pavli.

– Tu croyais que tu les avais semés sur la voie express de Long Island en venant au couvent ? répéta Nadia. Espèce de crétin. Tu sais ce qui risque d'arriver s'ils nous attrapent, Rocky et moi ? Et l'icône ? Sème-les !

Pavli appuya sur l'accélérateur.

– Mais t'es con ou quoi ? hurla Nadia. Tu veux qu'on se fasse arrêter pour excès de vitesse ?

Pavli zigzagua d'une voie à l'autre, nous balançant d'un côté, puis de l'autre, à chaque coup de volant. Sur les chapeaux de roues, il bifurqua à gauche et s'engagea dans un sentier caillouteux. Les nonnes et moi rebondissions sur nos coccyx. Après trois virages serrés à gauche, il reprit la route goudronnée en ricanant. Nous avions dû semer les Chevaliers.

Il traversa un pont métallique et ralentit. Par la vitre arrière de la camionnette, à laquelle la Mère supérieure, une sœur et moi faisions face, il me sembla reconnaître les abords de Manhattan. Dix minutes plus tard, le véhicule s'immobilisa.

– Qu'est-ce qu'on fait, maintenant ? demanda Nadia à Rocky.

– On y va et on essaye de convaincre cette femme de nous rendre l'icône. Pavli va rester là. Quand on aura l'icône, on…

Il termina en plotzonien.

– Que les nonnes nous servent de couverture, O.K., Rocky, je veux bien, au cas où on aurait des problèmes avec les Chevaliers ou les policiers. Mais je ne comprends pas pourquoi tu veux qu'on prenne le bateau ET le train ET l'avion pour rentrer chez nous.

– Parce que c'est ce qui a été décidé, rétorqua Rocky. C'est plus sûr.

Ouais, avec une arme, tu as de l'autorité sur ta femme, songeai-je. Pourtant, même armé, il n'avait pas grand-chose d'un homme. Il se comportait comme un gamin teigneux. S'il parvenait à ramener Nadia en Plotzonie et à lui passer la bague au doigt, je ne donnais pas plus de six mois à leur couple. Nadia attendrait qu'il prenne le pouvoir, et on le retrouverait empoisonné dans les chiottes, tandis que sa femme manigancerait un coup à la Catherine II la Grande. Ou bien le peuple les renverserait et promènerait leur tête sur des bâtons le long des murs du palais.

Nadia, je l'espérais, trouverait quelque chose à dire pour mettre la puce à l'oreille de Miriam Grundy, et Miriam Grundy préviendrait alors la police.

La Mère supérieure me coula un regard. Je ne voyais pas trop ce qu'elle voulait me dire, mais je compris qu'elle voulait me dire quelque chose. Elle baissa les yeux vers ses pieds. Son pied était à moitié sorti de sa chaussure, ou plutôt de sa pantoufle.

Rocky et Nadia se faufilèrent sous nos bras enchaînés. Pendant qu'ils descendaient de la camionnette, la Mère supérieure lança son pied vers l'avant. Le bout de sa pantoufle se coinça dans la portière, qui se referma mal. Sans un bruit, aussi discrètement que possible, elle leva sa pantoufle et l'agita jusqu'à ce que la portière se rouvre avec un cliquètement à peine audible. Puis elle remit sa pantoufle comme il faut.

Elle me donna ensuite un petit coup dans le bras et tira légèrement sur le bras de la sœur assise à sa gauche. La secousse se répercuta tout le tour du cercle et revint jusqu'à moi. La grappe que nous formions se rapprocha ainsi de quelques centimètres de la portière. Nous attendîmes un instant, afin de ne pas alerter Pavli, et renouvelâmes prudemment l'opération.

Nous étions tout près du but lorsque Pavli se répandit en ce qui me sembla être une bordée de jurons plotzoniens particulièrement salés. Il remit le contact et passa une vitesse, ce qui eut pour effet de nous projeter violemment contre la portière, qui s'ouvrit. Nous nous affalâmes en tas sur le trottoir.

Il nous fallut quelques minutes pour nous mettre sur pied. Nous n'avions pas le temps de nous détacher. La Mère supérieure prit la tête du peloton, moi à sa droite, et nous nous dirigeâmes d'un bloc vers le Chelsea Hotel, à une quinzaine de mètres. La camionnette s'était engagée dans la circulation. La bagnole qui nous avait suivis se gara dans un crissement de pneus à la place libérée par Pavli. Du coin de l'œil, j'aperçus Pavli sauter à bas de son véhicule, en plein milieu de la chaussée, et se diriger vers nous.

Je vous rappelle que nous étions bâillonnées, et donc dans l'impossibilité de gueuler un truc du genre : «Appelez la police!» Clopin-clopant, nous pénétrâmes dans le Chelsea, dans ce lieu où a été tournée une scène de *Aïda* avec des lions vivants, où le compositeur George Kleinsinger promenait son alligator, où Sarah Bernhardt dormait dans un cercueil, où William Burroughs a écrit *Le Festin nu*, où Robert Oppenheimer a médité sur les implications de sa bombe, où des peintres de toutes les écoles majeures du XX$^e$ siècle ont travaillé, vécu, aimé et rendu l'âme dans les couloirs, dans ce lieu, par conséquent, où un conglomérat de nonnes ligotées avec une rouquine ne pouvait passer que pour une performance artistique ou un happening surréaliste.

Dans l'ascenseur, je tentai de faire comprendre par gestes aux autres passagers de nous enlever nos bâillons. Malheureusement, les autres passagers de l'ascenseur étaient trois adeptes de Mary Sue, dont la coincée, de retour d'une journée de conférences sur les moyens de déplumer les veuves, les orphelins et les chômeurs surendettés. Frénétiquement, je tendis mon visage vers elles, tentant de communiquer par le regard que je voulais qu'elles me débarrassent de mon bâillon. Elles reculèrent dans un coin de la cabine, pour former elles aussi un petit tas compact. L'une d'elles appuya plusieurs fois sur le bouton du septième étage, comme si cela allait faire monter l'ascenseur plus vite ou nous faire disparaître. Le pavé de nonnes sautilla, de manière à ce que je puisse pousser avec mon nez le bouton du dixième. La brune avec un manche à balai dans le cul lâcha un hurlement et m'aspergea d'eau de Cologne au poivre. Elle loupa mes yeux et mon nez, mais le jet m'atteignit à la joue.

Ne pouvant ni crier ni gesticuler, je me contorsionnai de douleur, les nonnes s'entrechoquant comme des bouées par mer agitée. Pour la brune collet monté, ce fut la goutte d'eau qui fit déborder le vase : quelques secondes avant que l'ascenseur parvienne au septième, elle tomba dans les pommes. Ses deux comparses en tailleur pastel la prirent chacune par un bras et, sans même prendre la peine de la relever, la tirèrent dans le couloir en courant gauchement.

Les portes se refermèrent et la cabine poursuivit son ascension. Ma joue me brûlait et j'avais l'œil qui coulait. Au dixième, j'entraînai les bonnes sœurs en direction de l'appartement de Miriam Grundy. Dans le couloir, le Vieux Frank pissait contre le mur. Sans les mains. Quand il nous vit, il se mit à jurer comme le perroquet d'un marin au long cours.

La Mère supérieure appuya sur la sonnette avec son nez. Un majordome peint en bleu, vêtu en tout et pour tout d'un cache-sexe bleu, vint nous ouvrir. Nous le poussâmes et traversâmes le hall d'entrée jusqu'à l'escalier en colimaçon qui menait à l'atelier. Cet escalier fut un véritable challenge, mais nous réussîmes à le gravir. L'oreille tendue, je guettai le prochain coup de sonnette, celui qui annoncerait soit Pavli, soit les Chevaliers de saint Michel le Martyr.

Toute la diversité du genre humain était représentée dans l'atelier de Miriam Grundy : hommes en smoking et femmes en robes de soirée, rockers à banane en costume zazou et minettes en tenue léopard ou boas de plumes, une fille en long caftan orange, plus les Statues Vivantes, peintes en blanc, immobiles dans différentes poses, les Swinging Miriams, des serveurs très très petits et un couple de grandes perches. Miriam n'était nulle part en vue.

Tandis que je me frayais un passage, avec les nonnes muselées, parmi les invités, un type s'écria : « Bravo ! Bravo ! » et se mit à applaudir. Tout le monde applaudit et nous acclama, ce qui fit sortir Miriam d'une pièce attenante à l'atelier.

– Que se passe-t-il ? s'enquit-elle.

Rocky apparut derrière elle. Dès qu'il nous vit, il brandit son revolver et le pointa sur la tempe de Miriam.

– Que personne ne bouge, lança-t-il à la ronde.

Des rires fusèrent. Les applaudissements redoublèrent.

– Donnez-moi l'icône, tout de suite, exigea-t-il.

– Je vous ai dit que je ne l'avais pas, répondit Miriam. Ce n'est pas de l'art! ajouta-t-elle, d'une voix paniquée, à l'attention de l'assemblée.

– Où elle est? demanda Rocky.

– Je ne sais pas. Ce n'est pas de l'art!

– La ferme, lui intima Rocky.

– Voilà quelque chose de novateur, murmura une femme à mes côtés.

Pavli surgit alors de la foule, agitant son pistolet en l'air. Je jetai un regard à la Mère supérieure, dans l'espoir qu'elle saurait que faire. Elle était cependant aussi désemparée que moi. Elle haussa les épaules. Je haussai les épaules.

À petits pas, nous nous dirigeâmes vers Pavli, en poussant les invités qui obstruaient notre chemin. Quand survint une autre complication: les Chevaliers de saint Michel le Martyr, dont l'un tira au plafond, réduisant la foule au silence le plus complet.

Le calme ne dura toutefois qu'un bref instant. Spontanément, les invités éclatèrent de rire et recommencèrent à applaudir.

Lorsque les Chevaliers s'aperçurent que Rocky était armé, ils s'emparèrent chacun d'un otage, l'un d'une Statue Vivante, l'autre d'un Swinging Miriam. Des propos furent échangés en plotzonien, puis apparut Ben, l'assistant de Miriam, tenant l'icône à bout de bras.

– La voilà, dit-il. Maintenant, lâchez Miriam.

– Non, Ben, fit Miriam.

Rocky lâcha Miriam et arracha l'icône des mains de Ben. Pavli se saisit de Miriam. L'un des Chevaliers dirigea son flingue vers Rocky, lequel pointa le canon de son revolver sur l'icône de l'Enfant Jésus et proféra quelque chose en plotzonien.

Les Chevaliers jetèrent leurs armes et libérèrent leurs otages.

– Nadia ? appela Rocky. Nadia ? NADIA ?

Nadia s'était volatilisée.

Détenant l'icône en otage, Rocky fendit la foule, se jeta au sol, se faufila entre mes jambes et celles des religieuses et réémergea au centre de notre paquet. L'icône dans une main, le flingue dans l'autre, braqué vers ma tête, il nous poussa vers l'escalier en colimaçon.

– Ce n'est pas de l'art ! Ce n'est pas de l'art ! criait Miriam derrière nous, tandis que nous descendions les marches.

Dans le couloir, Pavli la poussa dans les bras du Vieux Frank, le pantalon toujours en bas des jambes. Ne pouvant se permettre d'attendre l'ascenseur, nos ravisseurs nous poussèrent dans l'escalier. Il ne fallut pas longtemps avant que l'une de nous trébuche. Nous roulâmes dans les marches en un amalgame noir et blanc.

C'est alors que je me dis que s'il devait y avoir mort d'homme, autant que ce soit moi qui y passe. Un petit malheur valait mieux qu'un grand. Me sacrifier, c'était ce que j'avais de mieux à faire pour empêcher la fin tragique des nonnes. Maintenant que je savais que Pierre en aimait une autre, à quoi bon continuer de vivre ? Mais d'abord, il me fallait handicaper Rocky, afin de donner l'avantage aux bonnes sœurs et de prendre une petite revanche avant de quitter la Vallée de larmes.

Mes poignets étaient entravés par les menottes, mais j'avais les doigts libres. Faisant brusquement volte-face, j'empoignai la petite vermine par les couilles et tirai de toutes mes forces, décuplées par la rage trop longtemps contenue. Je serrai si fort qu'il ne put me viser. Sa balle siffla au-dessus de ma tête et ricocha dans un tableau accroché au mur. L'amalgame de nonnes fut projeté contre le mur. Le revolver de Rocky voltigea dans les airs et dégringola dans l'escalier. Maintenant, il n'était plus armé, et à la merci de six femmes très en colère, aux poignets liés mais aux doigts libres.

Un redoutable piège à hommes.

Pavli descendit quelques marches pour aller ramasser le revolver. Derrière nous, les Chevaliers, à nouveau armés et tenant en otages deux Statues Vivantes, gueulaient des trucs dans leur langue gutturale. Sur le palier du dixième étage, les invités de Miriam, penchés par-dessus la balustrade, observaient la scène en se pâmant de joie. Certains prenaient des photos. Ils n'avaient toujours pas compris que ce n'était pas de l'art. Aux étages inférieurs, les résidants du Chelsea sortaient de leurs chambres pour voir ce qui se passait. Lucia et Carlos étaient penchés dans l'escalier, la tête en l'air.

Si quelqu'un se mettait à tirer, nous étions cuites.

L'un des Chevaliers ouvrit le feu. La balle frôla notre grappe et toucha Pavli en pleine poitrine. Pavli s'affala sur la balustrade en fer forgé finement ouvragée, passa par-dessus et plongea dans le vide.

Tout le temps que dura sa chute, les invités poussèrent des « oh » et des « ah ». Puis ils se turent, réalisant que cet incident n'était pas prévu au programme, et se mirent à hurler.

Au milieu du vacarme produit par les invectives en plotzonien et les cris stridents des invités, s'éleva soudain une voix new-yorkaise très claire :

– Jetez vos armes, ordonna l'inspecteur Burns, du NYPD. Police, vous êtes cernés.

Il se tenait sur le palier du dixième étage. Derrière lui, des agents en uniforme jaillirent de l'ascenseur et se précipitèrent dans l'escalier. La cavalerie était arrivée.

# 17

– J'étais vaguement au courant, pour l'icône, admit Ben. Et surtout, je savais que je n'avais pas engagé de nonnes ni de gangsters armés pour la soirée de Miriam. Alors quand je les ai vus arriver, j'ai tout de suite prévenu la police.

On nous avait tous conduits au commissariat de Manhattan South pour prendre nos déclarations. Ben et son avocat étaient assis à un bureau non loin de moi, en face d'un agent auquel Ben était en train de donner ces explications.

– Les Chevaliers de saint Michel le Martyr ont-ils pris la Statue Vivante et le Swinging Miriam en otages avant ou après que la princesse plotzonienne s'est enfuie avec l'argent de l'icône ? me demanda l'inspecteur Burns, qui m'interrogeait.

– Je ne sais pas. Je ne l'ai pas vue partir.

– Et les religieuses étaient…

Le téléphone sonna. Il s'interrompit pour décrocher.

Ma figure me faisait horriblement mal. Outre la douleur résiduelle de la brûlure provoquée par l'eau de Cologne au poivre, le ruban adhésif, quand on l'avait décollé, avait laissé autour de ma bouche un gros rectangle rouge de peau irritée. Les bonnes sœurs, les Statues Vivantes, les Swinging Miriams, la vraie Miriam Grundy et certains invités accompagnés de leurs avocats faisaient leurs dépositions à d'autres bureaux. Les nonnes avaient toutes des marques rouges sur le visage et égrenaient rapidement leurs chapelets.

– C'était le poste de police de Fowler, à Long Island, me dit Burns en raccrochant. Tout le monde est sain et sauf au couvent.

De l'autre côté de la pièce, un inspecteur annonça :

– Le département d'État est là pour les Plotzoniens.

– Cette affaire va remettre l'immunité diplomatique en question, me dit Burns. À votre avis, c'est l'un de ces gars qui a tué Woznik ? Une condamnation pour meurtre, ça nous arrangerait bien pour combattre leur gouvernement.

– C'est sans doute l'un d'eux, répondis-je. Mais lequel ?

– On va pouvoir coffrer les hommes de main et les Chevaliers, mais le jeune garçon, Rocky, est le fils d'un gros bonnet. Le département d'État le veut. Apparemment, des travailleurs humanitaires de l'USAID sont retenus en otages en Plotzonie du Sud. Ils veulent les négocier.

– Il ne va pas être puni ?

– On verra. Bon, revenons à nos moutons. Donc Rocky a frappé à la porte de l'appartement et vous ne lui avez pas ouvert. Puis Nadia est arrivée et vous l'avez laissée entrer…

Il me fit répéter toute l'histoire deux fois, puis me remercia et me libéra.

– Vous savez, c'est moi qui ai averti la police, anonymement, et j'ai laissé un message sur la boîte vocale de June Fairchild.

– June est en congé, elle n'a pas dû consulter sa messagerie. Et la personne à qui vous avez eu affaire au bout du fil ne m'a pas transmis vos informations. Il, ou elle, a dû vous prendre…

– Pour une folle. D'accord. Quand pourrai-je récupérer mon fusil ?

– Je vous le rapporterai dès que j'aurai éclairci certains points.

– Malheureusement, Miriam a remis ce soir l'argent à la fille, sous la menace d'un revolver, disait Ben au bureau d'à côté. Une belle somme. Au moins un million, voire plus. En liquide.

Bien vu, Nadia. Même dans les situations les plus critiques, elle n'oubliait jamais de penser à elle. Elle s'était fait payer par Miriam et à présent, elle devait être en route pour Dieu sait où. Et alors, qu'est-ce qu'on en avait à foutre ? Nous avions tous la vie sauve, et n'aurions plus à nous inquiéter d'elle.

En sortant du commissariat, je tombai sur la Mère supérieure, qui venait juste, elle aussi, d'en finir avec les policiers.

– Je connais un super bar qui fait les after, lui dis-je. Que diriez-vous d'aller s'en avaler quelques-uns avec les filles ? Après l'effort, le réconfort.

– Une autre fois, répondit-elle en riant. On pourrait peut-être déjeuner ensemble, plutôt que… d'aller s'en avaler quelques-uns. Nous venons en ville de temps en temps, pour assister à des spectacles ou visiter des musées. Vous pourriez vous joindre à nous.

– Ouais, ce serait sympa. Eh, je suis désolée de vous avoir entraînées là-dedans.

– Oh, *tout est bien qui finit bien*, c'est l'essentiel. Et l'incident ne nuira pas aux Sœurs des Âmes en peine.

– Un peu de pub…

– Tout à fait, dit-elle en levant les yeux au ciel. Si jamais vous avez encore besoin de nous pour le réseau souterrain, n'hésitez pas.

– Sérieusement ? Malgré ce qui s'est passé ?

– Oui, bien sûr. La prochaine fois, éventuellement, faites des recherches, assurez-vous que les personnes que vous prendrez en charge méritent bien qu'on les aide.

– Vous êtes cool, pour une bonne sœur.

L'une des religieuses les plus jeunes vint annoncer que la voiture qui devait les ramener à Long Island était là. Je pris un taxi pour retourner au Chelsea.

Dans le couloir du septième, je traînai ma pauvre vieille carcasse devant le Maître du Zen. Lucia me tapota amicalement le bras. J'avais tout juste la force de composer le code de sécurité. À peine avais-je franchi le seuil de l'appartement de Tamayo que Louise Bryant me sauta dessus, toutes griffes dehors.

Elle était affamée.

Avant de me coucher, je débranchai le téléphone.

Le matin, je le rebranchai et appelai Maggie pour voir si elle était bien rentrée et lui demander comment l'histoire s'était achevée pour elle. Phil, Maggie et les bonnes sœurs emprisonnées dans la chapelle avaient simplement attendu que le type à la grosse moustache qui les surveillait s'endorme. Ils lui avaient alors piqué son flingue, l'avaient réveillé et s'étaient fait conduire au commissariat de Fowler, où ils étaient arrivés peu après les événements survenus à la soirée de Miriam Grundy.

– Notre évasion a été moins spectaculaire que la vôtre, me dit-elle. On n'a qu'un tout petit entrefilet dans les journaux. Toi et les nonnes, vous avez une grande photo, ligotées et bâillonnées. Tu l'as vue ?

– Je ferai ma revue de presse plus tard.

– Le *News-Journal* titre son papier sur la mort de Woznik et du Plotzonien…

– Pavli, précisai-je, Moumoute numéro un.

– … «Les Filles du Chelsea Hotel», parce que nous étions toutes impliquées et que ça s'est passé au Chelsea. C'est un peu grâce à nous que cette affaire a été résolue.

– Ouais, sauf qu'on ne sait toujours pas qui a tué Gerald Woznik.

– On ne saura peut-être jamais.

– Je n'aime pas que les assassins s'en tirent comme ça.

– Viens boire le café, tout à l'heure. Je n'ai pas trop le temps de discuter, là, il faut que je passe un coup de fil à Paris.

À ces mots, je raccrochai sans plus de politesses. J'étais dégoûtée, parce que maintenant, je ne croyais plus en l'amour, plus du tout. Je m'étais figuré que Pierre était ma dernière chance de prendre ma part de cette romance auréolée de brume rose. Dans le domaine de l'amour, je ne pouvais plus me fier à mes instincts. Je n'aurais jamais dû, d'ailleurs, me fier à mes instincts pour ces choses-là, mais à présent, j'en étais consciente. Même les rares exemples de grand amour dont j'ai été témoin ne suffisaient plus à me donner la foi, parce qu'à long terme, toutes les histoires d'amour finissent mal, et finissent même parfois par la mort.

Après m'être enfilé une vodka – bien méritée, bordel de merde –, je me connectai à Internet pour voir si j'avais du courrier.

Quelqu'un frappa à la porte et cria :

– Mademoiselle Hudson ? C'est Belinda Jacobs du All News Network. Accepteriez-vous de nous livrer votre témoignage ?

ANN est en quelque sorte ma mère nourricière, mais il était hors de question que je leur ouvre, même si je n'avais pas regardé par le judas et vu qu'il y avait deux autres équipes de reporters dans le couloir.

Toujours pas de nouvelles de Tamayo. J'avais en revanche un courriel de Pierre, ainsi que plusieurs messages d'amis et collègues de boulot qui avaient eu vent de ma mésaventure. Je n'ouvris pas tout de suite le message de Pierre. Je tapai d'abord un long message à Tamayo et y joignis un lien vers un site d'infos en ligne relatant mes péripéties.

« Si jamais tu vois Nadia au cours de ton voyage, dis-lui de me passer un coup de téléphone », ajoutai-je.

Avant d'ouvrir le message de Pierre, je me servis une tasse de café et lus quelques courriels de mes amis, ceux des « vrais » amis.

« Robin, Robin, Robin, que vais-je faire de toi ? me demandait Louis Levin. Quelqu'un aurait-il par hasard filmé cette épopée ? Il y a une photo de toi, ce matin, sur le Mur de la Démocratie, bâillonnée et enchaînée avec une grappe de bonnes sœurs. Le concours de légendes est ouvert. Quand tu auras repris pied, passe-moi un coup de fil. Il se trame des trucs, ici. »

« APPELLE-MOI ! » écrivait Claire Thibodeaux.

« Tatie Minnie et moi, on est allées apporter le vieux four à l'Ecocenter, aujourd'hui, et après on est allées faire du shopping à Duluth. On a déjeuné avec Marianne Hallett, c'est-à-dire Marianne Presslee, qui était dans ta classe. Elle te transmet ses amitiés », écrivait ma mère, désormais abonnée à Internet mais qui, Dieu merci, vit délibérément dans un univers où les médias n'ont pas droit de cité.

Je laissai de côté le message de Jerry, ainsi que celui de Solange, plus quelques autres, et ouvris celui de Pierre.

Il n'était pas non plus au courant de ce qui m'était arrivé.

«Chère Robin, disait-il. Très occupé au labo. N'ai guère le temps de me consacrer à autre chose qu'à mes expériences, mais durant le peu de repos que je me suis accordé, j'ai repensé aux moments que nous avons partagés à Paris. J'espère que tu vas bien. Quand reviens-tu à Paris ? Je t'embrasse. Pierre. »

Douloureux. Ça faisait longtemps, très longtemps que je n'en avais pas autant bavé pour un homme. Comment avait-il pu, tous les matins, à Paris, me laisser ces mots doux sur mon oreiller, ces mots qui parlaient de planètes rebelles, de photons emphatiques, d'attracteurs étranges astronomiquement inspirés ? Comment avait-il pu me regarder comme il me regardait ? m'embrasser comme il m'embrassait ? Fallait-il qu'il n'ait pas de cœur, le salaud ! Ma douleur se mua soudain en colère à l'état brut.

Furieuse, je lui répondis : «T'es pas gêné de m'embrasser alors que tu te payes Maggie Mason. Bien tenté. Tu m'as eue une fois, la honte sur moi. Tu essayes de m'avoir une deuxième fois, la honte sur toi. Embrasse mon cul blanc et poilu, espèce d'hypocrite. »

J'hésitai un instant à envoyer le message. Je m'imaginais combien il serait penaud en s'apercevant que je connaissais Maggie Mason. Comment agirait-il quand il reverrait Maggie, qui, elle, ignorait que j'étais sortie avec lui ? Ça me foutait les nerfs de penser qu'il compenserait peut-être en se montrant plus amoureux et plus attentionné envers elle. Peut-être qu'elle lui parlerait de moi, en dépit de son principe de ne pas parler de ses copines à ses amoureux et vice versa. Elle ne pouvait pas s'empêcher de parler de lui, elle allait forcément lui parler de moi et de l'aventure qu'elle avait vécue avec moi. Comment se sentirait-il ? Coupable ? Aurait-il une réaction agacée ? Maggie se demanderait-elle pourquoi ? Et lorsqu'il serait incapable de se justifier, croirait-elle que c'était à cause d'elle ? Ce secret toxique, à force de fermenter, finirait-il par exploser et leur briser le cœur à tous deux ?

La perspective de leur déconfiture aurait pu me réjouir, mais ce n'était même pas le cas. J'étais trop triste pour ressentir ne serait-ce qu'un éclat de joie malsaine.

Je cliquai sur «Envoyer» et regardai le message disparaître dans le cyberespace.

J'étais en train d'éteindre mon ordinateur quand une clé tourna dans la serrure. La porte s'ouvrit. L'alarme retentit.

Tamayo se tenait dans l'encadrement de la porte. Derrière elle, les journalistes se déhanchaient pour essayer de voir dans l'appartement.

– Robin, c'est quoi ce délire ? me demanda-t-elle une fois que j'eus coupé l'alarme.

– Nadia était toujours en train de rouspéter, me dit Tamayo après que je lui eus raconté toute l'histoire. Une enfant gâtée mais rigolote.

– Je crois que son côté rigolo m'a échappé, répliquai-je.

– Mais Robin, il y a un truc que je ne pige pas. Qu'est-ce que tu foutais chez moi ?

– Mon appart a brûlé.

– Wow ! C'est pas ta semaine.

– Ce n'est pas drôle. Et toi, comment ça se fait que tu sois revenue ?

– On a cassé, avec Buzzer. J'avais envie de rentrer chez moi pour faire le point. Et je n'avais plus de fric.

– Désolée, pour Buzzer. Oh, au fait, merci de m'avoir envoyée chez ton pote Pierre, à Paris.

– Oh, tu as vu Pierre ! Il est génial, hein ? Je savais que vous vous plairiez.

– Génial ? Tamayo, tu es beaucoup trop libérale dans tes amitiés. C'est un enfoiré ! Tu l'as aussi présenté à Maggie Mason ?

– Oh, Maggie. J'aurais dû te prévenir…

– À propos de Maggie et Pierre ?

– Non, de Maggie et Mike. Ils sont sortis ensemble, par intermittence, pendant pas mal de temps et… Maggie et Pierre ?

– Ouais, elle sort avec Pierre, et je suis sortie avec lui quand j'étais à Paris.

– Mais non, elle ne sort pas avec lui. Ils se sont rencontrés plusieurs fois, mais il ne peut pas la voir, et elle ne peut pas l'encadrer.

Écrasée de fatigue comme je l'étais, il me fallut dix bonnes secondes pour imprimer.

– La salope ! m'écriai-je. Je viens juste d'envoyer un courriel à Pierre. Je lui ai dit qu'il pouvait embrasser mon cul blanc et poilu pour être sorti en même temps avec elle et avec moi.

– Quelle garce, commenta Tamayo, sur un ton qui exprimait à la fois de la sympathie pour moi et de l'admiration pour la vengeance de Maggie. Manque de pot, il se trouve que Maggie savait pour toi et Mike. J'aurais dû te prévenir.

– Elle s'est bien gardée de me dire qu'elle savait. La vache.

Sous le regard ébahi de Tamayo, je sortis sur le balcon et claquai la porte derrière moi. Comme une furie, je tambourinai à la vitre de Maggie.

– Comment tu savais pour Pierre ? hurlai-je en entrant chez elle.

Elle se retourna et me dévisagea calmement.

– Quand j'ai discuté avec Nadia, peu après son arrivée, je lui ai posé des questions sur toi. Rétrospectivement, j'aurais dû la questionner sur elle, mais à ce moment-là, c'était toi qui m'intéressais. Je t'ai aussi écoutée bavarder avec Phil sur le balcon, un soir.

Quel toupet ! Elle était fière d'elle.

– À qui téléphonais-tu quand tu faisais semblant d'appeler à Paris ?

– Ah, ah… Mystère. À un étranger intrigué qui parlait une langue que je ne comprenais pas. Jette un œil sur ta facture de téléphone quand tu la recevras. Ça te donnera peut-être des indices.

Après m'avoir laissée la couvrir d'insultes, elle me dit très posément :

– Voilà ce que tu as gagné pour avoir couché avec Mad Mike. Je l'aimais, ce sale rat, et il m'a plaquée pour toi.

– Je ne savais pas que tu sortais avec lui. Si je t'ai fait souffrir, c'est involontairement. Alors que toi, tu as fait exprès de me faire du mal.

– Tu aurais dû savoir. Comment pouvais-tu ne pas savoir ? Tu ne t'es jamais demandé qui t'avait inscrite sur la liste des gens qui souhaitaient correspondre avec les détenus des institutions carcérales, dans *Prison Life Magazine* ?

– Ça aussi, c'était toi ?

– Maintenant, nous sommes quittes. Maintenant, on peut être amies.

– Quittes ? Amies ? répliquai-je en me dirigeant vers le balcon. Tu es complètement cinglée, Maggie, on ne sera jamais amies.

Sur quoi, je claquai la porte vitrée du balcon et regagnai l'appartement de Tamayo pour écrire un mot d'excuses et d'explications à Pierre, en ayant le sentiment que s'il me pardonnait et me donnait une autre chance, je n'avais pas fini d'embrasser son cul blanc et poilu.

# 18

Dans ces affaires, il y a toujours des questions qui restent sans réponse, et l'une de ces questions me turlupinait : qui avait tiré le coup de feu qui avait tué Gerald Woznik ?

Il n'y avait qu'un moyen de savoir. Retourner voir le Maître du Zen. Pendant une bonne demi-heure, j'implorai M. Motus-et-bouche-cousue de me dire ce qu'il savait. Autant parler à un mur. Je lui demandai s'il n'avait pas envie de sortir de son isolement éclairé et de rejoindre l'humanité, s'il n'avait pas envie de danser avec quelqu'un, de dialoguer avec quelqu'un, ou peut-être de serrer à nouveau quelqu'un dans ses bras. Pas de réaction.

– Réfléchissez, lui dis-je. Vos efforts pour ne pas laisser de traces laissent des traces. En essayant de ne pas laisser de traces, vous laissez des traces négatives. Reconnaissez-le.

Il se retira dans sa chambre et me claqua la porte au nez.

Le lendemain, je le vis néanmoins sortir de chez lui, descendre à l'épicerie et en revenir avec des journaux, les larmes aux yeux, me sembla-t-il. Pendant quelques jours, il ne quitta pas son appartement et on ne le vit pas sur le pas de sa porte. Et puis, un jour, alors que je passais dans le couloir, il m'intercepta et me dit furtivement qui c'était.

Rocky.

Rocky avait tiré le coup de feu qui avait tué Gerald.

Plus tard dans la journée, le Maître du Zen alla faire une déposition auprès de l'inspecteur Burns.

Un à un, les blancs se comblèrent. Rocky et son garde du corps avaient suivi Nadia jusqu'au Chelsea. Leur plan était de de les prendre par surprise, de tuer son amant Gerald Woznik, et la ramener, elle et l'icône de l'Enfant Jésus, en Plotzonie. Et les cyniques disent que l'amour est mort.

Pendant plusieurs jours, j'évitai Maggie Mason. Un matin, le matin de l'un de mes derniers jours de vacances, Tamayo me réveilla en claironnant : «Lève-toi et marche» et en donnant des coups de pied dans le canapé.

— Viens au cours avec moi, me dit-elle. J'ai donné à bouffer à ton chat. Jette-toi des vêtements sur le dos et on y va.

— Quel cours ? lui demandai-je.

— Dessin figuratif de nu masculin. Je te prêterai mon matériel. Allez, dépêche-toi. Il faut qu'on arrive tôt, sinon, on va se faire rafler toutes les bonnes places par les retraités.

— Qu'est-ce que tu veux que j'aille foutre à un cours de dessin ? J'ai envie de profiter de mes derniers jours de congé.

— Tu viens avec moi. J'y tiens.

Pourquoi suis-je si faible face aux caprices de Tamayo ? Il faut dire qu'elle sait s'y prendre pour me convaincre (et pas seulement moi) de faire des trucs que je ne ferais pas normalement, par exemple donner asile à des jeunes filles en fugue. Je m'habillai à la hâte. Elle me tendit une paire de jumelles.

— C'est pour quoi faire ?

— Au cas où les retraités nous grilleraient les bonnes places. Pour voir le modèle.

Le cours s'adressait aux membres de l'Art League, qui avaient le droit, moyennant une « admission invité », fournitures en sus, d'y emmener une personne. Le modèle n'était pas encore là. Comme Tamayo l'avait prédit, presque tous les sièges étaient occupés par des femmes d'un certain âge.

– Qu'est-ce que je t'avais dit ? me fit-elle remarquer. Viens, on va se mettre au fond de la classe.

Nous nous installâmes derrière des chevalets, côte à côte. Tamayo me donna du fusain et posa son sac sur la chaise vide à côté d'elle.

– Tu réserves la place pour qui ? lui demandai-je.

– Une copine.

Au loin, le modèle apparut, se débarrassa de la serviette qu'il avait autour des hanches et s'allongea sur un tapis. Le spécimen était bien taillé, genre Chippendale, pas mon style, mais un corps parfait.

La copine de Tamayo, qui n'était autre que Mary Margaret Mason, arriva peu après lui.

– Excuse-moi, Tamayo, je suis en retard, chuchota-t-elle en déballant précipitamment ses affaires.

Quand elle me vit, elle s'arrêta net.

– Qu'est-ce que tu…

– Je m'en vais, dis-je en me levant.

– Rassieds-toi, me souffla Tamayo. Je vais bientôt… faire une grande fête. Vous êtes toutes les deux invitées, mais je ne veux pas que vous y apportiez de la haine et de la tension.

– Chuuut ! siffla la prof de dessin.

Maggie et moi tendîmes lentement, précautionneusement, nos fesses vers nos chaises, ne voulant ni l'une ni l'autre nous asseoir la première. Ses fesses touchèrent sa chaise en premier. J'en éprouvai un puéril sentiment de victoire. À mon tour, je m'assis.

– O.K., reprit Tamayo. Maggie a eu tort de te faire croire qu'elle sortait avec Pierre. Ce n'était pas bien du tout, n'est-ce pas, Maggie ?

Maggie hésita.

– Maggie, c'est très important pour moi, insista Tamayo. Tu sais que tu as eu tort. C'était de la méchanceté gratuite, pas vrai ?

Ni Maggie ni moi n'étions prêtes à faire de quartier.

La prof s'approcha de moi. En voyant mon dessin, elle émit un son désapprobateur. J'avais tenté d'esquisser un truc vaguement ressemblant au gars à poil qui posait dans le lointain, puis j'avais fait une silhouette bâton, pour finalement abandonner et dessiner une tête de cheval, la seule chose que je sache dessiner. Elle dut me prendre pour une perverse qui ne venait à ce cours que pour voir des hommes nus.

– Tu es trop gentille, dis-je à Tamayo. Si c'était à toi qu'elle avait joué ce tour de gamine, tu ne le prendrais pas comme ça. Et puis d'abord, qu'est-ce que ça peut te foutre que Maggie et moi…

– Si Maggie Mason et Robin Hudson sont incapables de faire la paix, quel espoir reste-t-il pour le Proche-Orient et les Balkans ?

– Je préfère être traînée par un cheval au galop sur des ronces et des fils de fer barbelés que faire la paix avec elle…

– Buzzer m'a appelée, hier soir, m'interrompit Tamayo. Il veut qu'on se marie.

– Tu vas te marier avec lui ? criâmes Maggie et moi à l'unisson.

– Peut-être. Et si jamais on se marie, je veux que vous soyez toutes les deux mes témoins. Mes demoiselles d'honneur. Donc, il faut que vous vous réconciliiez, pour moi et Buzzer. S'il vous plaît.

Maggie, Robin ne savait pas que tu sortais avec Mike. Crois-moi. Tu dois t'excuser.

– Elle ne savait pas ? Tu es sûre…

– Elle ne savait pas. Je te le jure. Excuse-toi.

– Je m'excuse, marmonna Maggie à contrecœur, de sa voix mordante.

– Et promets de ne plus faire de méchantes plaisanteries.

– Je promets de ne plus faire de méchantes plaisanteries à Robin, dit-elle, se laissant ainsi la possibilité de prendre pour victime toute personne autre que moi.

– Bien. Robin, maintenant, tu dois accepter les excuses de Maggie. S'il te plaît. J'y attache beaucoup d'importance.

Je rassemblai tous les résidus de bonté chrétienne subsistant dans les fissures de mon cœur de pierre, croisai puérilement les doigts derrière mon dos et déclarai, uniquement pour faire plaisir à Tamayo :

– J'accepte tes excuses.

– Maintenant, Robin, avoue que la vengeance de Maggie était brillante. Méchante mais brillante.

– C'était brillant, admis-je. Le génie du MAL.

– Vraiment brillant, renchérit Tamayo. Maggie, un bon point pour ta créativité. O.K. ? Serrez-vous la main.

Nous nous serrâmes la main, très rapidement.

– Que la paix soit entre mes deux amies, dit Tamayo, radieuse. Purée, qu'est-ce que je suis bonne !

La paix, peut-être, mais l'amitié, jamais. Je me méfierai de Maggie pendant encore… toujours. Et si jamais l'occasion se présente de prendre une petite revanche non mortelle, j'aurai du mal à résister.

Mais pour l'instant, ce n'était pas à la vengeance que je songeais. Tamayo, mariée ? Il ne m'était jamais venu à l'esprit que Tamayo puisse un jour se marier. L'amour contaminait tout le monde, comme le virus du Nil. Les gens n'acquerront donc jamais un peu de sagesse ?

Une quinzaine de jours après la grande farce plot-zonienne, Phil et Helen vinrent me chercher au Chelsea et nous partîmes à pied dans notre quartier pour assister à une réunion des locataires de notre immeuble au foyer municipal de la Dixième Rue Est.

– Tu es retournée à l'immeuble depuis l'incendie ? me demanda Helen.

– Non. Et toi ?

– Oui, ça va te faire un choc, me prévint-elle.

Du coin de l'Avenue B, on voyait déjà que les dégâts étaient sévères. De plus près, le tableau était sinistre. Mes fenêtres, les fenêtres de chaque côté des miennes, celles du dessous et celles du dessus avaient été soufflées. Autour, les murs étaient couverts de suie noire, comme du mascara qui aurait coulé autour des yeux d'une femme en pleurs. Au pied des marches de l'entrée gisaient encore des restes à moitié carbonisés de photos, de lettres, de vêtements, les pages du magazine de vente de concubines par correspondance de M. O'Brien.

Je m'étais installée dans cet appartement peu après avoir terminé mes études. J'avais été une journaliste débutante dans cet appartement, une femme mariée, une femme divorcée, un suspect de meurtre, une justicière, une cadre supérieure. Des centaines de scènes défilèrent devant mes yeux, tel un diaporama de souvenirs : le jour où j'avais emménagé, des prises de bec avec M$^{me}$ Ramirez dans les couloirs, la nuit où mon ex-mari m'avait demandée en mariage, le soir où il m'avait quittée… Tout un pan de mon passé, parti en fumée.

Je restai plantée là, les yeux en l'air, jusqu'à ce qu'Helen Fitkis me tire gentiment par le bras.

La réunion commençait juste lorsque nous entrâmes dans le foyer municipal. Le Grec à qui appartenait l'immeuble et son avocat nous apprirent qu'ils avaient décidé de reconstruire, mais que les travaux prendraient du temps. Ils nous proposèrent plusieurs options. Nous pouvions soit attendre que nos appartements soient rénovés, soit casser nos baux, soit emménager à Brooklyn, dans un immeuble que notre propriétaire venait d'acheter. Des questions d'assurance furent soulevées, puis M. Burpus demanda quand il pourrait aller chercher ses affaires chez lui. Un pompier lui répondit qu'il n'y aurait bientôt plus de risques à pénétrer dans l'immeuble.

Après la réunion, nous allâmes à quelques-uns manger un morceau, boire quelques bières et évoquer nos souvenirs de l'immeuble et de ses habitants dans un snack du quartier. M^me Ramirez était venue sans son chihuahua; Señor était resté au couvent. Elle avait l'intention de réintégrer son appartement. Elle avait demandé à toutes les nonnes de prier pour que le chantier aille vite, ce que les bonnes sœurs devaient faire de toute façon depuis le jour où Dulcinia Ramirez était arrivée parmi elles.

M. O'Brien et sa femme de ménage espéraient également revenir dans l'immeuble. Sally, ma voisine la sorcière, partait dans le Sud-Ouest, pour communier avec les esprits; elle ne pensait pas revenir. Elle avait l'air fatigué.

Ce fut néanmoins Phil, notre concierge, et sa compagne Helen Fitkis qui produisirent la plus grande surprise.

– Il est temps pour nous de passer à autre chose, déclara Phil.

Nous nous attendions tous à ce qu'il nous annonce qu'il allait faire du bénévolat au dispensaire d'un camp de réfugiés à l'autre bout du monde, comme il le faisait quelques mois chaque année. Un homme qui sait faire couler l'eau et jaillir la lumière est une commodité fort prisée dans les hôpitaux du tiers-monde.

– Nous allons prendre notre retraite, poursuivit-il. À Liverpool.

– À Liverpool ?

– C'est de là que je suis, cocotte. J'ai soixante-quinze ans, l'âge de rentrer à la maison.

– Et toi aussi, Helen, tu pars à Liverpool ?

– Bien sûr, répondit-elle en souriant.

– Wouahou. Sans vous… ce ne sera plus pareil, dans l'immeuble.

Nous observâmes tous un moment de silence, per-plexes… Tant de choses allaient changer pour nous tous. Puis nous échangeâmes accolades et promesses de nous revoir, de garder le contact, en essayant d'y croire, tout en sachant pertinemment… Mais ainsi va la vie.

# ÉPILOGUE

Dire que je cherchais le coupable partout alors qu'il était juste sous mon nez, sous le même toit que moi… Pendant que je me torturais les méninges pour trancher qui, de Grace Rouse ou de Maggie Mason, avait le meilleur mobile, l'assassin s'empiffrait de la bouffe que je lui achetais et lui préparais, ou se masturbait dans notre salle de bains commune.

Comme une nouille, j'avais tout fait pour réunir Nadia avec le garçon qu'elle fuyait, le garçon qui avait tué Gerald Woznik, la pourriture dans les bras duquel elle voulait se jeter.

Le plus rageant, c'est que ce petit merdeux de Rocky – ou de Raki – va peut-être être libéré. *Le District Attorney* veut le garder aux États-Unis, le poursuivre pour meurtre et quelques autres chefs d'accusation, mais le département d'État veut l'échanger contre les otages.

Rocky est en tôle depuis six semaines, au régime cellulaire, pour sa propre sécurité. Je parierais qu'il fait moins le malin. N'empêche que j'ai presque pitié de lui. Il a essuyé un gros chagrin d'amour et ça l'a rendu fou. La passion rend fou, parfois, et même les individus les plus mauvais ne sont pas complètement immunisés contre la folie de l'amour.

En tout cas, si ce petit gangster est relâché, s'il rentre chez lui, libre, je lui ferai payer, d'une manière ou d'une autre. Je ne sais pas encore comment. Peut-être que je consulterai Maggie Mason, qui aura sûrement une idée diabolique. Dans de telles circonstances, je suis presque sûre qu'une vengeance longue et cruelle est autorisée. Pour une fois, les sombres desseins de Maggie serviront le bien, et non le mal.

Grâce à nos habiles avocats et à la coopération que nous avons apportée aux autorités, personne d'autre n'a eu d'ennuis, ni Miriam, ni Ben, ni Grace, ni moi, ni le Maître du Zen. L'icône de l'Enfant Jésus est maintenant une pièce à conviction, et l'objet de nombreuses querelles entre divers musées russes, sectes plotzoniennes, l'Église orthodoxe de Russie et les collectionneurs de Rublev. Un peu comme l'arche des *Aventuriers de l'arche perdue* ou la lance du destin si chère à Hitler, l'icône de l'Enfant Jésus est un truc qui sème la merde plus qu'il ne procure de pouvoirs magiques. Enfin, que voulez-vous, nous croyons tous à ce que nous avons envie de croire, en dépit du bon sens parfois. Nous sommes tous pareils, n'est-ce pas ? Ne me dites pas qu'il n'y a que moi…

Non, il n'y a pas que moi. Prenez Grace Rouse, par exemple. J'ai une théorie sur son insensibilité. Je crois qu'elle est soulagée que Woznik soit mort, dans la mesure où elle est enfin libérée de l'emprise de son envoûtement. N'empêche, lorsqu'elle a appris que Nadia était la maîtresse de Gerald, et qu'elle avait indirectement causé sa mort, elle a fait une petite dépression nerveuse. Après avoir pleuré pendant une semaine, pleuré pour de vrai, avec le nez rouge et les cheveux en bataille, elle s'est ressaisie et elle a pris l'avion pour l'Allemagne, où elle est allée méditer et laver ses tourments dans un centre de thalasso. À JFK, elle a déclaré aux journalistes qu'elle faisait définitivement une croix sur l'amour, que désormais, elle serait « la reine des salopes », une femme riche qui n'accorderait ses faveurs qu'à des hommes jeunes, prêts à accomplir des exploits héroïques et à créer de grandes œuvres d'art pour la satisfaire.

Apparemment, personne ne sait où est Nadia. Pour ma part, je n'ai eu aucune nouvelle de cette petite ingrate. Tamayo a cependant reçu un courriel anonyme et non daté, lui disant «Merci» et mentionnant un nouvel amour, «avec lequel je partage cette fois le véritable grand amour».

Les adeptes de Mary Sue sont retournées dans leurs bleds embaumant le parfum des fleurs. Sans doute ont-elles apprécié plus que jamais de retrouver leur petit chez-soi. Pour elles, à quelque chose malheur a été bon. Je suis sûre que dans quelques années, grâce au soutien de leur famille, à la thérapie de groupe et aux traitements pour les nerfs, elles seront très heureuses et pleinement épanouies. Mon assistant Tim leur a envoyé à chacune un panier garni et une lettre d'excuses soi-disant signée de ma main (frais de promotion divers). Leur premier voyage à New York aura été désastreux mais au moins, elles avaient une jolie maison et une gentille famille qui les attendaient.

Une semaine après son retour à l'humanité, le Maître du Zen s'est battu, dans un restaurant, avec un client qui prétendait qu'il avait regardé sa copine «de travers». Le Maître du Zen, fort des nombreuses heures consacrées à la muscu pendant sa période de réclusion, a foutu au client une raclée qui lui a laissé quelques traces.

Quant à moi, je me suis éprise du Chelsea. Outre les artistes de toutes sortes, il y a aussi des agents de change qui vivent là, des secrétaires, des étudiants, des familles, et un flot constant de touristes de tous pays. Le Chelsea est un vrai melting-pot... Au sixième étage, par exemple, un vieux communiste habite juste à côté d'un riche courtier en Bourse, et le peintre serbe qui occupe l'appartement au fond du couloir a une liaison avec l'écrivain croate du quatrième. (Ils s'engueulent tout le temps, mais c'est moins une question d'ethnie que de sexe.) Un jour, je me suis trouvée dans l'ascenseur (l'ascenseur de l'aile est, celui que l'on dit hanté par le fantôme de Sid Vicious) avec une Française très élégante, un plombier hongrois, un gamin et son cocker, et deux vieux gays fétichistes, l'un en tenue de cow-boy, l'autre en short de cuir noir, gilet de cuir noir et chapeau de cuir noir. Le gamin a spontanément adressé la parole aux vieux – très vieux – gays, sans prêter la moindre attention à leur accoutrement. Il leur parlait de son chien, avec enthousiasme, comme le font souvent les enfants qui ont un animal domestique. Il y a plein d'enfants qui vivent au Chelsea avec leurs parents. Au début, je me disais que ces petits devaient être un peu frappés, dans cet environnement bohème, mais j'ai eu l'occasion de discuter avec plusieurs d'entre eux : ce sont des enfants tout à fait équilibrés, voire plus intelligents et à la fois plus innocents que la moyenne.

Peu avant de quitter le Chelsea, je suis rentrée tard, un soir. Derrière moi, une femme de la trentaine est entrée dans l'hôtel, en manteau et chemise de nuit, cinq gros sacs en papier dans chaque main, pleins à ras bords d'effets personnels. Elle avait dû partir de quelque part dans la précipitation. Elle n'a pas dit un mot, elle a posé ses sacs devant la réception et sans même penser à demander à un portier de l'aider, elle est retournée à la hâte chercher dix autres sacs dans un taxi. De l'un des sacs dépassait un grille-pain ; d'un autre, un paquet de gaufres surgelées et un fouet. Puis elle est encore retournée au taxi pour en rapporter trois autres sacs et un chien. Les employés de l'hôtel n'ont pas sourcillé. Moi non plus. Je l'ai juste regardée prendre l'ascenseur et puis je suis restée un moment dans le hall et j'ai eu une pensée émue pour tous les réfugiés et les survivants qui sont passés par là, les rescapés du *Titanic*, les rescapés d'Hitler, les Noirs, les homosexuels ou les acteurs, les artistes reniés par leur famille, les féministes avant l'heure. Le Chelsea est indifférent à la couleur, aux tendances sexuelles, à l'étiquette et à tous ces trucs superficiels qui servent de prétexte à l'exclusion.

Maggie Mason (avec qui je suis à nouveau en bons termes, sans toutefois être son amie) a trouvé une définition qui colle assez bien au Chelsea. Un jour que nous prenions le café chez Tamayo, j'ai dit que le Chelsea était «hip».

– «Hip»? s'est-elle récriée. Le Chelsea est tout le contraire de «hip». Le Chelsea est l'hôtel des gens qui sortent du caniveau mais regardent vers les étoiles. Non, le Chelsea n'est pas «hip». Il est humain, il transcende les époques et les modes. C'est l'endroit le plus humain où j'aie jamais vécu.

– Et aussi le plus rigolo, a ajouté Tamayo.

Et puis elle a changé de sujet, parce qu'elle avait l'esprit à autre chose:

– Vous pensez que ce serait possible de remplacer les prothèses mammaires liquides par des airbags gonflables à volonté? Comme ça, les femmes pourraient être plates comme des planches à repasser quand elles font du jogging ou quand elles sont dans un ascenseur bondé et avoir des gros seins quand elles sortent… ou quand elles se noient.

– J'sais pas, a répondu Maggie.

À propos de seins… Il y a eu de gros chamboulements à l'Empire de la Femme Sacrée. Les actionnaires et les annonceurs n'étaient pas contents de nos très modestes résultats et ils ont réclamé des changements, de gros changements, qu'ils ont obtenus.

Solange et Jerry ont engagé pour me remplacer la productrice d'une émission féminine qui passait à une grande chaîne. Jack Jackson et son épouse Shonny Cobbs avaient rencontré cette femme à la soirée des Emmy Awards. Impressionnés par son succès et ses idées, ils ont demandé à Jerry et à Solange de voir s'ils ne pouvaient pas lui faire une proposition. Cette femme avait remporté des Emmy, elle avait été rédactrice en chef d'un grand magazine féminin et elle avait fréquenté divers pontes. Lorsque Jerry et Solange ont suggéré qu'elle pouvait me remplacer, Jack a été contraint de les écouter, et de prendre en compte le fait qu'en plus de tous les prix et lauriers qui lui avaient été décernés, elle avait fait ses preuves dans le domaine du marketing et du management, alors que moi, euh… je n'avais pas les mêmes références. Moi, je suis l'allumée de service, et ce n'est pas rien : ça fait de l'audience quand vous vous faites enlever par un masochiste ou agresser par des gangsters. Mais dans l'univers du Big Média, pas de doute, elle l'emportait haut la main.

Jack m'a dit ça lui-même, parce qu'il est un homme droit, et parce que je fais partie de ses «chouchous», avec Norma, la fille de la cafétéria, et le D$^r$ Larry, un docteur ès philosophie que Jack a rencontré dans un avion et qu'il a embauché comme son «déontologue officiel».

– Nous avons un autre travail pour vous, m'a-t-il dit. Un bon travail. Nous aimerions que vous montiez un bureau à l'étranger, qui créera de nouveaux programmes et adaptera des émissions existantes. Afin de réduire les frais généraux et de permettre le partage des ressources, ce bureau sera installé dans les locaux d'une des agences ANN…

– À l'étranger où ?

– Vous avez le choix, Robin. Nos agences de Londres et de Berlin sont toutes deux de grosses structures, qui ont établi d'excellents contacts sur le plan international, mais ma femme, Shonny, est convaincue que Paris vous conviendrait mieux. Shonny dit que Paris a élevé au rang de l'art tous ces machins de filles comme le parfum, la mode, les cosmétiques. Bien sûr, Paris a aussi été de tous temps réputée pour ses femmes intellectuelles. Et c'est la ville de l'Amour. Une ville super pour les filles. Vous parlez français ?

– J'apprendrai.

Une place à Paris, ce n'était pas une honte, mais j'avais quand même quelques papillons au ventre, de retour de mes congés, démise de mes fonctions, de devoir affronter Jerry et Solange. Quand je revins de déjeuner, Jerry m'attendait dans son bureau, assis dans son fauteuil de boss en cuir italien, le dos tourné à la porte, en conversation au téléphone. Il fit semblant de ne pas m'avoir vue. Pourtant, mon reflet dans la cloison vitrée en face de lui ne pouvait pas lui échapper.

– Ouais, c'est moi qui commande ici, disait-il. Dans ce poulailler, je suis le renard. On m'a mis là, moi et mes vingt-trois centimètres de virilité, pour diluer le quotient d'œstrogènes et diriger sérieusement cette bande de pépées aux humeurs changeantes. Je veille à ce qu'elles ne passent pas leur temps à casser du sucre sur le dos des hommes et à papoter films de femmes battues.

Le voyant de son téléphone était éteint, indiquant qu'il n'était pas en ligne. Il ne parlait à personne. Son laïus, c'était pour moi-même en personne.

– Bon, je vous laisse, j'ai quelqu'un, dit-il soudain en feignant de s'apercevoir de ma présence.

– Que me veux-tu, Jerry ? lui demandai-je. J'ai trouvé ton mot sur mon bureau. Tu voulais que je vienne te voir dès que possible…

– Salut, Robin. Ça fait un moment que je voulais te le dire : ces kilos superflus te vont à ravir.

– Merci.

– En vieillissant, tu te fous de plus en plus des critères de beauté occidentaux, et je trouve cela remarquable. Finalement, dans ton genre, tu n'es pas si mal que ça.

C'est drôle, plus il était grossier, moins j'étais vexée et plus j'étais amusée. Et moins j'étais vexée, plus il était offensé et agressif.

– C'est tout ce que tu avais à me dire ?

– Ouais. C'est dommage que tu aies été rétrogradée. Tu aurais dû m'écouter. Je connais les annonceurs et je sais ce qui fait vendre. Je t'avais prévenue.

Pas un mot sur les événements éprouvants que je venais de vivre. Il attendait que je sorte de mes gonds et que je le traite de gros sac putride à la peau cireuse.

– *À quelque chose malheur est bon*, répliquai-je, parce que je savais que ça allait le mettre en rage et parce que oui, ma mutation avait du bon.

Certes, j'avais été rétrogradée, ce qui était normalement humiliant et allait faire la joie de mes ennemis, mais j'allais passer six mois à PARIS, juste le temps que mon immeuble soit reconstruit, et j'aimais autant être à Paris que supporter Jerry et Solange et attraper un ulcère à l'Empire de la Femme Sacrée. Et je n'aurais plus à voyager aussi souvent et aussi loin. En débutant dans le créneau de la télé féminine, j'avais cru que je tenais enfin la chance de pouvoir semer des germes de rébellion dans le vaste monde. Or pas du tout, je m'étais retrouvée embourbée dans la politique et la paperasse, deux choses qui ne me manqueront pas du tout.

Comme dit W.C. Fields : « Ne pleurez pas pour du lait renversé ; quelqu'un l'avait peut-être empoisonné. » Autrement dit : *à quelque chose malheur est bon*.

Et n'est-ce pas une heureuse coïncidence ? Je suis amoureuse d'un Parisien et on m'envoie à Paris. Un peu plus et je croyais à nouveau au destin. Si je n'avais pas découvert que mon ami Louis Levin était derrière tout ça. Il paraît qu'il a téléphoné à Shonny Cobbs quand il a appris qu'il allait y avoir des chamboulements, qu'il lui a parlé de Paris et que Shonny a alors glissé quelques mots à l'oreille de son mari.

Me voilà donc, six semaines plus tard, en train de faire mes valises. J'emmène mon chat et les quelques affaires que j'ai sauvées des flammes. Qui sait ce qui m'attend à Paris ? L'amour ? Peut-être, bien que Pierre me soupçonne à présent d'être complètement tarée. Il sait quel genre de personnage est Maggie, mais il pense que j'aurais dû lui faire confiance et que c'est mauvais signe que j'aie douté de lui. Évidemment, il ignore à quel point les vengeances de Maggie peuvent être insidieuses et convaincantes.

Sally la sorcière a prédit que je rencontrerais l'amour à Paris, non pas en la personne de Pierre mais de quelqu'un d'autre, de quelqu'un que je connais déjà. Je vous précise toutefois que Sally se trompe dans 49 % de ses prédictions. Quoi qu'il en soit, je suis toujours persuadée que l'amour romantique est une forme de folie, et si je peux l'éviter, quand je serai à Paris, ce sera tout aussi bien.

Dans tous les cas, je sais que ça va être super à Paris. Je ne parle pas français, donc ma grande gueule ne pourra pas me faire du tort. J'ai consulté des statistiques : le taux de criminalité est assez faible là-bas. Il y a même moins de meurtres dans toute la France que dans la seule ville de New York. Normalement, j'ai donc toutes les chances de passer à Paris un séjour des plus agréables et des plus tranquilles.

# Remerciements

Vous le savez presque tous, ce n'est pas moi qui écris mes romans, pas plus que ce n'est moi qui en fais la promo. Celle que vous avez pu voir à l'occasion de tournées ou de rencontres n'est en fait qu'une actrice engagée pour jouer mon rôle. Pour ce qui est de l'écriture, de l'édition et de la vente de mes bouquins, j'ai à mon service toute une équipe, dont je tiens à remercier les membres.

Merci à mon éditrice, Claire Watchel, d'une patience à toute épreuve, qui dompte ma prose et apaise ma tension nerveuse, et qui a su tenir les chiants à distance avec sa grande fourche qu'elle affûte tous les jours sur l'échine d'un critique de *Kirkus* depuis longtemps disparu.

Un million de mercis à Danny Baror (et toutes les boissons bleues que je lui dois), mon agent chargé de gérer les droits étrangers de mes œuvres, ancien commandant de char israélien, celui qui mène notre bataille perdue d'avance pour dominer le monde et fait rentrer plein de devises étrangères dans nos coffres.

Afin de préserver la vie privée et la sécurité des réels résidents du Chelsea Hotel, afin aussi de servir mon intrigue et pour diverses raisons inavouables, j'ai pris quelques libertés avec les personnages et l'agencement de l'hôtel. Je remercie le Chelsea de m'y avoir autorisée, et pour plein d'autres choses aussi, notamment pour la précieuse aide apportée à mes recherches, dont tous les fruits n'ont pu être exploités ici. Stanley Bard, vous qui marchez sur une corde raide tendue entre les préoc-

cupations commerciales et l'amour de l'art, sachez que sans vous, ce livre n'aurait jamais vu le jour. Merci à Michelle, qui a trouvé la doublure qui pose à ma place dans l'édition japonaise de *Gentleman's Quarterly*. Merci à David Bard d'avoir consacré une grande partie de son temps à me montrer tous les recoins de l'hôtel et à me raconter ses légendes. Jerry Weinstein, tu ES le dernier *macho man*. Grosses bises à toi, Bonnie Kendall, notre standardiste adorée qui emportera ses secrets dans la tombe. Merci également aux membres du personnel pour leur serviabilité et leur amabilité : Amy, Jerome, Kevon, Vincent, Pete, Damon, Timur, Steve. Merci à mes voisins et amis : Arnold Weinstein, Scott Griffin, George Chemeche, Tim Moran, Jan Reddy, David et Caroline Remfry, John Wells, Larry Rivers, Richard Bernstein, Herbert Gentry, Paul Ramiro et Annalee Simpson, Blair et Jennifer, Tony, le Turc Transcendant, Lena, Hiroya, DeeDee et Barbara, Tony du sixième – à votre façon, vous avez tous contribué à cette histoire. Chers lecteurs, si vous n'aimez pas ce livre, c'est à eux qu'il faut vous en prendre.

Bien que le Chelsea soit souvent évoqué dans la littérature et les chansons, il n'existe à ma connaissance qu'un seul ouvrage historique sur le lieu : *At The Chelsea*, de Florence Turner, un super bouquin dans lequel j'ai puisé de nombreuses informations. Je suis également allée piocher des renseignements sur le site de l'hôtel : www.chelseahotel.com.

Merci encore à :

Sandi Bill, qui prône la philosophie (ici attribuée à Phil) qu'un petit malheur prévient souvent un grand désastre. Phil lui-même est inspiré d'un gars du nom de Bill qui travaillait pour une organisation humanitaire, IMC, dans un camp de réfugiés à Peshawar, au Paki-

stan. Je ne me souviens pas de son nom de famille. Un gars génial, trop bête pour mourir, assez incroyable.

Noel Behn ;

Caroline White, qui, si elle n'est plus mon éditrice, n'en demeure pas moins une grande dame ;

Jennifer Gould ;

Diana « My creed is wonder » Greene ;

Maggie Mason, qui a donné son nom à un personnage de ce roman. Contrairement à la Maggie Mason fictive, la vraie Mary Margaret Mason ne pique jamais les hommes des autres – quand elle peut s'en empêcher ;

Nancy Lane ;

Lisa et Matthew Quier ;

Tamayo Otsuki ;

Dorman T. Schindler ;

l'adorable Sammy, son mari Mohammed, Robby, Hanny, Rene Fitz et tous les charmants gentlemen de l'Aristocrat Deli, pour leur gentillesse et les crédits illimités qu'ils m'accordent ;

la révérende Rhoda Sweet Boots ;

Nadja Dee ;

Cathy Criscuolo ;

Otto Penzler ;

Joëlle Touati, qui rend mes bouquins encore plus drôles en français, Tania et Fabienne, David Torrans et John Larkin de No Alibis à Belfast, Ian Mills et Pam Smith de No Exit à Londres, Maxim Jakubowski et Adrian Muller, ainsi que leurs bandes rivales, Filthy McNasty's, Elin, Eva, Goran, Lina et Lena, toute l'équipe de Ordfront, en Suède, et celle de Gleerups, à Lund, Lawrence et Lynn, Nevin Hayter, Eva Jessie, Ian Simmons, Katrina Onstad, et mon très patient comptable, Martin Watkins, qui espère que ce livre rapportera BEAUCOUP d'argent. Enfin, je crois que c'est ce qu'il m'a dit… À travers les bandages, on ne le comprend pas très bien…